PETER A. BRUCK
(Hrsg.)
DAS ÖSTERREICHISCHE FORMAT

EDITION ATELIER

Peter A. Bruck
(Hrsg.)

DAS ÖSTERREICHISCHE FORMAT

Kulturkritische Beiträge
zur Analyse des Medienerfolges
»Neue Kronen Zeitung«

EDITION ATELIER

Gedruckt mit Unterstützung des
Bundesministeriums für Wissenschaft und Forschung
in Wien

Satz: Tau Type, Bad Sauerbrunn
Druck und Bindung: Berger, Horn

ISBN 3-9003-7961-0

Inhalt

Peter A. Bruck

Das österreichische Format

Eine Einleitung

Dieses Buch und die darin zusammengestellten Studien und Kritiken gehen auf einen konkreten Anlaßfall zurück. Als im Zuge der Aufdeckung der Patientenmorde im Wiener Krankenhaus Lainz die Berichterstattung der Neuen Kronen Zeitung weithin Anlaß zu Diskussionen gab, veranstaltete der ORF im April 1989 ein Club 2-Gespräch mit dem Thema „Medienjustiz". Durch eine Reihe von Zufällen wurde auch ich eingeladen.

Zur Vorbereitung auf den Abend ging ich in die Bibliothek des Institutes für Publizistik und Kommunikationswissenschaft der Universität Salzburg, um die gängigen Bücher und Untersuchungen zur Neuen Kronen Zeitung nachzulesen. Doch was ich fand, war mehr als mager. Neben einer 12 Jahre alten Selbstdarstellung der Zeitung und einigen dünnen Heften oder Mimeographien gab es keine Schriften zu dem wohl populärsten Massenmedium Österreichs. Nach vierzehn Jahren im Ausland fand ich das ungewöhnlich – und auch änderungswürdig.

Über die Neue Kronen Zeitung in Österreich zu schreiben war und ist offensichtlich nicht einfach. Im Gemurmel der Geschichte mag es geben was es will, bezüglich ihrer selbst produziert die Zeitung einen Zustand der Stille, den zu füllen sie für sich selbst zu reservieren trachtet und – man kann es annehmen – auch weiter zementieren will.

Alles nur für die Leser

Pro Tag werden annähernd 1,05 Millionen Stück der Neuen Kronen Zeitung verkauft, genaue Angaben gibt es darüber ebensowenig wie bei anderen österreichischen Tageszeitungen. Und täglich, so sagen es die Leserbefragungen, lesen ungefähr 2,5 Millionen Leser das Kleinblatt. Nach dem ORF, der ja – zur Zeit zumindest noch – ein gesetzliches Sendemonopol hat, ist die Neue Kronen Zeitung unzweifelhaft das wichtigste Massenmedium dieses Landes. Und blieb dennoch unkommentiert und unerforscht. Nicht ohne Grund, wie sich bei näheren Erkundigungen herausstellt.

Ihre schon geraume Zeit währende Vormachtstellung am Zeitungsmarkt hat bei der Neuen Kronen Zeitung und ihren Machern nicht zur Großzügigkeit gegenüber denen geführt, die anders übers Zeitungsmachen und –schreiben denken, dies systematisch oder gar wissenschaftlich belegen und dann veröffentlichen. Im Gegenteil. Macher und Kolumnisten der Kronen Zeitung reagieren mit Selbstgerechtigkeit und Schärfe auf Kritik und Beurteilung. Mehr noch, sie leiten viel von ihrem Selbstverständnis aus einem immer wieder wachgehaltenen und kultivierten Gefühl der Verfolgung und des Überlebenskampfes ab. Sie sehen sich und die Zeitung bestätigt im adversiellen Spiel mit Konkurrenten, Neidern und Mißgünstlingen. Trotz einer Marktdominanz, die im internationalen Pressewesen ihresgleichen sucht, spielt die Neue Kronen Zeitung gegenüber Kritikern und Kommentatoren ein scharfes Spiel, das diese zu fast tödlichen Gegnern und Feinden stempelt. Das mag sehr wohl auch gereizte Intoleranz sein, ist aber auch ein gutes Stück Marketing und Self–Promotion. Die Angriffe der Kronen Zeitung auf ihre Gegner sind als Produktstrategie und Marktpolitik zu verstehen.

Auf diese Weise gelingt es der Neuen Kronen Zeitung, sich als ein Gewächs, das mitten aus dem Leben ihrer Leser stammt, darzustellen. Und gerade als solches möchte sie sich als immer wieder verfolgt sehen und macht daher auch ihre Feldzüge. Wie in einer amerikanischen Fernseh–Seifenoper wiederholt sich das narrative Arrangement mit simpler, aber nichtsdestoweniger effektiver Regelmäßigkeit. Böse Kritiker erfinden Gemeinheiten und Unterstellungen. Eifersüchtig auf den Erfolg der

Krone seien sie. Komplexler ohne Zuspruch bei Lesern geiferten nur. Aber die gute Sache wird nicht untergehen.

In diesem Sinne macht sich die Zeitung wie kaum eine andere immer wieder selbst zum Zentrum einer Geschichte. Als gute Bekannte mit den Qualitäten eines internationalen Stars läßt sie ihre Leser an der eigenen Geschichte Anteil haben. Und zieht damit ihre Leser an, hält sie interessiert und involviert. Jeder Leser wird zum anteilnehmenden Verwandten, zum Vertrauten, der mit durch dick und dünn geht und schon gegangen ist.

Aber mehr noch. In der fallweisen defensiv–aggressiven Inszenierung ihrer eigenen Umstrittenheit schafft die Neue Kronen Zeitung wie kein anderes Medium – zumindest in Österreich – Identifikationspunkte für die in den Stricken des Alltags und seiner mittelmäßigen Gemeinheiten verfangenen Normalbürger des Landes. Sie spricht die vielfältigen Mißverständnisse und Interessenskonflikte unter Menschen an und nützt die Neigung, diese als bösartige Lügen und Unterstellungen und Hinterlist zu verstehen, aus. Nicht nur das Leben der Kleinbürger ist voll solcher Interpretationen – die Eitelkeiten vieler von uns lassen sich so, wenn gekränkt oder aufgedeckt, durch die Projektion der Infamie und der Neidsucht über mögliche Momente der Selbsterkenntnis hinüberretten. Selbstgerechtigkeit ist nur eine der Folgen.

Der anhaltende Erfolg der Neuen Kronen Zeitung läßt sich mit solchen Überlegungen nicht ausreichend erklären, aber in diesen Mechanismen gründet sicherlich ein guter Teil des täglichen Zuspruchs. Wenn die Macher der Neuen Kronen Zeitung dagegen ohne Unterlaß behaupten, der Erfolg der Zeitung habe etwas mit Charakter und journalistischer Qualität zu tun, so argumentieren sie falsch. Die Neue Kronen Zeitung hat als journalistisches Produkt relativ wenig mit den Qualitäten zu tun, die international den modernen Journalismus als Profession auszeichnen.

Roman Hummel hilft in diesem Buch bei der Einordnung und Beurteilung der Arbeit der Neuen Kronen Zeitung, indem er argumentiert, daß Boulevardjournalismus seine eigenen, vom „Qualitätsjournalismus“ abweichenden Regeln hat, und daß eine Zeitung wie die Kronen Zeitung diesen Regeln entsprechend eingeschätzt werden muß. Trotzdem bilden die Behauptungen journalistischer Professionalität und Qualität einen integrierten Bestandteil im Selbstbild der Macher und der Zeitung.

Diese Behauptungen, verknüpft mit der Versicherung, nur und ausschließlich im Dienst der Leser zu stehen, werden von der Neuen Kronen Zeitung im Anlaßfall wie ein simples strategisches Ritual heruntergespult. Die Inszenierung läuft darauf hinaus, die alleinige Autorität des Erzählens von sich immer wiederholenden Sujets etwas abzusichern. Aus diesen Sujets ist die Neue Kronen Zeitung täglich gebaut. Mit ihnen, den Alltagsgeschichten von Raub und Totschlag, Unfall und Katastrophe, Skandal und Politagenda, werden die Zeitung und im Jahr schätzungsweise eine halbe Milliarde Schilling oder mehr Profit gemacht. Die professionellen Regeln und der journalistische Kodex sind dabei letztendlich ohne Wert, das Durchspielen des Rituals allein ist das Ziel aller Anstrengungen. Der Anspruch wird formal erhoben, im Ritual bis zum Eindruck der Wahrheit zelebriert, in der Substanz aber kaum je realisiert.

Mit der Art ihrer Berichterstattung, mit ihrer Widersprüchlichkeit, ihrem Erfolg und ihrem Einfluß ist die Neue Kronen Zeitung in ihrer etwas mehr als dreißigjährigen Geschichte oft zum Gegenstand der Kritik geworden. Und die regelmäßige Maßlosigkeit ihrer Macher und manch ihrer Kolumnisten in Sprache, Anspruch und Ansatz ihrer Repliken gehören schon zur bitteren Folklore der intellektuellen Debatten über eine lebendige demokratische Öffentlichkeit in Österreich.

Die Neue Kronen Zeitung zwingt schließlich auch viele ihrer schärfsten Kritiker in Widersprüche. Sie mögen die Zeitung nicht ausstehen können, müssen sie aber lesen (und auch kaufen), um zu wissen, „was los ist“, oder, wenn sie das nicht zugestehen wollen, um zumindest zu wissen, was mehr als zwei Millionen ihrer Landsleute gelesen haben werden.

Macht Nummer Eins

Die im September 1990 laufende Plakatwerbung der Neuen Kronen Zeitung zeigte ganz Österreich Arnold Schwarzenegger im Großformat. Der muskulöse Ex–Bodybuilder und Neo-Filmheld gibt das „Daumen hoch"-Zeichen. Schwarzenegger hat mit Bauernschläue und einem nie austrocknenden Selbstbewußtsein die Perfektion seiner körperlichen Gestaltung geschäftstüchtig umzusetzen gewußt. Er hat das ästhetische Kapital seiner Erscheinung zu maximieren verstanden und wußte es, in einfachste Zelluloidnarrative verpackt, dem richtigen – dem amerikanischen – Publikum anzubieten. In den USA ist er der bekannteste Österreicher, den Massen geläufiger als Mozart, und sein Marketing hat die Shoppingmall–Welt Konsumamerikas mühelos erobert. Schließlich hat er es auch verstanden, im Public-Relations-Zirkus der Washingtoner Politszene Aufmerksamkeit durch das ortsübliche altruistische Weltverbesserungsgehabe auf sich zu lenken. Der landesüblichen Politkultur und Staatssitte entsprechend, hat Präsident George Bush den starken Filmhelden zu einem nationalen Ehrenamt berufen. Ohne den geringsten Bezug auf die gewalttätigen Inhalte fast aller seiner Filme fungiert Schwarzenegger nun als offizielles Vorbild für die amerikanische Jugend. Er hat den Olymp der Publicity erklommen und darf dort unter den mediatisierten Göttern mitspielen. Wahrhaft eine Nummer 1.

Daß sich die Neue Kronen Zeitung mit Schwarzenegger in Zusammenhang bringen lassen will, ist nicht verwunderlich. Zur Zeit ist der steirische Muskelprotz wahrscheinlich weltweit der populärste Österreicher, die Zeitung sicherlich das populärste Medium Österreichs. Nach den Erhebungen der vor kurzem veröffentlichten Media–Analyse liegt die Neue Kronen Zeitung durchaus auf Schwarzenegger–Niveau in der Gunst der Normalbürger. 2,681.000 Leser in einem Land mit siebeneinhalb Millionen Einwohnern ist ohne Zweifel Nummer eins.

Auch in anderer Hinsicht mag die Assoziation zwischen der

Zeitung und dem Werbe–Modell eine gelungene sein. Der Erfolg wird zur Rechtfertigung jeder Widersprüchlichkeit oder Doppelbödigkeit. Und es ist gerade diese Widersprüchlichkeit, die die Neue Kronen Zeitung so recht zum Ärgernis macht.

Zunächst ist es ohne Zweifel so, daß eine Zeitung, Boulevard oder nicht, zur Herstellung einer Öffentlichkeit beiträgt, ohne die eine Demokratie nicht existieren kann. Mehr noch, die Neue Kronen Zeitung hat in einigen Phasen über die letzten dreißig Jahre hin beweisen können, daß sie den Willen des Volkes mehr ausspricht als die Worte der Machthaber es taten. Wie der Zelluloidmuskelprotz hat sich die Kronen Zeitung immer wieder entsprechende Themen auf die Fahnen geheftet und einen wohlinszenierten Kampf des einen Tapferen gegen die vielen Ungerechten geführt. Schließlich hat sie sich am Ende des Tages als Sieger darstellen können.

In diesem Sinne wird die Neue Kronen Zeitung gelesen, und sie zieht ihre Leser unter anderem auch an, weil sie demokratischer, d.h. mehr am und beim Volke als die etablierten Kräfte und die politischen Repräsentanten war und immer wieder ist. Das als billigen Populismus abzuqualifizieren ist nicht nur zu einfach, es schafft auch blinde Flecken im Erkennen des Phänomens Neue Kronen Zeitung und damit die Voraussetzung für ein Unvermögen politisch effektiveren Handelns.

Das Massenmedium und die Asche der Angst

Es ist nicht einfach, den demokratischen Charakter der Neuen Kronen Zeitung zu behaupten und dessen Nachweis durchzuhalten, denn die Zeitung ist beileibe nicht nur demokratisch. Ihre Funktion wie ihre Absichten sind oft auch anti–demokratisch, demagogisch, denunzierend und bewußt rechthaberisch. Die verschiedenen Episoden zum Anlaßfall für dieses Buch, die Morde im Wiener Gemeindekrankenhaus Lainz, zeigen das recht deutlich. Da werden Menschen an den Pranger gestellt, ihre Verwandten mit in ein von ihnen weit entferntes Geschehen hineingezogen, vorverurteilt und durch Assoziationen um ihre Reputation gebracht. Der Respekt für die Menschenrechte, für die Schutzrechte von Verdächtigten, gerade des Mordes Verdächtigten, wird dem schnellen Urteil, der oberflächlichen Recherche und der sensationellen Berichterstattung geopfert.

Ein solches journalistisches Vorgehen hat wenig bis nichts mit demokratischer Funktion oder Absicht zu tun, alles aber mit Reißertum und verbaler Schnelljustiz. Strukturelle und organisatorische Probleme eines Krankenhausbetriebes werden wild reduktiv personalisiert, systemimmanente Versagen auf die Verfehlungen und Unmoral einzelner Personen zusammengestaucht und somit einer schnellen, den gängigsten Vorurteilen verhafteten Verständlichkeit zugeführt. In einem Beitrag in diesem Buch gehe ich dieser Art der Berichterstattung über die moderne Gesundheitsfabrik näher nach.

Diese Vorgangsweise in der Neuen Kronen Zeitung paarte sich darüberhinaus im Falle der Lainz–Berichterstattung mit der schon angesprochenen Rechthaberei und Doppelzüngigkeit, mit arroganter Selbstbeweihräucherung und der Jagd auf Kritiker. Als sich einwandfrei herausstellte, daß die gegen die Hauptverdächtige an den Lainzer Morden erhobenen Anschuldigungen bezüglich ihres Lebenswandels und nächtlichen Zuverdienstes eindeutig falsch waren, weigerten sich zunächst die Neue Kronen Zeitung, ihr Herausgeber, ihr Chefredakteur und auch die Kolumnisten hinhaltend, dies anzuerkennen, richtigzustellen und mit einer Entschuldigung zurückzuziehen.

Im Gegenteil, die Verwerflichkeit der Mordtat wurde als Alibi und Legitimation für das eigene fehlerhafte Vorgehen verwendet. Einer von Indizien und Geständnissen schwer belasteten Person wurden alle Rechte abgesprochen. Zum Tier, eben dem „Schweinchen“ gemacht, wurden ihr alle Reputationsrechte versagt.

Dabei wurde die Beschuldigte nicht nur zum Teufel stilisiert. Sie wurde wiederholt verketzert und zur Hexe stilisiert. Der

Einwand, daß diese Bezeichnungen nur Zitate von anderen Leuten sind und nicht von den Journalisten erfundene, gilt bei Zeitungsaufmachern nicht. Tageszeitungen machen ihre Schlagzeilen selbst, und die Begriffe „Schweinchen“ und „Hexe“ werden gezielt verwendet, auf Grund eigenen Urteils, das auch verantwortet werden muß.

Damit nicht genug. Gerade in diesem Kontext wollen die Neue Kronen Zeitung, ihr Herausgeber Hans Dichand, und seine Redakteure Kritik und Kritiker nicht vertragen. Da greift die Zeitung und vor allem auch ihr Starkolumnist Nimmerrichter alias Staberl zu den stärksten Waffen, verhöhnt die, die anderes denken und schreiben, und unterstellt ihnen nur die miesesten von allen möglichen Motiven. Weder demokratischer Anstand noch soziale Rechte sind ein Hindernis. Nicht der Inhalt der Kritik wird diskutiert, sondern ihre Intentionen werden entstellt.

Das ist kein leeres Geschimpfe. Die Neue Kronen Zeitung führt vielmehr Propaganda–Kriegszüge gegen Personen und Institutionen, die an ihr Kritik üben. Wenn schon nicht in der Absicht, so sind das im Effekt Totaloperationen. Vom Charakter der Gegner wird nichts übriggelassen. Heruntergemacht, ins Lächerliche entstellt, sollen die Kritiker und ihre Worte ausradiert werden. Kostspielige Gerichtsverfahren oder ihre Androhungen sind begleitende Mittel und gehören zum Standardrepertoire.

Viele, zu viele, haben dieses Schicksal seitens der Neuen Kronen Zeitung in den letzten Jahren erfahren. Ihnen ist dieses Buch auch gewidmet. Denn wie Asche legt sich die Angst vor der Neuen Kronen Zeitung über Österreich, über jene in Österreich, die mit dem Millionenblatt nicht übereinstimmen und dies auch ausdrücken wollen und öffentlich zu vertreten wagen. Dies gilt bekanntlich nicht für Publizisten und Medienkritiker alleine. Ebenso ernsthaft zielt dieser Effekt auf diejenigen, die sich in der Politik oder im Kulturbetrieb engagieren und exponieren.

Die Überlegungen von Berka und Thurnher in diesem Buch treten diesem Druck entgegen. Armin Thurnher läßt uns in seinem Tagebuch die Asche wegfegen und von Fall zu Fall mit Heiterkeit und gutem Griff Halt finden. Was Thurnher essayistisch leistet, setzt Walter Berka juristisch fort. Berka nimmt in seinem Beitrag die Frage der Rechte des Medienopfers auf. Er unterscheidet zwischen den verschiedenen Wegen der Durchsetzbarkeit von Ansprüchen und Schutzrechten und reiht auch einige Anregungen an das Bild einer umsichtigen Güterabwägung. Doch gerade aus dem von Berka so rechtswissenschaftlich gezeichneten Bild läßt sich die Metapher der Asche der Angst begründen. Sie verweist auf die wirkliche Kehrseite des Erfolges, die Unterseite der Medienmacht von Hans Dichand und seiner Gehaltsempfänger. Ihre Absichten spielen da keine Rolle. Sie müssen sich sagen lassen, daß sie ein Klima der Einschüchterung erzeugt haben und erhalten, sodaß auch ein Buch wie dieses nahezu nicht erscheinen kann. Damit beschneiden sie den demokratischen Prozeß in diesem Lande und untergraben die kulturell–intellektuelle Aufrichtigkeit.

Wer ist stärker: „I oder I"?

Auch dieses Buch hat seine Geschichte mit dieser Wirkung der Neuen Kronen Zeitung. Ein höchst erfolgreicher österreichischer Sachbuchverlag war zuerst an dem Manuskript interessiert. Mehrmals kam ich zu Gesprächen aus Ottawa und Salzburg angereist, um das Projekt abzustimmen und Details zu besprechen, einen Vertrag vorzubereiten.

Verlagsleiter und Lektoren waren sich einig, der Buchvorschlag sei aufregend. Aber es war nicht die Qualität des Textes und der Analysen, die Anziehungskraft ausübten, sondern vielmehr das Objekt ihrer Beschreibung und Betrachtung. Dennoch wurde das Projekt abgeblasen. Zuerst kam ein brieflicher Rückzieher postalisch nach Kanada: „die ethischen Aspekte des Buches müßten noch näher diskutiert werden".

In einem neuerlichen Gespräch in Wien folgten dann lange Ausführungen des Verlagsmannes zur Medienmacht und dem „Gedankenknebel" Hans Dichand. Man müsse wohl berücksichtigen, so hieß es, daß man noch 35 oder 40 andere Autoren habe, die davon lebten, veröffentlichen und schreiben zu können – sehr verständlich –, diese würde man vielleicht gefährden, wenn nach einem Buch über die Neue Kronen Zeitung die gesamte Sachbuchauflage in diesem Blatt totgeschwiegen werden würde. Das würde ja nicht nur in dem Kleinformat geschehen, denn Dichand hätte auch seine guten Drähte in den ORF und selbst zur Generalintendanz des Bayrischen Rundfunks. Das könne man schließlich nicht riskieren.

Ich verstand – in dem Gespräch stand viel auf dem Spiel. Zehntausende von Verkaufsexemplaren. Bücher über Tennisstars und Motorsport, über Hobbyfragen und Ökologieprobleme lassen sich viel schwerer absetzen, wenn sie, statt von der Neuen Kronen Zeitung vorgestellt zu werden, in den millionenfach abgedruckten Zeilen einfach nicht mehr vorkommen sollten. Der Verlagsdirektor war nicht ohne Redlichkeit und Ambition. Er war noch unentschlossen. Das Spiel, das Risiko lockte auch ihn. Er zitierte Nestroy und nannte sich einen Zerrissenen. Wörtlich: „Mein Problem ist, wer ist stärker, i oder i?"

Ich verließ die Verlagsetage mit einem guten Gefühl. Wir hatten geradeheraus über die Sache geredet, ich hatte detailliert über die Schwächen und Stärken der verschiedenen schon vorliegenden Beiträge gesprochen, und die Brisanz des Themas hatte uns animiert und aufrichtig gemacht. Pro und Contra lagen auf dem Tisch, und ich vertraute darauf, daß die Sichtbarkeit des Risikos wie auch die Vertretbarkeit einer nicht auf Paranoia, Verletzung oder Rachsucht aufbauenden kulturkritischen Analyse der Kronen Zeitung in den Augen und dem Urteil des Verlagsdirektors zu einer positiven Beurteilung das Gesamtprojektes führen würden. Der Verlagsleiter hatte noch versprochen, in zwei Tagen, nach einem Gespräch mit den geschäftsführenden Partnern des Verlages, anzurufen.

Drei Tage später meldete sich der Lektor. Aus dem Buch über die Neue Kronen Zeitung werde wohl nichts werden, habe er zu berichten. Die Geschäftsführung habe das Buch ausführlich diskutiert und sei zu dem Schluß gekommen, daß sich dafür in Österreich keine ausreichende Leserschaft finden lasse. Damit sei die Publikation nicht zu vertreten.

Ich fragte, wieso? Wir hatten doch das Zielpublikum recht genau diskutiert, jeder zehnte Leser des Magazins „Profil“ sollte sich idealerweise angesprochen fühlen. Das Buch solle genauso auf Teetischchen liegen wie in manchen Deutschstunden gymnasialer Oberstufen Verwendung finden können. Es ginge doch hauptsächlich darum, daß viele Leute im Lande Näheres zur Neuen Kronen Zeitung, ihrer Produktion und Berichterstattung wissen wollten. Das erfolgreichste Medienunternehmen des Landes wäre doch ein verkaufbares Thema für ein Sachbuch. Darin hätten wir doch Übereinstimmung erzielt. Oder?

Ja, sagte der Lektor aus Wien am Telefon, das stimme schon, aber die Geschäftsführer seien anderer Meinung gewesen. Es gebe in Österreich nur zwei Gruppen von Lesern: die, die Neue Kronen Zeitung mögen, die würden das Buch sicherlich nicht kaufen wollen, und die, die die Kronen Zeitung nicht mögen, die wüßten das eh' schon und würden sich dazu nicht das Buch kaufen müssen. Daher gebe es für ein Buch mit diesem Thema in Österreich kein Publikum, keinen Markt.

Das Urteil der Verleger mag richtig gewesen sein, und die folgenden Seiten mögen ihnen als Beweis dienen. Das wäre durchaus recht und diskutabel. Nichts zu diskutieren gibt es aber an der Tatsache, daß hier ein Rückzieher motiviert von der angenommenen Macht und der gefürchteten Heimzahlung des Hans Dichand gemacht wurde.

Ein Weiteres wäre noch zu erwähnen. Der Verlagsleiter hatte nach seinem selbstanalytischen „i oder i“ noch laut darüber nachgedacht, ob er nicht „den Dichand“ selbst direkt anrufen, ihm von dem Buch erzählen und fragen sollte, was er denn davon halte. Als ich ihn darauf verwies, daß ich an den in der Lainz–Berichterstattung führenden Redakteur, Michael Jeannee, und an Hans Dichand einige Male schon geschrieben hatte, um sie zu einem Beitrag zu dem Buch einzuladen, erinnerte sich der Verlagsdirektor wieder seiner Unabhängigkeit und begann zu lachen. Hier sei vermerkt, daß weder Jeannee noch Dichand je geantwortet oder auch nur den Erhalt der Briefe bestätigt haben.

Die Asche der Angst, die von der Neuen Kronen Zeitung erzeugt wird, ist fein und über weite Landstriche des österreichischen Geisteslebens und der Innenpolitik verteilt. Verbrannt wurden und werden zu viele Reputationen, der Ruf mancher exemplarisch heruntergeschrieben und zertreten. In den Seiten dieses Buches finden sich einige Beispiele. Die Namen der Betroffenen sollen unerwähnt bleiben, um sie nicht noch einmal mit Dreck zu bewerfen. Auf die Schändung und die Schänder, nicht aber auf die Geschändeten soll die Aufmerksamkeit gelenkt werden. Wie die Bezeichnungen „Hexe“ und „Schweinchen“ nicht an der der Morde verdächtigten und schuldig gesprochenen Hilfsschwester, sondern an denen, die sie publizistisch ausgeschlachtet haben, hängenbleiben sollen.

Die Macht der Neuen Kronen Zeitung und die Angst vor ihr sind neben dem öffentlich–rechtlichen Monopol im Bereich von Radio und TV die herausragendsten Strukturmerkmale des österreichischen Mediensystems. Sie wurden in den letzten Jahren durch den Beteiligungseinkauf der WAZ, der Westdeutschen Allgemeinen Zeitung, und die Druck–, Vertriebs– und Anzeigenehe mit dem Kurier, kurz Mediaprint genannt, nur noch verstärkt.

Das Dichand-WAZ-Empire ist in der Welt ein einmaliger Fall. In keinem anderen Land, das sich zum demokratischen Westen und zum industrialisierten Norden zählt, gibt es eine vergleichbare Ballung der Medienmacht. Die Neue Kronen Zeitung schlägt zur Zeit ihre stärkste Konkurrenz am Tageszeitungsmarkt um Längen, und sie hat sie auch noch an sich gebunden. Die Miteigentümerschaft von Hans Dichand an der

Mediaprint ist sicher nicht nur schlauer Geschäftssinn, es ist das soziale Siegel seiner medialen Herrschaftsausübung. Druckerei, Vertrieb und Anzeigengeschäft sind in der Hand der Mediaprint Ges.m.b.H. konzentriert. Neue Kronen Zeitung und Kurier sind daher in einer kontrollierten Konkurrenz so zusammengespannt, daß sie den Einfluß und die Marktbeherrschung ihrer Besitzer, und hier gerade Dichands, optimal absichern.

Während sich mit der Gründung des „Standard", dem bundesweiten Vertrieb der „Salzburger Nachrichten" und der publizistischen Auffettung der „Presse" die Qualitätszeitungen eine für unsere Demokratie belebende Konkurrenz liefern, hat sich Hans Dichand im Bereich der Massenpresse in der Hauptstadt und den meisten Bundesländern eine monopolisierende Vormacht geschaffen.

Dichands Erfolg ist ein Kernstück der Mediengeschichte der Zweiten Republik. Kein anderer Medienmogul hat sich, ob national oder international, eine derartige Kontrolle über einen Massenmarkt sichern können. Daß es dazu keinen Kommentar in Buchlänge gibt, ist für die österreichische Demokratie und Kulturkritik, ob wissenschaftlich ambitioniert oder nicht, ein behebenswerter Makel.

Dieses Buch hier kann daher nur ein Anfang sein. Wie Worte von einem oft Geschlagenen und Eingeschüchterten nur zögernd oder zuerst nicht ganz zusammenhängend vorgebracht werden, so wird der eine oder andere Beitrag verbesserungsfähig oder auch revisionsbedürftig sein. Die Studien sollen in ihrer Gesamtheit ein Tor aufstoßen und das Gespräch eröffnen.

Widersprüchlichkeit – Vielfältigkeit

Vieles an der Neuen Kronen Zeitung entspricht dem Standard des internationalen Boulevardgeschäftes in der Zeitungsbranche. Dafür gibt es kaum einen besseren Beweis als die Verwendung von entblößten Frauen, deren nackte Busen fast täglich auf Seite fünf oder sieben zur Inspektion freigegeben werden. Gregory Malcolm beschreibt diese für Boulevardzeitungen so typische Signatur, geht ihrer Geschichte nach und zeigt auf, wie das Krone–Konzept englische und amerikanische Elemente publizistisch kopiert. Ein Interview mit Hans Dichand liefert zusätzliche Erklärungen und ist besonders aufschlußreich für das Frauenbild des zur Zeit erfolgreichsten und daher bestimmenden Zeitungsmachers im Lande.

Die Neue Kronen Zeitung unterscheidet sich aber im internationalen Vergleich von anderen Boulevardzeitungen in der für sie besonders charakteristischen Spannung zwischen Vielfalt und Einheitlichkeit in Berichterstattung und Kommentar. In der Kronen Zeitung kommt eine Palette von Stimmen zum Ausdruck, die nicht nur das Ideenspektrum von Victor Reimann bis zu Günther Nenning umfassen, sondern auch vom Idiom her recht unterschiedlich sind. Der polemisch–agitatorische Stil eines Staberl unterscheidet sich von der nüchternen und distanzierten Schreibweise Ernst Trosts, das flapsig–flotte Ankratzen Eva Deissens von den bieder–gewichtigen Wortkonstruktionen eines Cato. Diese stilistische wie auch inhaltliche Vielfalt wird, für die Neue Kronen Zeitung typisch, von einer die Leser niederwalzenden Einheitlichkeit bei bestimmten Anlaßfällen konterkariert.

Die Berichterstattung der Kronen Zeitung hat zwar ihre tagespolitischen und ereignisbezogenen Abwechslungen wie auch ihre übergreifenden Kontinuitäten in bezug auf Verbrechens–, Unfall– und Trivialreportagen. Diese an den Titelblättern der Zeitung leicht ablesbare Struktur wird aber davon durchsetzt, daß die Neue Kronen Zeitung immer auch ein, zwei oder manchmal drei Generalthemen hat, die über längere Zeiträume hin sowohl in Berichterstattung wie auch in Kommentaren ausführlich bearbeitet werden.

In diesen Fällen reitet die Neue Kronen Zeitung Kampagnen. Diese Kampagnen sind für das Blatt typisch wie für kaum eine andere Zeitung. Wie Holger Rust in seinem Beitrag am Beispiel das Präsidentschaftswahlkampfes von 1986 zeigt, läßt sich ein Maß journalistischer Konsonanz nachweisen, das sowohl quantitativ wie auch qualitativ beeindruckt. Eine Vielfalt von inhaltlichen Motiven wird in eine thematische Stoßrichtung zusammengeschmolzen und publizistisch auf den Punkt gebracht.

Rusts Beurteilung seines inhaltsanalytischen Materials ist vorsichtig und konservativ. Dennoch ist das Bild deutlich: eine Marke der Neuen Kronen Zeitung und ihrer politischen und sozialen Präsenz in Österreich sind ihre journalistischen Feldzüge und – man kann es nicht übersehen – ihre Erfolge dabei.

Was Rust mit dem technischen Terminus aus der Linguistik „Topic Transformation“ schon anspricht, expliziert Ruth Wodak in einer detaillierten Untersuchung der Berichterstattung in bezug auf Antisemitismus und AIDS. Rust und Wodak schließen von den Seiten der Neuen Kronen Zeitung zurück auf die Strukturen der Weltdarstellung, und auf die Strukturen der medialen Wahrnehmung der Mehrheit des in Österreich Zeitung lesenden Publikums.

Der Beitrag von Alina Niederfrieden ist hier eine gelungene Ergänzung. Er erlaubt einen der seltenen Blicke hinter die Kulissen der journalistischen Arbeit bei dem Blatt. Unzählbar sind die Fälle, in denen die Neue Kronen Zeitung auf Kritik mit exzessiver Schärfe und rufvernichtender, persönlicher Polemik reagiert hat – ein Umstand, der ja auch einen Teil des Anlasses für dieses Buch darstellt. Umsomehr sind jedoch diejenigen bedroht, die für die Zeitung arbeiten und sich eine kritisch urteilende Distanz zur eigenen Arbeit und dem ganzen Betrieb erlauben. Für sie steht berufliche Existenz und persönliches wirtschaftliches Überleben auf dem Spiel.

Wie ja der spezielle Mangel an Selbstkritik auch zum Markenzeichen der Neuen Kronen Zeitung gehört, so ist sie eines der Medienunternehmen, die ihren Mitarbeitern kaum öffentliche Reflexionen darüber erlauben, was besser oder anders gemacht werden soll. Diese laufen der Selbstgerechtigkeit und –herrlichkeit der Neuen Kronen Zeitung zuwider, werden angesichts des Erfolges der Zeitung von vornherein als falsch, ja „hirnverbrannt“ (Staberl) abgetan und immer nur auf persönlich motivierte Angriffe reduziert.

Daher ist es auch verständlich, daß die Journalisten, die an dem mit Alina Niederfrieden gekennzeichneten Beitrag gearbeitet haben, nicht genannt werden wollen. Ihre Beschreibung der inneren Abläufe der redaktionellen Arbeit basiert auf der mehrjährigen Kenntnis der Wiener wie auch einiger der Bundesländerredaktionen. Ich freue mich über den Beitrag und bin den Autoren dankbar für ihren Mut. Ihre Identität ist nur mir bekannt.

Die Mitte des Buches bildet eine analytische Exkursion von Franz Schuh. Anlaßfall ist die Bestattung Zitas von Habsburg. Schuh geht dem Österreichischen an der Zeitung nach. Er beginnt mit dem Experten in der Disziplin „Studium des Homo Austriacus“, Karl Kraus, dessen sprachlicher Biß bis heute aufrichtend ist, wenn Einschüchterung oder Gedankenträge das Trübe am österreichischen Klima annehmbar erscheinen lassen, und spannt den Bogen bis Lainz, wo der Tod nicht in der Verklärung der am Kaisertum sich erregenden Nostalgie, sondern in der Verklärung der sich am Crime & Sex aufgeilenden Phantasie journalistisch versprachlicht wird.

Schuh zeichnet nach, wie es der Kronen Zeitung gelingt, in ihrer Geschichtenverarbeitung der Historie mit menschlichen Basismentalitäten zu räsonieren und damit eine Österreich umfassende Resonanz zu erzielen. Trotz der Kleinheit der österreichischen Welt kann man in ihr Gipfel der Selbstgerechtigkeit und –entrüstung erbauen, von denen dann der gesamte Globus als Peripherie im urteilenden Blick behalten werden kann. Damit vermittelt die Kronen Zeitung grundsätzliche Orientierung: Wir sind im Zentrum, das ist gewiß.

In einer immer komplexer werdenden Welt erfüllt die Neue Kronen Zeitung somit eine Schlüsselfunktion. Für die Augenblicke des Lesens erscheint die Welt im Griff, das Urteil der Zeitung ordnet Widersprüchliches und Fragmentarisches, Bedrohendes und Tödliches in moralisierenden Berichten. Sie bringt die Welt in den Blick und auf ein österreichisches Format. Ein täglicher Erfolg.

Wien / Salzburg / Ottawa Peter A. Bruck

Alina Niederfrieden

Der Journalist im Kommerz

Arbeit und Alltag in der Neuen Kronen Zeitung

So einzigartig wie der kommerzielle Erfolg der Neuen Kronen Zeitung ist auch die Organisation der Redaktion des Millionenblattes. Denn nicht nur Produktion und Vertrieb sind minutiös durchgestaltet, sondern auch die Arbeitsvorgaben für die Kronen Zeitung–Schreiber. Nachrichtenauswahl und Präsentation funktionieren nach einem autoritär kontrollierten System, von dem es im allergrößten Teil der Fälle keine Abweichung gibt. Das bringt dem Kleinformat einerseits seine Unverwechselbarkeit und seine eindeutige (Boulevard–)Linie, läßt aber andererseits das Heranwachsen von Redaktionsmitarbeitern mit originellen, eigenwilligen Ideen nicht zu. Verglichen mit den Durchschnittsredakteuren anderer österreichischer und ausländischer Blätter sind die Neue Kronen Zeitung–Schreiber Fließbandarbeiter, während Kollegen anderer Printmedien eigenständige Handwerker sind.

Fließbandjournalismus

Die Unternehmensgröße diktiert den Tagesablauf. Die Millionenauflage und der Druckereistandort Wien geben den straffen Rahmen für die Zeitungsproduktion vor. Bereits zwischen 16 und 17 Uhr rotieren täglich die Druckwalzen für die Abendausgabe, die fast mit der Wiener Ausgabe ident ist. Ein ausgeklügeltes Seitensystem hilft, die Minuten nicht zu vergeuden. Zeit ist Geld. Anschließend wechseln die Drucker die Platten für die vielen Bundesländerausgaben aus. Für Insertionen, wie die regionalen Donnerstagsbeilagen, wird auch vorgedruckt. Mit dieser perfekten Organisations- und Produktionsmaschinerie geht ein gut funktionierender Redaktionsapparat konform. Die Krone-Schreiber müssen sich in das Werk eingliedern und als Rädchen in der gigantischen Medienmaschine reibungslos laufen. Zwischen 8 und 9 Uhr füllen sich die Redaktionsräume – im Gegensatz zum sonst branchenüblichen Arbeitsbeginn um 10 Uhr bei Tageszeitungen. Stories werden gehamstert und dem jeweiligen Chef angeboten. Die Zeit drängt. Wenn andere Tageszeitungsredakteure die Klinke ihrer Bürotür erstmals an diesem Tag in die Hand nehmen, ist das kleine Massenblatt schon einen Schritt weiter. Der Krone-Chef-vom-Dienst oder der Lokalchef aus den Bundesländern bespricht dann bereits mit einem Layouter in Wien via Telefon die Gestaltung der Seiten. Bis dahin sollten alle Geschichten und Bildformate feststehen, sonst muß der Layouter erneut zu Radiergummi und Bleistift greifen und die Seite(n) umgestalten. Rund zwei Stunden später werden die Seiten per Telefax von Wien in die Bundesländerredaktionen gesandt. Der Chef verteilt mittags die Plätze für die Artikel, und die Bildschirmarbeit beginnt.

21 Anschläge für den zweispaltigen Titel, 32 für einen Dreispalter. Das Computersystem ist für die Redakteure einfach gehalten. Keine Satzbefehle belasten die journalistische Arbeit, keine breiten Buchstaben wie etwa ein „m“ oder ein schmales „i“ die Titelbastelei. Eine Bildschirmtextzeile ergibt normalerweise zwei Druckzeilen. Das fertige Produkt schickt der Autor zum jeweiligen Vorgesetzten, der kontrolliert, redigiert und sendet den Artikel dann via Kabel in die Wiener Zentrale. Dort geht das Produkt seinen druckküblichen Weg: Korrekturlesen, Belichtung, Seitenmontage, Druckmaschine.

Gegen 16 Uhr endet für Neue Kronen Zeitung–Redakteure meist der Arbeitstag – außer die Meldung über einen Mord, einen Bankraub oder eine andere Sensation sorgt für Aufregung in der Redaktion. „Ein Banküberfall passiert prinzipiell nur in der Früh oder kurz vor Schalterschluß“, meinte einmal ein erfahrener Krone–Schreiber zu den Berichterstattungsgewohnheiten des Blattes. Ein „Spätdienstler“ überwacht nach dem Arbeitsschluß seiner Kollegen ab 16 Uhr noch das Geschehen im jeweiligen Arbeitsbereich. Er kommt mittags und muß bis 20 Uhr – dann ist auch für die Bundesländerredaktionen Deadline (absoluter Redaktionsschluß) – eventuell Geschichten austauschen. Über Piepserl kann der Redakteur im Ernstfall Verstärkung (seine Kollegen) anfordern.

Sechs Tage – inklusive Samstag – funktioniert das System nach diesem beschriebenen Schema. Nur sonntags verschieben und komprimieren sich die Zeiten. Ein „Frühdienstler“ werkt ab 8 oder 9 Uhr und bearbeitet die „großen“ Stories. Mittags trudeln die Kollegen ein, um 18 Uhr ist für die Redaktion der Sonntagsdienst beendet und die Zeitung fertig. Das Produkt ist die übliche Montagszeitung.

Emotion und Ordnung: Was ist eine Krone-Story?

Grundsätzlich wird in der Redaktion der Neuen Kronen Zeitung – respektive im Chronikteil – die Emotion vor die Information gestellt. Das wirkt sich in der Redaktionsarbeit auch auf die Art der Recherche aus. Das journalistische Motto könnte man auf folgenden Satz reduzieren: „Denk immer das Extremste, das Aufregendste, und recherchiere daraufhin, mach das zur Story!“ Dazu einige Beispiele: Liefern sich zwei Raser auf der Autobahn ein Duell, das damit endet, daß ein Lenker eine Pistole auf den anderen richtet, und geben beide anschließend bei der Gendarmerie als gefahrene Geschwindigkeit unglaubwürdige 130 Stundenkilometer an, so setzt die Kronen Zeitung das Tempo fest: Das Duo raste mit 190 km/h über die Autobahn. Oder ein Beispiel aus dem Umweltschutz: Während der ersten großen Diskussion um die Möglichkeiten der Müllverbrennung kam die wissenschaftlich noch kaum untermauerte Vermutung auf, daß beim Verbrennungsvorgang Dioxin entweichen könne. Der rote Faden der Krone–Stories damals war: Es droht ein neues Seveso! Dies auch dann, wenn Belege für die Behauptung fehlten – und das war damals der Fall. Wollte ein wissenschaftlicher Informant eine differenzierte Aussage machen („Es besteht eine minimale Gefahr, daß es zu Vergiftungen kommt"), so wurde dies ignoriert oder im Kontext so eingebracht, als gehöre der Mann zu den großen Warnern vor der Verbrennung.

Während sich in diesem Fall das Herbeireden von Gefahren und damit das Aufschaukeln von Emotionen durch Rühren an menschlichen Urängsten in Sachen Umweltschutz nachträglich als richtig herausstellte, wirkt sich dieses Vorgehen in anderen Themenbereichen fatal aus. Das beste Beispiel dafür ist die Polizeiberichterstattung, die mit großem personellen und sachlichen Aufwand betrieben wird. Kern der Blutgeschichten (so das interne Jargonwort) ist in den meisten Fällen eine Schuldzuweisung. Wie überhaupt, dem Redaktionsdiktat entsprechend, in den Kategorien Gut–Böse, Schuld–Unschuld gedacht, ausgewählt und geschrieben werden soll. Dabei wird wenig Rücksicht darauf genommen, daß es in der kurzen Recherchezeit des Tagesjournalismus oft unmöglich ist, Urteile auch journalistisch sauber zu fundieren und exakt zu formulieren. Aus diesem Grund ist die Neue Kronen Zeitung auch oft mit Klagen von Geschädigten konfrontiert. In sehr vielen Fällen verzichten die Geschädigten aber aus Angst vor der Macht der Zeitung und den finanziellen Folgen auf rechtliche Schritte. Auch ohne empirische Beweise läßt sich auf Grund langjähriger journalistischer Erfahrung sagen, daß die Mehrheit der in der Kronen Zeitung zu Schuldigen Gestempelten der Kategorie „Kleiner Mann" angehören. Dies wird schon in der Wortwahl der Redakteure deutlich: Alkolenker, Arbeitslose, Obdachlose, Eifersüchtige, untreue Ehefrauen sind die bevorzugten Prangeropfer des Blattes. Diese Einstellung deckt sich in seltsamer Weise mit dem Weltbild der Hauptinformanten, nämlich der Polizisten und Gendarmen. Der Grund dafür ist einerseits in der Abhängigkeit der Redakteure vom Wohlwollen der Informanten zu suchen. Diese werden nicht selten mit Lobartikeln gehätschelt. Andererseits ist eine Law-and-Order-Mentalität auch festes Gerüst der redaktionellen Vorgabe. Zweifel an der Rechtmäßigkeit von Aktionen der Exekutive sind großteils verpönt. Ausnahmen bilden extreme Einzelaktionen (Prügelpolizisten), die nicht das ganze System in Frage stellen bzw. das System geradezu wiedererstarken lassen. Ausgenommen von dieser redaktionellen Linie sind auch sogenannte Kampagnen des Blattherausgebers. Bestes Beispiel dafür ist das Anti–Hainburg–Engagement der Neuen Kronen Zeitung. Solche Aktionen werden ausnahmslos vom Herausgeber Hans Dichand selbst initiiert. Dabei werden alle nur halbwegs akzeptablen Argumente und Fakten in der Art eines Maschinengewehrfeuers auf den Gegner gerichtet. Kontroverse Sehweisen kommen nicht ins Blatt. Diese Kampagnen werden von Dichand in seiner unnachahmlichen, mild-väterlich wirkenden Art lanciert, wobei es allerdings innerhalb der Redaktion keinen Widerspruch gibt.

Abgesprochen werden die oft Monate andauernden Kampagnen zwischen Dichand und seinem engsten Mitarbeiterstab, zu dem neben dem (bis zum Anfang 1991 tätigen) geschäftsführenden Chefredakteur Friedrich („Bibi“) Dragon, den leitenden Redakteuren (Haunold, Kunze) die Politik–Redakteure gehören. Auch die Chefredakteure der Bundesländerausgaben werden konsultiert – allerdings in der zivil getarnten Form einer Befehlsausgabe. Leitfunktionen haben bei solchen Kampagnen auch die Krone-Kolumnisten/innen, die in der Mehrzahl zu den engsten Vertrauten Dichands zählen. Die Order wird in subtiler Weise an die „Arbeitsredakteure“ weitergegeben. Eine Reihe einseitiger Artikel zu Beginn läßt an der Redaktionsbasis die inneren Zensoren wach werden. Schon nach kurzer Zeit gibt es praktisch keine Story-Vorschläge mehr, die die Aktion stören könnten. Sollte dies doch der Fall sein, wird vorerst nur vorsichtig gedroht: „So war das aber nicht abgemacht“ (Zitat). Der Unmut der Redakteure, die nicht selten gegen ihre persönliche Meinung schreiben müssen, äußert sich nur unterschwellig in privaten Gesprächen oder in Seitenbemerkungen unter gleichrangigen Kollegen. Bei sensiblen Journalisten können solche Widersprüche zu psychosomatischen Problemen führen. So erkrankte ein Politikredakteur kurz nach dem Ende der Pro–Waldheim–Kampagne so schwer, daß er sich in Spitalsbehandlung begeben mußte. Der Journalist hatte mehrmals im Kollegengespräch seinen Unwillen darüber geäußert, daß er einen Kandidaten forcieren müßte, von dessen mangelnder Eignung für das Amt des Bundespräsidenten er überzeugt war.

In den Bundesländerredaktionen hat die sensationelle Aufmachung von Chronikstories (im Jargon „Blut und Blech" genannt) absoluten Vorrang. Diese auch an der Zahl der diesbezüglichen Seite-Eins-Aufmacher nachvollziehbare Tatsache hat in erster Linie verkaufsfördernden Charakter. Etwas anders verfährt die Salzburg-Krone, die wegen der besonderen Struktur des Lesermarktes und der betont zurückhaltenden Linie des Konkurrenten „Salzburger Nachrichten" den Politstories den Vorrang gibt. Dies allerdings auch in der Form aggressiv gestalteter Artikel, die dem Blatt den Anschein des mutigen Journalismus geben sollen.

Chronikstories – vor allem „große Morde" und andere Kriminalfälle – werden mit Eigenrecherchen weiterverfolgt. Diese sogenannten „Nachzieher" lassen den ganz typischen „Krone"-Redakteur erkennen. Die Reporter verfolgen eine eigene Spur, lassen sie – wenn notwendig – vage durch Aussagen von Beamten belegen. Notfalls werden die Beamten gedrängt, ebenfalls diese Spur zu verfolgen. Die Redaktionsleitung schreckt dabei nicht davor zurück, Unschuldige zu verdächtigen oder Verdächtige explizit zu Mördern oder Räubern zu erklären. Beispiele dafür gibt es ohne Zahl. Der spektakuläre Fall der Morde von Lainz ist nur der aufsehenerregendste und einer der ersten, bei denen die Kronen Zeitung sich mit einer Vielzahl von Seiten an Entgegnungen für ihre Falschrecherchen und –beschuldigungen verantworten mußte.

Wie kann man einen durchaus anständigen Journalisten dazu bringen, auf solche Art Stories zu schreiben? Hier wird eine weitere Eigentümlichkeit der Neuen Kronen Zeitung offenbar, die in kaum einer anderen österreichischen Zeitung zu beobachten ist. Das System funktioniert wieder über sogenannte Stars. Auch die Lokalredaktionen werden zumeist von überdurchschnittlich bis sehr gut bezahlten Journalisten geleitet, deren offensichtlich wichtigste Funktion es ist, als gnadenlose Antreiber zu funktionieren. Basisredakteure beziehen das Feedback für ihre Leistungen ausschließlich über den Sensationscharakter ihrer Stories. Haben sie Skrupel, eine vielleicht nicht große Story „aufzublasen“, werden sie mit sanftem Druck gezwungen, umzuschreiben. Im Wiederholungsfall wird der- bzw. diejenige für unfähig erklärt, im äußersten Fall scheidet er oder sie aus dem Unternehmen aus. Die Striktheit, mit der dieses System ausgeführt wird, nimmt bisweilen Formen des Psychoterrors an, in jedem Fall verhindert es unneurotische, kollegiale Beziehungen untereinander.

Streng nach oben gerichtet: Das Innere des Redaktionssystems

Das Redaktionssystem der Neuen Kronen Zeitung ist wie eine Pyramide aufgebaut. Ganz oben steht Hans Dichand, gleich darunter seine wenigen Vertrauten, die hundertprozentig auf ihn eingeschworen sind. Wieder darunter ein Stab von Ausführenden bzw. Organisatoren, die den Willen des Herausgebers zum Blattinhalt machen. Auf etwa gleicher Ebene rangieren die „Stars“. Dazu zählen die Kolumnisten, die Spitzen der Wiener Redaktion und – mit einigem Abstand – die Leiter der Bundesländerredaktionen. Letztere dürfen zwar im Impressum als Chefredakteure aufscheinen, ihr wirklicher Einflußbereich ist sowohl bei der Personalaufnahme als auch bei der Findung einer regionalen Linie äußerst beschränkt. Sie sind faktisch total dem Goodwill Dichands und seiner Vertrauten ausgeliefert. Auf der untersten Ebene rangieren die Basisredakteure, die „Arbeitsbienen“. Das sind Journalisten, deren Gehalt kaum den Kollektivvertrag überschreitet. Sie sind jene, die das Blatt „füllen", Geschichten „keilen" und nach längst internalisierten Regeln schreiben müssen. Mobilität nach oben ist auf dieser Ebene faktisch nicht gegeben. Die meisten dieser Journalisten bleiben jahrzehntelang „Blutschreiber". Sie sind auf das Gehorchen konditioniert und vermeiden peinlichst, sich auf Konflikte mit der internen Obrigkeit einzulassen. Versuche dieser „Arbeitsbienen", eine individuelle Linie einzuschlagen, enden nicht selten mit dem unfreiwilligen Ausscheiden aus dem Unternehmen. Meist genügen aber schon Verwarnungen durch den Vorgesetzten, denn das Selbstbewußtsein von Krone–Lokaljournalisten ist in der Mehrzahl der Fälle nur schwach ausgebildet. Die strenge, hierarchische Ordnung erlaubt keine Entwicklung der Persönlichkeit.

Viele von den für die Neue Kronen Zeitung arbeitenden Basisredakteuren glauben, wegen des schlechten Rufes des Blattes in der Branche keine Chance bei „seriösen" Zeitungen zu haben und verzichten daher auf Bewerbungen. Ein Jobwechsel ist aber unter gleichrangigen Kollegen in der „Krone" ein sehr häufiges Gesprächsthema, doch nur wenige schaffen den gewünschten Ausstieg. Der oben erwähnte Zwang zur Aufbereitung und vor allem zum „Keilen" von Exklusivstories läßt ein Konkurrenzklima aufkommen, das Freundschaften unter den „Arbeitsbienen" erschwert. Viele versuchen, durch Zynismus und innere Emigration die Entfremdung zu überspielen. Dies wird durch das starre System gefördert, das individuelle Teilnahme und Engagement in Recherchen und Berichterstattungsstil nicht unbedingt erfordert, ja eher unterbindet.

Dem „Krone"-Redakteur sind Aufbau und Stil der Artikel vorgegeben. Schon das Kleinformat bedingt eine knappe, verdichtete Sprache, die zu den bekannten Vereinfachungen und Vergröberungen der Kronen Zeitung geführt hat. Als prinzipielle Erzählhaltung gilt die Sicht des „kleinen Mannes". Der Titel muß „tuschen", das heißt, er muß Emotionen aufschaukeln. Im Vorspann muß schon die Quintessenz der Story stehen, die

Emotionslogik muß schon in den ersten Zeilen auf die Spitze getrieben werden. Im Text selbst werden meist chronologisch die Fakten aufgezählt, die die Richtigkeit des Titels bestätigen. Überprüft werden die Artikel strenger als in anderen Redaktionen. Ressortchef, Chefredakteur, Wiener Zentralredaktion (auch Produktion) prüfen die Arbeit. Geändert wird z.B. dann, wenn der Text für die große Aufmachung zu schwach ist. Dabei wird mitunter sehr großzügig mit Fakten umgegangen.

Mehr Freiraum als die Politik- und Chronikredakteure haben die Kulturjournalisten. Sie müssen „nur" Rücksicht darauf nehmen, daß deklarierte Feinde der „Krone" nicht in positiver Weise zu Ehren kommen. Beispiele dafür sind etwa der Bildhauer Alfred Hrdlicka oder Waldheim-Gegner aus der Kunstszene.

Professionalismus im Kommerz

Die Neue Kronen Zeitung ist eine Macht. Eine Macht, die auf der Welt ihresgleichen sucht. Hinter diesem österreichischen Meinungsmonopol verbirgt sich ein straff geführtes und milliardenschweres Wirtschaftsunternehmen, das nicht ohne Grund seine einzigartige Stellung in der Alpenrepublik erlangte und auch noch weiter behauptet. Vom kleinsten Mitarbeiter bis hin in die obersten Etagen funktioniert – mit wenigen Ausnahmen – eine Maschinerie, die tagtäglich ein kleinformatiges Massenprodukt organisatorisch perfekt aus dem Boden stampft. Jeder Beschäftigte ist ein Rädchen, das makellos zu laufen hat. Der Druck des Kommerzes knistert in jeder Abteilung und sorgt für Hochspannung. Auch in den Redaktionen.

Sensationsstories erlangen durch kommerzielle Kalkulationen eine Eigendynamik, die, zu einer Kampagne breitgetreten, nicht mehr zu bremsen ist. Der „alte Hase" weiß, wie eine Geschichte zu schreiben ist. Einfach, leseleicht, lesenswert und komprimiert. Die Bandbreite, die dabei stilistisch und inhaltlich von „oben" akzeptiert wird, ist gering. Alles ist auf den Verkauf des Produktes getrimmt, jeder muß mitmachen. Wird eine heiße Story verschlafen, belegt tags darauf ein Donnerwetter die Redaktion, das in den meisten anderen Medienunternehmen kaum vorstellbar wäre. Der Drang, erster im Blätterwald zu sein, belastet. Nachwuchsredakteure gelten erst dann als fertig, wenn sie in diesem Räderwerk klaglos und ohne Widerstand funktionieren. Dies gilt sowohl für das persönliche Verhalten als auch für die Recherche und den Schreibstil.

Armin Thurnher

Acht Schilling für Hans Dichand

Aus einem Tagebuch über das Leben mit der Kronenzeitung

Die folgenden Seiten enthalten Auszüge aus dem Tagebuch eines Publizisten, das er jede Woche teilweise in der Wiener Wochenzeitung Falter veröffentlicht. In meiner dortigen Kolumne führe ich einen mittlerweile nicht mehr ganz einsamen Kampf gegen die Neue Kronen Zeitung, ihren Herausgeber und jene gesamtösterreichische Kultursphäre, welche sich durch das Boulevardblatt repräsentieren und mitunter auch regieren läßt. Angesichts der Größe meines Mediums im Verhältnis zu Österreichs mächtigster Zeitung kann mir die lächerliche Komponente dieses Unterfangens nicht entgehen. Ich tröste mich mit dem Gedanken, daß man hierzulande je schon als Don Quichotte verspottet oder als Nörgler beschimpft wurde, wenn man sich nicht freiwillig einem der bestehenden (Medien-) Machtblöcke zu- und unterordnet, sondern versucht, wild unabhängig mit der Feder in der Luft herumzufuchteln.

Die Tagebucheintragungen gruppieren sich um einige wenige der vielen Höhepunkte, welche uns die Kronen Zeitung in den letzten Jahren beschert hat: Den Skandal von Lainz, die Selbstdarstellung Hans Dichands und einige Aspekte des Chefreporters Jeannée. Dazwischen klingt immer wieder der dem Ganzen zugrundeliegende Generalbaß Medienpolitik an, und der Schluß möchte doch einen ästhetischen Hoffnungsschimmer mitgeben. Die Texte erschienen 1989 und 1990. Sie wurden geringfügig verändert.

Licht aus dem Sack

Die Kronen Zeitung ist unlängst 30 Jahre alt geworden. Hans Dichand hat sich aus festlichem Anlaß in den Smoking seines eigenen Namens geworfen und für diesmal auf die Strumpfmaske „Cato“ verzichtet, um uns ein paar interessante Einzelheiten mitzuteilen. Einst, ehe noch der dreißigjährige Countdown begonnen hatte, hieß die Neue Kronen Zeitung (zwischendurch) „Kleine Kriegszeitung“. Mittlerweile ist sie längst die größte im Land (absolut) und in der Welt (relativ). Wie konnte es so weit kommen?

Hier Dichands Ingredienzien: Man nehme etwas „naiven Idealismus“, halte sich „abseits materieller Spekulationen und unabhängig von politischem Machtstreben“ – mit anderen Worten, man verhalte sich wie gedruckt. Und dann? „Man kann Journalismus als die Kunst verstehen, Ereignisse möglichst wahr und schnell der Öffentlichkeit zu übermitteln und zu kommentieren.“ Schlechtes Deutsch kein Hindernis. Aber das sind Banalitäten.

Denn darum geht es nicht. Auch nicht darum: „Als Zeitung beten wir die öffentliche Meinung keineswegs nach, sondern wir versuchen, sie dort respektabel zu machen, wo sie es nicht ist.“ Johannes Kunz, der Dichand im ORF interviewte wie ein Klassenbester seinen Klassenvorstand, erhielt diese Auskunft. Aber zusammen mit folgendem Satz gelesen, ergibt die Sache schon mehr Sinn: „Die politisch völlig unabhängige Krone störte – ohne selbst Macht auszuüben – das Spiel der Mächtigen manchmal empfindlich …“.

Macht ausüben, ohne sie auszuüben. Die Politiker zum Zittern bringen bloß mit der Meinung des Volkes, der man mit jenem Zittern Respekt verschafft. Man selber ist da bloß bescheidener Vermittler. Wenn es nicht um Macht geht, worum geht es dann? Dichand, ein Meister der Spannung, verrät es erst im letzten Satz seines 68-Zeilers. „In solcher Definition ist aber nichts von der Leidenschaft gesagt, die auch ganz wesentlich zum Journalismus gehört; von dem Wollen, das Licht in Säcke zu tun und es im Dunkeln auszuschütten, von der Aufgabe, an der die Schildbürger scheiterten, die aber Zeitungsmachern – Herausgebern, Redakteuren, Kolumnisten und Reportern – manchmal gelingt."

Knüppel aus dem Sack, das kennen wir. Aber Licht in und aus dem Sack? Was meint er? Will er „Licht ins Dunkel" Konkurrenz machen? Kann nicht sein. Halt. Da ist's. Auf Seite zwei der Neuen Kronen Zeitung, deren redaktioneller Teil zu einem Viertel dem Zweck gewidmet ist, der „Mordserie in Lainz" eine Mordserie in der Krone abzugewinnen, tut sich der Dichandsche Sack auf und beschert der Familie seiner Leser die reiche Gabe seines Lichtes: ein Lichtbild. Es ist ein echtes Familienbild und zeigt unter dem Foto der „Haupttäterin" ein Foto ihres Elternhauses mit genauer Ortsangabe. Ja, da geht das Licht auf in Hagenberg, daran wird sich die Familie erquicken, und der naive Idealismus wird der Familie einer Mörderin ebenso zur Freude gereichen wie der Familie der Leser. „Und sie entwickelt sich immer weiter und wächst auch heute noch."

Schwester Krone, wo bleibt dein Bruder Diskussionsleiter?

Ich schwöre Ihnen, es ist nicht Obsession, die mich immer wieder zur Neuen Kronen Zeitung greifen läßt. Es handelt sich vielmehr um einen Auftrag. Auf Redaktionssitzungen wird er mir erteilt, von Redakteuren, die in solchen Zusammenhängen mit dem Finger auf mich zeigen. Auf der Straße fordern unvermittelt vor mir sich aufpflanzende Leser die Auseinandersetzung mit dem Immergleichen. Widerstand ist sinnlos. Gegen die Krone muß wieder angetreten werden. Immer wieder. Selbst dann, wenn der Polizeipräsident in der Krone Journalismuskritik betreibt. „Da hört", schrieb er, um seine Nachrichtensperre zu rechtfertigen, „die Polizei von den Zeugen plötzlich nur mehr das, was in den Zeitungen gestanden ist, und nicht mehr." Nun, Herr Bögl, etwas wie die Zeitung, das per definitionem Vorstellungskraft und Erinnerungsvermögen zersetzt, kann kaum im polizeilichen Bedarfsfall das Gegenteil bewirken.

Allein, die Serie von Lainz vollbrachte auch Wunder. Erstmals wurde der Falter in der Neuen Kronen Zeitung zitiert. Natürlich kommt das Wort Falter nicht vor, aber immerhin ein Satz von Werner Vogt. Wir waren konsterniert. Der Club 2 am nächsten Tag rückte alles wieder ins Lot. Da attestierte die Krone Werner Vogt – der gesund und rosarot ausgesehen hatte – einen „hochroten Kopf", als er seine „Haßtirade gegen die Kronen Zeitung losließ". Er ist auch wirklich ein undankbarer Kerl. Da lassen sie ihn vorkommen, und was tut er? Er beschimpft sie!

Andererseits brachte die Wut über die Kritiker den Kolumnisten Biró so sehr in Wallung, daß er geradezu in einen Zustand der Klarsicht geriet: „Die Krankenschwestern werden auf der Straße bespuckt? Die Krone ist schuld! Ein ganzer Berufsstand wird in den Schmutz gezogen? Die Krone ist schuld! … Von Informationspflicht – und nur das ist unser Auftrag – scheint der Herr Holl noch nie etwas gehört zu haben. Naja, dieser Möchtegern-Intellektuelle ist sich wahrscheinlich zu gut, seinen Fernsehapparat aufzudrehen …" Ach ja, da ist er wieder, jener „naive Idealismus", „abseits aller materiellen Spekulationen", jenes Streben, das zwar das Spiel der Mächtigen laut Dichand bisweilen stört, selbst aber keineswegs nach Macht strebt. Das klingt dann bei Herrn Biró so: „Wir wollen wieder neutrale Diskussionsleiter im Club 2 sehen, Menschen vom Schlage eines Axel Corti oder eines Günter Nenning, die wissen, welche Aufgaben ein Diskussionsleiter zu erfüllen hat. Für alle anderen ist keine Platz!"

Ah so. Wo sollen die dann hin? Ins Pflegeheim? Was aber, wenn dort schon welche am Gang herumliegen? Was, wenn sie unbequem werden, anfangen zu querulieren, diese von jugendlichem Starrsinn befallenen Mitglieder unserer Gesellschaft? Wenn für alle diese anderen kein Platz ist, hätten Sie vielleicht eine Idee, was wir mit ihnen tun könnten, Schwester Krone?

Unfaßbar: Die Zeitung, die alles macht, greift beim Unbegreiflichen ins Leere

Unfaßbar. Die Welt nach Lainz verschwimmt zu Phantomen, ein Nebel aus Vorfällen steigt vor unseren Augen auf, eine Wand aus Ereignissen verstellt uns den Blick. Ein schattenhaftes Ballett von Scheckbuchreportern, Polizeifotografen, Untersuchungsbeamten, Politikern umtanzt leichtfüßig die amtliche Nachrichtensperre. Nur sehr Besonnene versuchen, dem Treiben noch Sinn abzugewinnen. Der Nebel, meinen sie, setze quasi ein Rauchzeichen, ein Signal für dringend notwendig gewordene Reformen. Das immerhin, solle man bedenken, sei eine Funktion der Boulevardpresse, ein Klima zu schaffen, in dem die Zuständigen nicht untätig bleiben könnten. Allein, Nebel ist entweder ein Zeichen für rauhes Klima, oder für eines, in dem zwar prächtig alle Arten von Schlingpflanzen und Sumpfblüten gedeihen, mit fetten Blättern, hinter denen sich Politiker leicht verstecken können, weniger prächtig aber Blumen des nüchternen Lichts und der trockenen Aufklärung, die zum Zeichen allgemeiner Besserung erblühen.

Allgemeine Besserung! Längst klingt sie fragwürdig. Wie zum Hohn stellt sich die Mordschwester noch als Geheimprostituierte heraus. Zwar bestreitet sie es, aber dieses wird ihr leichter nachzuweisen sein als ein Dutzend Giftmorde. Und hat auch eines mit dem anderen nichts zu tun, so macht doch eins das andere doppelt verwerflich, vierfach unbegreiflich, sechzehnfach unfaßbar. Sex und Tod: Ein beides zugleich umfassendes Metier wird nur dem Reporter zugestanden. Nur den Göttern in Druckerschwarz ist erlaubt, was selbst den Göttern in Weiß verboten ist. Die Journalisten berichten deswegen mit heißem Atem, weil sie noch nie zuvor ein Spital von innen gesehen haben, sie bringen die Erregung von Biedermännern auf, denen das Interieur von Animierbars gänzlich fremd ist, sie sind Spezialisten für alle Fälle, die deshalb so glaubwürdig vor einem Bischof aufs Knie fallen, weil sie mit Religion garantiert nichts am Hut haben.

Im Unfaßbaren der Schlagzeile wird alles eins. Gibt es Zusammenhänge? „Unfaßbar: Im Juni fährt er wieder!“ Wer? Rennfahrer Gerhard Berger, zwar nicht der Krankenschwester, aber dem Tod von der Schaufel gesprungen, dem Sportreporter direkt auf den Bagger. „Wie ich Sie kenne“, sagt der zum unfaßbarerweise bloß gehirnerschütterten Rennfahrer, „wie ich Sie kenne, sehen wir uns demnächst bei Willi Dungl.“

Das ist jener mythische Ort, an dem alles wieder gutgemacht wird, was in Österreich an Unfaßbarem geschieht. Alois Mock kann man dort bei Liegestützen im taufrischen Gras ebenso ertappen wie jenen Thomas Muster mit dem unfaßbaren Pech am Knie. Nur *das Schweinchen, das alles macht,* wie die Zeitung jene Schwester der Kranken nennt, wird man dort nicht mehr treffen. Denn die unfaßbare Hilfsschwester-Prostituierte, die mordende Pflege-Hure ist längst gefaßt und an einen Ort der Nichtmehrwiedergutmachung verbracht. Ihr Tun freilich bleibt weiter unfaßbar. Dennoch: Am animierenden Todesengel verdienen rolexgeschmückte, siegelringbewehrte, fetthaarige Wortversteller jetzt erst recht. Sie bieten das „Schweinchen, das alles macht“, Mundspülung oder Französisch, und das sich, weil gefaßt, nicht mehr wehren kann. Sie begreifen zwar nicht, wie all dies geschehen konnte, sind aber fest entschlossen, allen Protesten zum Trotz weiterzumachen, von einem unbegreiflichen Einzelfall zum nächsten, getreu dem Motto des umgekehrten Hans im Glück: Je größer das Unglück, desto höher die Auflage.

Medienpolitische Denkpause

Das westdeutsche Bundeskartellamt hat die geplante Fusion von Daimler-Benz und Messerschmitt-Bölkow-Blohm für nicht zulässig erklärt. Ob sich die Regierung in Bonn über diese Entscheidung hinwegsetzen wird, ist noch nicht klar. In der Begründung spricht das Kartellamt von „Alleinstellung“, von „überragender Markstellung“, von „Ausschluß des Wettbewerbes“, von „marktbeherrschenden Stellungen“, die durch etwaige Vorteile wirtschaftlicher Art für die beiden Unternehmen nicht aufgewogen würden. Die westdeutsche Wochenzeitung *Die Zeit,* der diese Informationen zu entnehmen sind, kommentiert: „Politiker sind für ihr Handeln demokratisch legitimiert, und sie unterliegen parlamentarischer Kontrolle. Großunternehmen fehlt diese Legitimation und diese Kontrolle. Sie sind nicht dem Wohl des Gemeinwesens, sondern dem ihrer Aktionäre verpflichtet. Deshalb muß ihre Macht begrenzt bleiben.“

Wieso ich Ihnen das erzähle? Ganz einfach. Weil zur gleichen Zeit bekannt wurde, daß sich in Österreich die Firma Mediaprint an der Großdruckerei des Anton Tusch beteiligt hat. Die Mediaprint (Besitzer: die WAZ-Gruppe, Hans Dichand und die Kurier-Gruppe) erfüllte schon vor dieser Beteiligung all jene Kriterien von Marktbeherrschung, Gefährdung des Wettbewerbs und was dergleichen mehr zutreffen möge. Diese führen im angeblich so vorbildlichen Nachbarland zu politischen Entscheidungen, bei uns aber locken sie keinen Hund hinter dem parlamentarischen Ofen hervor. Es mag ja sein, sagt sich der gelernte österreichische Abgeordnete, daß ein Konzern fast 100 Prozent des Boulevardzeitungsmarktes beherrscht (Krone und Kurier), weite Teile des Magazinmarkts (trend, profil, Basta, Rennbahnexpress), beträchtliche des Druckmarkts (Kurier, Pressehaus, Vorwärts, Tusch) und demnächst auch Bereiche des Privat-Radio- und TV-Markts. Aber was, fragt er sich weiter, hat das mit mir zu tun? Und noch wichtiger: Was habe ich davon, wenn ich mich dagegen auflehne?

Die Antwort ergibt sich quasi von selbst. Man erinnere sich der Aufregung nach dem Krone-Kurier-Deal; keine Sekunde sei zu verlieren, hieß es damals, neue Kartellgesetze nannte man dringlich, die Anwendung der bestehenden unumgänglich. Rückwirkend könne man freilich nichts mehr machen, für kommende Fälle hingegen gelte es, gewappnet zu sein etc. Aber: die ÖVP ist über den Kurier, die SPÖ jetzt über den Vorwärts in die Geschäfte der Mediaprint involviert, die Grünen und die Blauen werden auch nicht blöd sein und die Kronen Zeitung gegen sich aufhetzen. Die Deutschen, von ihrem eigenen Kartellamt längst eingeschränkt, weichen auf legistisch weniger entwickelte Gebiete aus. Da Ostafrika längst in fremden Zungen spricht, bleibt als logische Kolonie in deutschsprachigen Mediensachen Österreich.

Das ist schon in Ordnung, hat durchaus seine Richtigkeit. Parlamentarische Kontrolle der Wirtschaft können wir ruhig dem Westen überlassen, uns gibt die Politik selbst genug zum Kontrollieren auf. Daß die Freiheit des Gewerbes bei uns vor der Freiheit der Meinung kommt, läßt sich möglicherweise mit unseren Anschlußbestrebungen erklären. Aber muß denn gleich alles einer Firma gehören?

Ideologie eines Erfolges:
Die Gesinnungslosigkeit und ihre Propheten

Ich sitze im Schatten eines Baumes, Junikäfer fliegen, glückliche Hühner, Kühe, die muhen, und Schweinchen, die alles machen, umgeben mich. Die Gedanken verflüchtigen sich ins Blaue, unwillkürlich wird einem so dösig zumute, daß man einzunicken glaubt, und was tut man? Man greift zur Krone. Da springt sie einen an, diese unglaubliche Sonntags-Kolumne, treibt einen in Bleigewitter und bleibt so pechschwarz an einem kleben, daß man die Finger nicht mehr sauber kriegt:

„Das Theater bleibt ein Ort, an dem noch ein Rest von höherer Gesinnung sich erhält. Auch deshalb können viele klassische Stücke in Diktaturen nicht mehr gespielt werden. Das Mißverhältnis zu den normalen Maßen wird offenbar". – Dies schrieb Ernst Jünger in einem seiner Tagebücher.

Wir leben zwar in einer Demokratie, aber unser Kulturleben ist eine Enklave der Diktatur. Politiker oktroyieren uns Kulturleute, denen es spielend gelingt, bei uns ‚den letzten Rest von höherer Gesinnung' zu beseitigen. Peymann ist ein solcher Theaterdirektor. Da werden Terroristen wie Ulrike Meinhof auf der Bühne geehrt. Da wird unser Land besudelt, und die Steuerzahler, die das alles nicht wollen, müssen dafür aufkommen. Auf dem Albertinaplatz in Wien stellte Hrdlicka ein schwaches aber umso gigantischeres Spätwerk mit stalinistischen Akzenten (Ehrung des einstigen KPÖ-Häuptlings Koplenig) auf. Die Mehrheit der Bevölkerung, gegen das Denkmal eingestellt, erweist sich als ohnmächtig. Oder nicht? Warten auf den nächsten Wahltag, ihn zum Zahltag machen!

Aurelius

Es gibt bekanntlich politische und religiöse, anständige und unanständige Gesinnungen. Was „höhere Gesinnung“ bedeutet, erschließt sich einem vermutlich leichter in den Chefetagen des Pressehauses, wo 50 Meter über dem Boden der tägliche Zahltag der Neuen Kronen Zeitung ausgeheckt wird. Selbst wenn wir das „Höhere“ beiseitelassen, bleibt die Gesinnung. Und die ist, eingemahnt von einer Zeitung, deren Erfolg auf ihrer stets freudig eingestandenen Gesinnungslosigkeit beruht, doch ein starkes Stück. Staberl, Dichands Prophet (mit Besorgnis sehen wir täglich seinen Bart wachsen), hat einst im Club 2 erklärt, die Krone schreibe niemals gegen die Mehrheit. Damit begründete er seine Haltung gegen das Mahnmal am Albertinaplatz. Auf die Frage, was er täte, wäre die Mehrheit für das Mahnmal, antwortete er, dann wäre auch er dafür. Niemals Mut zur eigenen Meinung. Niemals Mut, sich gegen die Masse zu stellen.

Die Neue Kronen Zeitung ist also keine Partei (Gesinnungsgemeinschaft), sondern das genaue Gegenteil. Weil sie von den meisten Politikern aber absurderweise als politische Kraft aufgefaßt wird, bedurfte sie mit der Zeit auch eines adäquaten Politikers. Jörg Haider ist vor allem für jene attraktiv, denen die politischen Gesinnungsgemeinschaften nicht einmal mehr kleine Pfründe und Privilegien garantieren können, und denen beim grünen Protest noch zuviel Gesinnung beigemengt ist. Jörg Haider, das ist Protest ohne Gesinnung.

Die Kulturkämpfe hingegen, darin bestand ihr eigentlicher

anachronistischer Reiz, waren noch Gesinnungskämpfe. Das hat die Krone so maßlos provoziert. Deshalb sagt uns Dichand: Wir leben in einer Diktatur. Dagegen steht das Diktat der Gesinnungslosen. Noch wird unser Land besudelt, aus Enklaven der Gesinnung heraus. Wartet nur, Leser, ruft ihnen Aurelius zu, bald sind auch sie beseitigt. Dann wird der Gesinnungsdreck schweigen und allenthalben kommen letzte Reste höherer Gesinnung auf. Hoch Dichand!

Rattus Rex

Nie mehr über Dichand und die Neue Kronen Zeitung schreiben – versprochen und gebrochen. Wer die Sonntagskrone gelesen hat, wird mich verstehen, wer sie nicht gelesen hat, bekommt hier als Dokument vorgesetzt, wie der Weg Österreichs zum scheinbar weltoffenen, aufgeklärten und modernen Land durch die dumpf-aggressiven Töne, Untertöne, seines größten und einflußreichsten Mediums konterkariert wird. Hans Dichand vulgo Cato schrieb am 2. Juli 1989, gepeinigt vom Verdruß über eine gerichtliche Entscheidung, die ihn zur Veröffentlichung einer fünfseitigen Entgegnung der Behauptung zwang, eine des mehrfachen Mordes angeklagte Krankenschwester des Krankenhauses Lainz sei als Geheimprostituierte „Das Schweinchen, das alles macht" tätig gewesen, folgendes:

Die Ratten

Ein so großer Erfolg wie der der „Kronen Zeitung" ist Wind und Wetter ausgesetzt. Daran haben wir uns längst gewöhnen müssen. Jetzt, da sich unsere Lokalreporter, den anderen meist ein gutes Stück voraus, einmal – trotz intensiver Recherchen – geirrt haben, kommen die Neider und Hasser erneut wie Ratten aus dreckigen Hinterhöfen hervor. Mit ihren vom Aas ihrer Gesinnung vergifteten Zähnen versuchen sie uns anzufallen. Wider besseres Wissen werden die Dinge auf den Kopf gestellt. Die Krankenschwester habe bitterlich geweint, als sie im Gefängnis erfahren mußte, daß die „Krone“ berichtet habe, sie sei auch Geheimprostituierte gewesen. Beim Ablegen des Geständnisses, ihr anvertraute Patienten bestialisch ermordet zu haben, nur weil ihr diese lästig geworden waren, hat sie keine Träne der Reue vergossen. Und unsere Konkurrenzzeitungen tun plötzlich so, als seien die Mordtaten von Lainz geradezu eine Bagatelle gegen den Vorwurf, auch noch nebenbei Prostituierte gewesen zu sein. Wir haben uns geirrt und wir entschuldigen uns dafür – bei unseren Lesern, nicht bei der Krankenschwester. Ihr gegenüber hält sich unser Mitleid in Grenzen …

Cato

P.S.: Einer der Krankenschwester-Anwälte hat verlauten lassen, man sei – gegen Geld – vergleichsbereit. Unsere Antwort: Kein Groschen für die Krankenschwester und ihre Anwälte.

Wollen wir nicht so tun, als sei die Herausgabe der Neuen Kronen Zeitung geradezu eine Bagatelle gegen den Vorwurf, nebenbei auch noch catonische Kolumnen zu verfassen. Ich frage mich: Diktiert Dichand solche Texte im Ärger, oder kalkuliert er sie kaltschnäuzig? Berechnet er sie auf die Instinkte der Stammleser? Oder zielt er auf das wohlige Entsetzen von Besorgten (wie mir), daß die Krone tatsächlich zur Zeitung aller Österreicher und Österreicherinnen wird, jener, die über dem nach der Entgegnung ganzseitig ins Blatt gerückten Bild der Mordschwester, die sich an den Busen greifen läßt, zufrieden rufen: „Und sie ist doch ein Schwein“, genauso wie jener, die ob dieses Zynismus vor den so leicht zu befriedigenden Instinkten der Massen und ihren Befriedigungen erschauern?

Es ist schon so, Dichands Welt besteht aus seinen Lesern und aus den anderen. Im Hinterhof leben beide. Sobald die Reporter, wie immer ein gutes Stück voraus, sich trotz intensiver Recherchen geirrt haben, was vorkommen kann, zeigen die treuen

Leser, daß sie zwischen einmal und keinmal keinen Unterschied machen. Zufrieden schließen sie die Fenster, auf deren Gesims sie tagsüber lehnen. Alles könnte sein wie zuvor, im Hinterhof.

Versonnen steht Dichand und betrachtet die sinkende Sonne, sein wind- und wettergegerbtes Gesicht strahlt reife Männlichkeit aus. Der systematische Genuß erlesener Kunstwerke hat einen Hauch von Feinsinn darübergelegt. Die Sonne macht aus seinen Silberhaaren Goldfäden.

Doch da! Da kriechen sie hervor, erneut, die Neider und Hasser, provoziert durch diesen Anblick von Gerechtigkeit und Güte. Es sind die Ratten. Wehe! Sie haben Gesinnung! Mit ihr vergiften sie ihre Zähne! Wie geht das? Ihre Gesinnung ist ihr Fleisch geworden? Sie beißen sich ins eigene Fleisch? Sie reißen es sich heraus, vierbeinige Shylocks, ihr Gesinnungsfleisch, lassen es liegen, verfaulen, aasig werden, fressen es zuletzt und fallen mit ihren Giftzähnen über den Erzhumanisten Dichand her.

Die Ratte ist ein rätselhaftes Tier, vor allem in Verbindung mit Cato. In den antiken Mittelmeerländern nämlich, so sagt mir der „Kleine Pauly", das Lexikon der Antike, sei sie gänzlich unbekannt gewesen. Erst Anfang des 18. Jahrhunderts, mit dem Beginn der Aufklärung, sei sie nach Mitteleuropa gekommen, berichtet mein „Handwörterbuch des deutschen Aberglaubens", das ich bei der Lektüre der Neuen Kronen Zeitung gern zu Rate ziehe. Ebendort finde ich auch einige Bräuche, die ich den Rattenbekämpfern mitteilen möchte: Etwa das Zunähen des Afters (beliebt in wallonischen Landen), oder jenen charmanten Brauch aus Posen, wo die gesund empfindende Bevölkerung der Ratte die Augen ausbrennt, ihr das Fell absengt und sie anschließend losläßt, damit sie ihre Artgenossen in Schrecken versetze. Aber laßt uns nicht wider besseres Wissen die Dinge auf den Kopf stellen. Es geht nicht gegen die Ratten als solche, hassenswert werden die Nager auch nicht unbedingt durch ihre Intelligenz (obwohl die immer suspekt macht), nein, ihr Ärgernis ist ihre Gesinnung. Sage keiner, daß die Gesinnungsratten nur versuchten, über den Herausgeber und seine Zeitung herzufallen. Es gelingt ihnen!

Vor ziemlich einem Monat hatte „Aurelius" in der Krone für sich und für diese eine „höhere Gesinnung" reklamiert. Damals warf ich ihm vor, das sei ein starkes Stück für eine Zeitung, die man als das Zentralorgan der Gesinnungslosigkeit bezeichnen könnte. Jetzt hat er sich besonnen und bekennt sich wieder zur Gesinnungslosigkeit als Ideologie. Es freut mich, ein wenig zu diesem coming out beigetragen zu haben. Ein Biß ins catonische Wadl ersetzt das Zähneputzen. Wenn man etwas geleistet hat, finde ich, brennt einem die Sonne doch gleich angenehmer aufs goldbraune Fell. Und was immer Neider oder Hasser verlauten lassen, eins steht fest: Täglich acht Schilling für den Dichand und seine Krone!

Noch ein Hauptdarsteller: Der Maskenmann

Es sind historische Zeiten, von allen Seiten wird es uns versichert, und wir leben an ihrem Rand. Es ist eine Lust, so zu leben. Am schönsten ist es, Journalist zu sein. Obwohl, manchmal kommen einen Zweifel an, man wird unsicher und am Letzten fragt man sich: Hat sich all das gelohnt? Aber dann sagt man sich: *Du bist hier, um dabei zu sein, Zeugnis abzulegen.* Du wirst Ihnen sagen, wie es gewesen ist, du bist der Fels der Wahrheit, der noch in fernen Zeiten aus einem Meer der Lüge herausragen wird, der Fels der Wahrheit, auf dem allein die Freiheit aufbauen kann. *Wenn Menschen wider Zwang und Knechtschaft aufstehen,* wird man deiner gedenken, der du durch dein Zeugnis und deine Überlieferung ihnen beigestanden bist. Deine Gesinnung war aus Erz und das Knie nicht beugtest du (es sei denn vor einem Erzbischof).

So spricht ein Volksheld, einer, der stets auf Seiten der kleinen Leute steht, *wenn sie um Würde, Recht und Freiheit kämpfen,* ob es nun für Bundespräsidenten, entthronte Kaiser und putschende Weihbischöfe geht oder gegen Krankenschwestern und Intellektuelle. Die soziale Stellung ist da nicht so wichtig, es geht mehr um den Mut. Wenn er wo den Mut spürt, ist er schon Partei. Vor allem, *wenn verzweifelt-wütender Mut zynischen Tyrannen die Maske vom Gesicht reißt,* ist er gar nicht mehr zu halten und reißt mit. Dann trägt er dazu bei, daß sich Verhältnisse umwälzen, ja, daß Reiche wanken und Systeme zusammenbrechen. Er ruht nicht, bis daß er auf den Trümmern steht und die Fahne der Freiheit aufgepflanzt hat. Wenn er sich den Staub vom verschmierten Gesicht wischt, aus dem Tornister eine Havanna holt und auf die neue Welt zu seinen Füßen blickt – ja, was ist dann? Gut, meinetwegen, man ist dabeigewesen. Aber was ist dann? Irgendwann hat sich der Rauch von Havanna und Trümmern verzogen, ist abgerechnet, wird die Honorarnote gelegt: *Dafür lohnt es sich, Journalist zu sein,* gewiß. Aber was ist dann? Dann kratzt er sich am Kopf, unser Widerstandskämpfer.

Es gibt ihn übrigens wirklich, und die kursiv gesetzten Sätze entstammen nicht meinem pubertären Tagebuch, sondern einem Artikel von Michael Jeannée aus einer Sonntagskrone über die Opposition in der DDR. Was ist, wenn das humanitär gefärbte Triumphgeheul abgeklungen ist? Was tun sie denn, die Leitartikler und Kolumnisten, wenn die Kommunisten, wenn der Kommunismus eines Tages tatsächlich verschwindet?

Die Klügeren bemerken jene Verwirrung, die die Welt befallen hat, und die nun ausgenützt wird, um jene reine Marktwirtschaft als Allheilmittel zu empfehlen, die es entweder nie gegeben hat oder von der zu verabschieden man längst gezwungen ist, wie jeder an Umwelt- oder Verkehrsproblemen erkennen kann, und es kommen ihnen Zweifel. Gar manchen packt die Angst vor dem entstehenden Vakuum. Wohin jetzt mit den Utopien aller Spinner dieser Welt? Ohne auch nur in den Verdacht geraten zu wollen, kommunistischer Sympathisant zu sein, sage ich: Um den Kommunismus wird es uns noch leid tun. „Der Teufel hole seine Praxis, aber Gott erhalte ihn uns als konstante Drohung", schreibt Karl Kraus 1920. Und zwar als Drohung über den Häuptern jener, die mit gespaltener Zunge sprechen und die sich zu unseren neuen Despoten erhoben haben. Deren Tyrannei darin besteht, daß sie in einem fort sich und anderen die Masken vom Gesicht reißen und sie allem, was sich bewegt, überstülpen.

Der Maskenmann im Fernen Osten

„Neues über Udo Proksch", titelte das Magenblatt am Sonntag, um dann mit der Erkenntnis herauszurücken, damals hätten sich unter Udos Bandagen die Nähte einer Gesichtsoperation verborgen. Wer hätte das gedacht? Jeannée, der Interview und Fotos machte, ist es seinerzeit jedenfalls entgangen. „Als unser Redakteur Michael Jeannée, im März 1988 den Flüchtigen in Manila aufstöberte, wußte er nicht, daß sich Proksch nur deshalb mit Bandagen vermummt hatte, weil er sich vorher das Gesicht hatte verändern lassen." Dies steht schwarz auf weiß, wie gedruckt, im Inneren der Ausgabe vom 5. November. Auf dem Titelblatt der selben Ausgabe der Neuen Kronen Zeitung hingegen lesen wir: „Während des Interviews verrutschten die Bandagen etwas und es kamen die Nähte zum Vorschein." Hat er es also doch gewußt?

Hier orte ich Erklärungsbedarf. Folgende Varianten halte ich aufs erste für denkbar. Erstens, Jeannée mußte damals das Bild mit den Nähten beim Zoll abgeben und hat es erst jetzt zurückerhalten (unwahrscheinlich). Zweitens, es wurde im Labor irrtümlich gar nicht entwickelt und erst jetzt, bei genauer Durchsicht der Negative, entdeckt (kaum möglich). Drittens, das Bild war schon vor eineinhalb Jahren da, nur haben Jeannée und die Krone vorgezogen, es nicht zu veröffentlichen (das kann und mag selbst ich nicht glauben). Viertens, aus dem Bild wurden 1988 die Nähte wegretuschiert (sowas würde ich nicht einmal der Krone zutrauen). Fünftens, 1989 wurden die Nähte, um kostenlos am Udo-Kuchen mitnaschen zu können, ins Bild hineinretuschiert (auch das unterstelle ich der Krone nicht).

All dieses bleibt bis auf weiteres ein Rätsel. Vor allem verstehe ich nicht, wie das Blatt der selbsternannten Saubermänner, Rattenjäger sowie Recht- und Ordnungssorger es versäumen konnte, wenn schon nicht sein Massenpublikum, so doch wenigstens die Behörden von Udos Wandlung zu informieren! Ein Ehrenmann wie Jeannée geht aus und ein bei Erzbischöfen und Präsidenten, und jetzt diese kaum verständliche Handlungsweise. Vielleicht bringt Mister*** die Lösung, welcher derzeit exklusiv für die Krone aus Prokschs Umkreis endlich die Wahrheit berichtet. Der Osten, soviel lernen wir daraus, gibt uns mit jedem Rätsel, das er löst, fünf neue auf. Und: der Ferne Osten ist näher, als man denkt.

Der Humanist als Denkmalstürzer

Ich habe es geahnt. Sie haben es gewußt. Die Sache zwischen mir und der Neuen Kronen Zeitung ist in Wahrheit eine Liebesgeschichte. Zugegeben, als unlängst Adabei einen meiner Artikel weitgehend übernommen hat, war ich gerührt und bestand nicht auf nachträglicher Quellenangabe. Ob ich auch auf mein Honorar verzichten sollte, hatte ich noch nicht entschieden. Was dann kam, legte mir einen Verzicht aber sehr, sehr nahe. Denn die Bastionen wankten!

Schon am Donnerstag hat sich Staberl meines Mittwoch erschienenen Editorials angenommen. Er widmete dem von mir in knapp dreißig Zeilen glossierten, versuchten slowakischen Grenzübertritt des Herrn Lingens einen ganzen kostbaren Kasten auf Seite zwei. Staberls Hauptvorwurf gegen den neuen Wochenpressechef: dessen Umschweifigkeit. „Über sechs tödliche fade Spalten walzte Lingens einen simplen Sachverhalt aus, der sich in drei Sätzen vollinhaltlich wiedergeben läßt.“ Staberls Walzlänge betrug zwei Spalten von zusammen einhundertundelf Zeilen. Der Weg zur Pension ist eben gepflastert mit vielen geschundenen Zeilen, und wir, die wir gezwungen sind, über sie hinwegzustolpern, müssen's büßen. Nun hatte sich mein imaginäres Guthaben bei der Krone schon ganz schön aufgestockt. Ich fragte mich, ob ich es verantworten könnte.

Schwere Zeiten kommen nämlich auf die Muthgasse zu. Noch ehe Kurt Falk auf dem Markt erscheint, wird die Affäre Lainz vor Gericht verhandelt. Und was lesen wir zu unserem Erstaunen und Vergnügen in der Neuen Kronen Zeitung? „Die schaurigen Mord-Geständnisse müssen zumindest in Frage gestellt werden!“ Grund: Eines der Opfer der durch die Krone zum Schweinchen-Attribut gekommenen Hilfsschwester ist, wie die Obduktion jetzt ergab, gar nicht an einer Rohypnol-Gabe, sondern eines natürlichen Todes gestorben. Nun beginnt das ganz große Zittern. Der Boulevard wird noch einmal ganze Arbeit leisten müssen. Damit, falls die Beweislage nicht seinen Wünschen entspricht, wenigstens die Stimmungslage für ein saftiges Geschworenenurteil ausreicht.

Selbst wenn ich diesen Riesenstoff von meinem Habenkonto abbuche, bleibt noch ein Rest. Der letzte Montag machte solche Spekulationen mit einem Gigantenschlag zunichte. Von einem wenn auch noch so imaginären Guthaben meinerseits kann seitdem nicht mehr die Rede sein. Ich stehe bei der Krone wieder tief in der Kreide. Denn in diesen besonnten Frühlingsnachmittag fiel ein Schatten. Das Prachtexemplar eines Schlagschattens geradezu. Schmal, lang, kantig. Spitz zulaufend. Ein veritabler Obeliskenschatten. Stehenden Hirns las ich folgende Zeilen:

Obelisk 90

Ernst Jünger, dieser Tage 95 Jahre alt geworden und sicherlich ein weiser Mann, hat gesagt: „In der Politik kann ein Stand erreicht werden, bei dem die Dinge auf den Chef zukommen. Er steht dann in der Mitte wie Clausewitz Feldherr als Obelisk, auf den alle Wege zuführen.“ Das gilt in diesen Tagen, Monaten und Jahren auch für Bundeskanzler Dr. Vranitzky. Obeliske sind aus hartem Material, durchaus geeignet, Wind und Wetter zu überstehen. Versuche, den Bundeskanzler mit Noricum-Schmutz zu bewerfen, müssen deshalb fehlschlagen. Zu Recht oder zu Unrecht. Vranitzky ist zum Obelisken unserer Politik geworden.

Cato

Sehen Sie, deswegen geht es uns so gut. Deswegen brauchen wir keine Denker wie Herrn Habermas, die uns seitenlang die Hucke mit nationalem Identitätsgefasel vollabern. Solches Zeug macht uns keine Sorgen, unsere Köpfe formulieren kurz und bündig und reden nicht lang um den Brei herum. Keine Umschweife! Nicht einmal Schweife! Obelisken! Die deutsche Frage trifft bei uns auf ein heiter gestimmtes Völkchen, das sich seiner Kultur erfreut. Jeder Politiker ein Baudenkmal, jedes Medium ein Denkmalschutz. Mitteleuropa findet uns im Vollbesitz unserer Mittelmäßigkeit, allerdings deutlich beflaggt und beschildert. Die Dritte Welt und sämtliche anderen Randlagen prallen an uns ab wie Schmutz vom Obelisken. Der aber steht wie ein Einser in der Mitte des Erdteilherzens. Ein bißchen rundlicher ist er vielleicht geworden, unser Obelisk, mit den Jahren haben ihm die Sandstürme der Verantwortung seine Kanten genommen. Aber er erfüllt die einzige uns und den kleinformatigen Antikenfreunden bekannte Funktion des Obelisken. Er steht. Und er steht in der Mitte. Oder er markiert das Ende einer Laufbahn. Im Circus maximus war das so. Circus maximus? Na gut. Auch Minimundus braucht seine Wendemarken. Und sei es nur, damit Cato, der Obervernünftler, in pythische Verzückung verfallen und uns rätselhafte Orakelsprüche bescheren kann. Was das Orakel bedeutet? Keinesfalls will es uns sagen, ein Obelisk sei kein Kanonenlauf. Nein, seine Botschaft ist ganz einfach. Sie stellt eines klar. Wer in diesem Land Denkmäler aufstellt, stürzt sie auch.

Zum Schluß: Ein ästhetischer Hoffnungsschimmer

Was wir in diesen Tagen ebenfalls erleben dürfen, so still und leise wie der erste Schnee, aber wesentlich weniger kommentiert, das ist der Abschied der alten Kronen Zeitung, das ist der Anfang ihres Endes. Die Neue Kronen Zeitung stellt eines jener seltenen moralischen Probleme dar, die sich auf biologischem Weg lösen, nämlich durch das Absterben ihrer Protagonisten. Mit Befriedigung beobachten wir seit langem, daß auf dem Fleck, auf dem beispielsweise Herr Staberl herumgetrampelt ist, nichts mehr nachwächst. Zudem erwarten wir frohen Mutes 1991 das Produkt des Herrn Falk und vielleicht ein Objekt der Firma Springer, die schließlich auch die Chance verdient hat, uns ihr wahres Gesicht zu zeigen.

Aber das alles ist nichts gegen den Abschied, den die Krone prophylaktisch bereits von sich genommen hat. Sie ist nämlich seit einigen Wochen sauber geworden. Nicht mehr im alten Zeitungshochdruck wird sie hergestellt, sondern im modernen Zeitungsoffset. Das Papier grob, die Lettern nicht verschmiert, mit scharfen Rändern, die Bilder feiner gerastert, bald auch Inserate im Vierfarbendruck. Im Gesamteindruck sauber, niedlich, brav und ordentlich. Die Nackte auf Seite fünf verliert ihre volkspornografische Anmutung. Verschwunden die zornige Wildheit des Spießerblatts, vorbei fiese Lappigkeit und schmierige Aggression. Wenn das Blatt der Saubermänner selber sauber wird, hat es seine Zauberkraft verloren.

Ein kleiner Abschied steht uns jedes Jahr ins Haus, wenn die Himmel anfangen, den Gerechten zu tauen, im besinnlichen Advent, den man heutzutage an den offenen Einkaufssamstagen erkennt: Bis zur Geburt des Erlösers bleibt die Madonna auf Seite fünf der Krone verhüllt. Kein nacktes Fleisch, weder für Christen- noch Judenheit, auch nicht für muslimische Kolporteure, Atheisten, Agnostiker und anderes Volk. Aber auch dieses Zwischenspiel wird, wie wir wissen, am Stefanitag sein Ende finden.

Franz Schuh

Kaiserwetter im April

In manchen Antiquariaten, ja sogar auf Flohmärkten sieht man sie noch, diese roten Hefte, die gemessen an der heutigen Kunst des Layouts wenig Aufsehen erregen. Der Titel der Hefte lautet „Die Fackel“, und ihr Herausgeber war Karl Kraus. Man muß sich vorstellen, diese Zeitschrift existierte von 1899 bis 1936, und über die langen Jahre war sie eine Zeitschrift, die hauptsächlich nur einer schrieb, nämlich Kraus selbst. Von den rund 30.000 Seiten, die im gar nicht gleichförmigen Lauf der Zeiten zusammenkamen, hat Kraus, so wird geschätzt, 25.000 allein geschrieben. Aber die Quantität macht es gar nicht aus, und wer weiß, wie viele von den Journalisten, von den heutigen und den damaligen, nicht ein Lebenswerk von 50.000, ja von 60.000 Seiten oder mehr vorzuweisen hätten.

Ein Germanist hat es, wie es eben nur Germanisten können, auf den Punkt gebracht. Er sagt: Die „Fackel“ ist ein publizistisches Unikum. Heutzutage ist diese Rolle der Einzigartigkeit nur mehr im Zitat lebendig: *„Junge Intellektuelle“, schrieb ein Zeitgenosse, sich erinnernd, „auch etliche ältere erblickten im Schaufenster irgendeiner Buchhandlung oder an irgendeinem Kiosk eine kleine Zeitschrift mit knallrotem Umschlag, an dessen Spitze zu lesen war: DIE FACKEL, Herausgeber Karl Kraus. Mit leuchtenden Augen lasen sie das; sie kauften, auch wenn sie ihr letztes Geld zusammenscharren mußten, auf der Stelle dies Heft; sie fingen's sofort zu lesen an; sie lasen auf der Straße, ja in der Straßenbahn weiter; sie lasen zuhaus alles noch einmal; sie lasen es wieder und wieder; sie benachrichtigten telefonisch und brieflich ihre besten Freunde, da diese die neue FACKEL vielleicht noch nicht hatten und da sie schon in weni-*

gen Tagen vergriffen sein konnte. Und alle, die das Heft lasen, gerieten in einen merkwürdigen, rauschähnlichen Zustand: manche in tiefe Besinnlichkeit, manche in einen Taumel von Bewunderung und Entzücken oder von Wut und Erbitterung, die aber auch mit Enthusiasmus gepaart waren. In der Tat, anders als mit Erregung konnte wohl niemand diese Zeitschrift lesen; Gleichgültigkeit gegen sie schien einfach unmöglich.“

Viele Jahre nach dem Tod des Karl Kraus war die Zeitschrift auch in einem einfachen, pragmatischen Sinn ein Unikum, nämlich in dem, daß nur wenige Menschen alle Jahrgänge besaßen. Erst ab 1968 erschien ein Nachdruck der „Fackel“ im Kösel Verlag, aber die Bände waren damals unerschwinglich, und man kann behaupten, daß Geldsäcke mit einer „Fackel“ des Karl Kraus ohnedies nichts anzufangen wissen. Seit relativ kurzer Zeit gibt es aber einen vollständigen Nachdruck im Zweitausendeins Verlag, und dort kostet die gesamte „Fackel“ heute ungefähr öS 1.500,–.

Inzwischen ist Karl Kraus, auch wenn es nicht für alle leicht ist, das zur Kenntnis zu nehmen, ein Klassiker geworden. Der Suhrkamp Verlag, wenn man das als Beweis dafür gelten lassen möchte, veröffentlicht in seiner Taschenbuchreihe die Bücher des Karl Kraus, die ja zum großen Teil aus den Schriften der „Fackel“ zusammengestellte Auswahlbände sind. Aber Klassiker – das bedeutet vor allem, daß es Themen gibt, die erst durch die klassischen Formulierungen hindurch Gestalt angenommen haben, sodaß man umgekehrt von diesen Themen nur sprechen kann, indem man diese klassischen Formulierungen wieder aufnimmt. Es ist eine Vereinfachung, aber Klassiker ist Karl Kraus vor allem als Pressekritiker, als Kritiker des Zeitungswesens. Eine Vereinfachung deshalb, weil Pressekritik bei Karl Kraus ja nie das war, was zum Beispiel sogar die Zeitungen selbst einander antun können: irgendwelche Kritiken an irgendwelchen Artikeln, die dem Konkurrenzblatt aus irgendeinem Grunde mißfallen. Pressekritik war für Karl Kraus eine fundamentale Kritik an der Kultur, die sich eben Zeitungen und in ihrem fortgeschrittenen Stadium sogenannte „Medien“ hält, und jeder, der in diesen Medien arbeitet, kann sich seit Karl Kraus ohne weiteres als widersprüchliche, als zweifelhafte Figur begreifen. Als Merksatz gilt: Begreift er sich anders, dann hat er eben keine Ahnung!

Den Titel „Fackel“ hat, so wird berichtet, Karl Kraus von einem französischen politischen Pamphletisten des 19. Jahrhunderts, von Henri Rochefort übernommen. Diese Titelwahl, so wird ebenfalls berichtet, hätte Karl Kraus in späterer Zeit bereut. „Die Fackel“ klingt ja mehr nach politischem Kampfblatt als nach fundierter Kulturkritik, und in der Tat waren die Anfangserfolge dieser Zeitschrift, bald war schon die erste Nummer in 30.000 Exemplaren verkauft, der Praxis des Herausgebers zu verdanken, verschwiegenes Unrecht beim Namen zu nennen, einer Praxis, die man in der von den Medien besetzten Kultur leicht mit „Enthüllungsjournalismus“ verwechseln konnte. Aber der „Enthüllungsjounalismus“ hat eine blödmachende wie auch profitable Dialektik: Mit jedem, den er enthüllt, deckt er einen anderen, der noch verborgen ist. Vor allem macht der „Enthüllungsjournalismus“ die Enthüllung zu einem Geschäft. Er lebt davon zu „bringen“, was man lesen möchte, nämlich die Verbrechen der anderen. Aber Kraus hat in abwehrender Korrespondenz mit dieser Praxis schon in der ersten Nummer der „Fackel“ die von ihm bis zum Schluß beibehaltene Grundidee der Zeitschrift genannt: *„Kein tönendes ‚Was wir bringen‘, aber ein ehrliches ‚Was wir umbringen‘ hat sie sich als Leitwort gewählt.“*

In der ersten Nummer der „Fackel“ findet sich aber auch eine eigentümliche Betrachtung der einheimischen Seele. Auf Seite 8 beginnt eine längere, klein gedruckte Notiz mit der viel versprechenden Einsicht: *„Der Wiener, der politische Entmündigung nie pathetisch nahm …“*. und dann plötzlich auf Seite 9 steht der Satz: *„Wird in Österreich ein Verfassungsbruch begangen, so gähnt die Bevölkerung.“* Dieser Satz bezeichnet eine Leitidee der Österreichkritik in der „Fackel“. So definitiv der Satz klingt, so schwierig ist es, die Idee, der er verpflichtet ist, mit einigen Begriffen zu beschreiben. Jedenfalls ist das Gähnen als Reaktion auf den Verfassungsbruch ein spaßiges Verhalten. Die Menschen langweilen sich halt, wenn es ernst wird. Zur Politik ist ihnen nur ein schlampiges Verhältnis gegeben, und was ist schon ein Verfassungsbruch gegen die Vergnügungen, gegen die Spektakel, mit denen man ihn munter verdrängen kann.

Wie wirklich die Wirklichkeit ist, wird man jedoch gelegentlich am eigenen Leibe spüren müssen, und das ist es auch, was die Massen ohnedies erlebt haben. Vielleicht sollte man ihnen den Spott ersparen, daß sie's hätten besser wissen müssen. Man muß sogar zugeben, daß Gähnen wegen Verfassungsbruchs nicht unoriginell ist und daß es viele Arten des blödsinnig erbitterten Engagements in den Schatten stellt. Aber die „Fackel" hat das Österreichertum bis ins Kaiserhaus hinauf mit der Kritik begleitet, daß sowohl die Amüsements des Publikums als auch die Verknöcherungen der Herrschaft die Realität nur zum Schein auflösen können. Der Schein trügt, aber man kann in ihm leben, auch wenn das Leben dabei wie eine Fälschung zu wirken beginnt – bis es eines Tages „echt" zusammenkracht.

Der Vorwurf, die Österreicher würden besonders passioniert mit der Lüge leben, ist schon so oft wiederholt worden, daß ihn keiner mehr ernst nehmen kann. Nicht zuletzt hinter der Ödnis der andauernden Österreich-Kritik verbergen sich die einheimischen Mißstände. Aber mit dem Hinweis, daß auch die Kritik faul ist, lassen sich ihre bloß schlecht wahrgenommenen, guten Gründe nicht wegräumen. Sie sind uralt und haben Tradition. *„Noch einmal wurde Wien zur Kaiserstadt"* hieß es jüngst in der Zeitung, natürlich eine Lüge, die ein Begräbnis vorübergehend wahrzumachen versuchte. Die Kaiserin von Österreich war keine Kaiserin von Österreich mehr, wir haben schon lange die Republik, aber was kostet es, wenn wir noch einmal so tun, als ob es anders wäre? Uns trügt der Schein ja nicht, wir haben ihn ja erzeugt und stehen in diesem Sinne zu unserer Geschichte, und die war alles in allem ruhmreich, mit Kaisern und Kaiserinnen ausstaffiert, jedenfalls von einer Größe, die die heutige provinzielle Enge auf die Plätze verweist. Die kleine Republik macht also der Größe Platz, und siehe da, in einer alten Karosse rumpelt vor aller Augen ein Sarg durch die Innenstadt. Die Funktionäre der Republik haben in der Kirche ein bißchen die Kaiserhymne gesungen: andere waren überhaupt abgereist, nach Diktat verreist, aber sie haben nichts Diesbezügliches diktiert, denn wer, ob Rittersmann oder Knapp, wagt es schon, uns den Spaß zu verderben?!

„Der Wiener, der politische Entmündigung nie pathetisch nahm", heißt es in der „Fackel" vom April 1899, „hat sich neulich wieder ohne Gefühl der Beschämung aus dem sich hinter ihm schließenden Parlamente entfernt und seine Aufmerksamkeit einem draußen soeben gestürzten Comfortabelrosse zugewendet." Der historische Text besagt, daß seinerzeit, wie in der Monarchie üblich, wieder einmal das Parlament geschlossen worden war. Es machte aber nix, denn es gab ja was zu sehen: Ein gestürztes Roß am Ring. Dagegen war es 1989 wirklich nicht ernst. Da gab es zwar auch was zu sehen, aber nicht einmal ein Roß kam dabei zu Sturz. Auch hat keiner die Republik gestürzt, obwohl es wahrscheinlich gar nicht schwer gefallen wäre, denkt man zum Beispiel an die mühsam eingelernte und dafür oft wiederholte Versicherung einiger ihrer Funktionäre, solche Umzüge wären heutzutage leicht zu gestatten, wo man doch selbst so stabil im Sattel sitzt. Es war nur Spiel, und es hat nur so manches Feuilleton etwas hochtrabend gemacht; in der Sehnsucht nach dem Edlen stellte man nämlich Vergleiche an zwischen der Physiognomie der Herrschenden von heute und der jener von damals. Kein Vergleich natürlich, wenn man erstens *„die häufig schönen, immer ausdrucksreichen Gesichter, die meist hochgewachsenen Gestalten der oft ihres Besitzes verlustig gegangenen Aristokraten betrachtete"*, und wenn man zweitens *„ein paar leise zwischen ihnen gewechselte Sätze in einem außerhalb ihrer Schicht ausgestorbenen so weichen wie reinen, von jedem Dialektanflug freien Idiom vernahm"*. Mit

solch falschen Tönen schmeichelt sich seit eh und je die Unterwürfigkeit in das von ihr selbst gemachte Bild der Größe ein. Aber wie schön, die Republik hat für so was Großes, für so was Unvergleichliches, nur wenig Sinn. Es kamen 1989 ja gar nicht so viele Leute zum Karossenschauen und wenn man fragt, was einem die Republik bis heute noch geben kann, dann findet sich die Antwort in der „Fackel", geschrieben 1926, zum achten Geburtstag der Republik: *„Es bleibt wohl die beste von ihren Gaben: daß wir keine Monarchie mehr haben."*

Es geht also um Geschichte und um Staatsformen, wenn man unter „Form" etwas Ästhetisches versteht, etwas Schönes, das wir haben, weil wir es einst hatten. Es ist ein Tausch: Das Erzhaus bekommt auf republikanischem Boden ein Familienbegräbnis, und die Republik erhält dafür eine schöne Inszenierung. Der Schein trügt ohnedies, und es fragt sich höchstens, wessen Schein mehr trügt: Da ist einmal der Schein der Familie, die sich sogar etwas garstig Politisches ausrechnen mag – angesichts des unruhigen Jugoslawiens, des „sich öffnenden" (Eljen, Eljen!) Ungarns und angesichts des zerklüfteten Polens und des noch zu evangelisierenden Österreichs.

Der Schein, den die Republik erhält, ist ein Geschichtsbild. Wer kann heute ohne eines? *„In einer stürmischen Epoche",* so sieht es die Neue Kronen Zeitung und sie würdigt die Langeweile des historischen Augenblickes: *„In einer stürmischen Epoche, in der so vieles in Bewegung ist, gewann zumindest für ein paar Stunden der Geist des Bewahrens die Oberhand."*

Die Gewaltenteilung (*„Jedem Österreicher seine Krone",* lautet die Zeitungsreklame) ist nicht schlecht organisiert: Dem Erzhaus geht die Kirche zur Hand; ein katholisches Herrscherhaus ist ihr ja lieber als eine Demokratie, in der die Ungläubigen sogar vergessen haben, was Atheismus ist. Gegen die materialistische Lebensart kommt man, verdammt noch mal, sehr schwer an, und die Gelegenheiten werden auch immer seltener, bei denen die Kirche Gottes ihren geschmackvollen Prunk entfalten kann.

Aber die schöne Leich kommt auch der Zeitung entgegen, die natürlich der Republik, schon allein der Pressefreiheit wegen, assistiert. Im gemeinsamen Wirken schafft man also das Geschichtsbild; auch eine Videokassette ist dafür in Vorbereitung: *„Die schönsten Bilder von den in alle Welt übertragenen Trauerfeierlichkeiten anläßlich der Beisetzung ...“* Natürlich tritt auch ein Universitätsprofessor auf; er gehört zu den hierzulande Unüberwindlichen, weil er ein rotes Parteibuch und eine schwarze Gesinnung besitzt: Ein Doppelcharakter. Diesmal geht es darum, dem Haus Habsburg *„Abbitte“* zu leisten und *„demonstrativ zu bekräftigen, daß die österreichische Geschichte nicht 1918 begonnen hat.“*

Aber das Geschichtsbild, das aus den reiflich überlegten, gemeinsamen Anstrengungen entsteht, aus diesen Bekräftigungen des Selbstverständlichen, ist nichts als eine eigene Sphäre ausgedachter, nebelhafter Unwirklichkeit, nichts als eine aus allen Attitüden der Vergeßlichkeit zusammengesetzte Scheinerinnerung. Um sich zum Schein zu erinnern, produziert man ein Phantasma der Macht, deren Wesen darin besteht, daß sie nicht mehr in Kraft ist. Die entschärfte Macht kann man ungestraft anbeten oder ihr Abbitte leisten, ohne daß man in die Verwicklungen gerät, die einen immer bedroht haben. Es ist eine Geschichte ohne Inhalt, ohne Geschehnisse, erfunden ausschließlich für ein Erinnerungstheater, auf dem *„Alt und Jung im Respekt vereint“* Selbstbewußtsein und Übereinstimmung zelebrieren können: *„Der Respekt vor einer großen Frau, vor der Erinnerung, vor dem, was das Haus Habsburg 700 Jahre lang für Österreich bedeutet hatte, führte Alte und Junge zusammen, Schwarze und Rote und was es sonst noch alles im politischen Farbenspiel gibt.“* Die Zusammenführung erfolgt nämlich zu einem *„Fest der Versöhnung“*, was, auch wenn einem vom politischen Farbenspiel schlecht werden könnte, nottut, denn früher einmal gab es in der Habsburg-Frage ja Zwist, oder, im Deutsch der Neuen Kronen Zeitung, eine „Kluft“: *„Die Kluft zerriß zwei Generationen.“*

Jetzt ist es anders. Seitdem vor 30 Jahren, im April 1959, die Krone, wie ihr Herausgeber fromm sagt, *„aus der Taufe gehoben“* wurde, ist eine Kluft nicht mehr zugelassen. Alle Österreicher sind in der Kronen Zeitung eins und mindestens ebenso fromm wie ihr Herausgeber: *„Sie knieten vor Zitas Sarg nieder und sprachen dabei leise ein Gebet.“* Laut ruft es die Zeitung aus, die bekanntlich zur Bestie wird, wenn irgendwer nicht kniet und sich daher Klüfte auftun. Es geht natürlich weniger um Zita oder gar um die Geschichte. Es geht vor allem um die Mobilisierung von volksgemeinschaftsartigen Käufermassen, denen einmal positive, ein andermal negative Identifikationsfiguren vorgesetzt werden. Einmal sollen alle jubeln, wie vor der großen Persönlichkeit der toten Zita, ein Jubel, zu dem ironisch das Wort von Karl Kraus über die Habsburger nach dem ersten Weltkrieg paßt: *„Unser Tod war ihr Lebenszeichen.“*

Ein anderes Mal aber sollen die Österreicher hassen, kreischen, toben, verfolgen, außer sich sein, beißen, zwicken, schlagen, kurzum: sie sollen einer als Therapie verschriebenen Paranoia freien Lauf lassen. Dem Beispiel für alles Positive, der Kaiserin Zita, war im Kondukt der Kronen-Zeitungs-Kampagnen Thomas Bernhard als Beispiel für alles negative vorangegangen. Dann folgte die Katastrophe der Morde an den kranken, alten Menschen im Lainzer Spital. Kritik an ihrer Art Neigung zur Informationspflicht beantwortete die Zeitung mit einem hübschen Schrei nach Absetzung der Kritiker: *„Wir wollen wieder neutrale Diskussionsleiter im ‚Club 2‘ sehen. Menschen vom Schlage eines Axel Corti oder eines Günther Nenning, die wissen, welche Aufgaben ein Diskussionsleiter zu erfüllen hat.“*

Menschen vom Schlage. Das triumphalistische, aber leere Geschichtsbild der Krone, auf das alle eingeschworen werden können, hat natürlich mit den Erniedrigungen zu tun, die Waldheim Österreich eingetragen hat. Anders als die Massenpresse schwärmt der vereinzelt erscheinende Geistesadel nur im egoistischen Interesse vom Sinn der Monarchie; Geistesadel verpflichtet eben nicht. Am aristokratischen Gehabe entdeckt er vor allem die eigene Bedeutung, nämlich anders zu sein als das gewöhnliche Volk. *„Wenn die Volksvertretung“*, schließt er dann zu Recht von sich auf die Politik, *„zwangsläufig Männern aus dem Volk anvertraut werden muß, darf man sich über bäuerliche Manieren, provinzielle Akzente, kleinbürgerlichen Dünkel weder wundern noch mokieren.“*

So könnte sich eine Zeitung wie die Krone niemals öffentlich über ihre Kundschaft aussprechen: ihre Verachtung der Massen ist ja viel schlimmer und greift tiefer, auch deshalb, weil das Spiel, die Erniedrigung des euphorisch „Leser“ genannten Geschäftspartners sich von diesem bezahlen zu lassen, nicht ohne Weltweisheit ist. Jene Kreise, in denen man sich aber noch wundern und mokieren darf, falls man nicht auch dafür schon zu dekadent ist, sind dagegen harmlos und dumpf. Sie bestehen aus Bürgerlichen, die pikiert um sich blicken, wenn sie nur an die Kultur denken, für die sie leider auch nichts mehr tun können – außer vielleicht, wie Frau Spiel, ihre exklusiven, kritischen Privatbulletins über den kleinbürgerlichen Dünkel im großen Machtblatt, in der FAZ zu veröffentlichen. Dabei übersehen diese Freunde des aristokratischen Umgangs sogar das einzige, was nach einem Wort von Adorno für die Aristokratie wirklich spricht, nämlich: daß sie nicht Bourgeoisie ist – eine Redefigur, die jener von Karl Kraus über Republik und Monarchie zumindest nahesteht.

Aber solche Feinsinnigkeiten echter und falscher Eliten sind der Krone fremd. Der Zweck ihrer Kampagnen ist die volksversöhnende Hetze auf der moralischen Grundlage einer sich vordrängend übernommenen Scheinverantwortlichkeit für die ganze Nation. Dieser Schein lastet schwer auf den Journalisten des Boulevards, die in solchen Zeiten ständig Barrikaden der nationalen Selbstsicherheit errichten müssen. Die Scheingefechte werden erbittert und verbissen geführt, sodaß die Kämpfer, wenn sie nur wollen, auch wirklich daran glauben können. Ihr Glaube verleiht ihnen das Pathos, mit dem sie die Historie einschleimen und Begräbnisse *(„der würdige Abschluß eines großen Lebens")* absegnen können. In der Sprache tritt dann die unterschwellige Gemeinsamkeit von Boulevard und Geistesadel zutage: *„Die Zeit fand das rechte Maß für die Geschichte"*, schreibt die Kronen Zeitung, und das war in der Tat das Problem des österreichischen Kommerzchauvinismus in jenen Tagen: Ein unrechtes Maß für die Geschichte hatte sich auf aller Welt gegen die Österreicher eingespielt. *„An Waldheim"*, schreibt der deutsche Essayist Lothar Baier mit Recht, *„durfte sich nämlich austoben, was im Jahr von Bitburg, 1985, aus außenpolitischen Gründen noch mühsam unter dem Deckel gehalten wurde. Damals, als Kanzler Kohl Ronald Reagan unter der Drohung, das Bonner Machtkartell sonst nicht mehr zusammenhalten zu können, zu der die Täter mit Opfern verschwisternden Bitburger Geste erpreßte, hatte der Präsident die Verbitterung der Juden innerhalb und außerhalb der USA in Kauf genommen: Die Schonung der für die amerikanische Politik wichtigen Bundesrepublik war ein höheres Gut. Wie groß muß in Washington die Erleichterung gewesen sein, als sich im Jahr darauf nach der Präsidentenwahl in Österreich ein Ventil für den angestauten Unmut anbot: Nicht nur Waldheim, ganz Österreich war nun zum Abschuß freigegeben, denn die Alpenrepublik ist im amerikanischen Kalkül eine zu vernachlässigende Größe."*

Diese Demütigung, ausgerechnet in einem Kalkül die zu vernachlässigende Größe zu sein, dem man ohnedies mehr als leidenschaftlich gehorchte, brachte selbst stärkere Geister des Journalismus ins Wanken als die der Kronen Zeitung. Viele dieser österreichischen Journalisten haben zwei Seelen in der Brust, oder besser: Wenn sie zwei Pässe hätten, einen österreichischen und einen amerikanischen, dann wüßten sie nicht, welchen sie in solch peinlichen Situationen zurücklegen sollten. Jahrelang schwadronierten sie für das amerikanische Kalkül, und plötzlich müssen sie erkennen, daß sie die Rechnung ohne den Wirt gemacht haben. Die Kampagnen der Kronen Zeitung gegen den Wirt und für Gerechtigkeit gegenüber Waldheim wurden mit Schreibweisen durchgeführt, die nicht ferne von jenem Antisemitismus standen, dem anzuhängen Gerichte sie später dann freisprachen. Aber mit diesbezüglichen Freisprüchen ist es im deutschsprachigen Raum so eine Sache, und nicht zuletzt die Art, in der die Krone gegen das Unrecht anlief, ließ dieses paradoxerweise als Recht erscheinen. Es traf sichtlich mit den Österreichern nicht nur die Falschen, und Lothar Baier, der *„den fernsehgespeisten nachträglichen Antifaschismus"*, für ein *„auf dem Rücken aller Österreicher veranstaltetes, machiavellistisches Spektakel"* hält, übersieht natürlich nicht, *„daß Waldheim wie ein japanischer Roboter wirkt, dessen Konstrukteure ihrem Berechnungscomputer die Durchschnittsdaten eines deutschen Nazis und späteren Nachkriegskarrieristen eingefüttert hatten"*. Dieser Konstruktionsplan hat sich ja überhaupt als nicht ungünstig für das Establishment auf der Insel der Seligen erwiesen, aber man kann nichts tun, immer wieder gibt es Schwierigkeiten. Die Amerikaner zum Beispiel schicken brutal, daß man darüber mit Recht larmoyant wird, alte Nazis zurück nach Österreich; sie waren unter falschen Angaben nach Amerika eingewandert, und die Angaben, die sie nach ihrer Rückkehr hier machen, sind sicherlich auch nicht immer richtig. Aber einer von ihnen hat, wenn auch keine richtige, so doch eine charakteristische Angabe gemacht. Er war KZ-Wächter gewesen, aber, wie er sagte, nur der Wachmannschaft zugeteilt, die das KZ von außen her bewachte. Ob er da nicht gewußt hätte, was drinnen vorging, fragte man ihn, und der alte Mann antwortete im Fernsehen – ein weit verbreitetes Bewußtsein charakterisierend – philosophisch: *„MAN WUSSTE ES UND MAN WUSSTE ES NICHT!"*

Innerhalb eines Bewußtseins, in dem die Differenz von Wissen und Nicht-Wissen sich selber aufhebt, kann viel verloren gehen. So ein Bewußtsein hätte man allerdings nicht aus Amerika importieren lassen müssen; es ist einheimisch, und keinesfalls ist es bloß das Problem jener Wache, die nie gesehen hat, worüber sie wachte. Bei der Wache mag dahinter sogar ein Trauma stecken, nämlich das Gefühl, weil man dabei gewesen ist, am Ende aus der menschlichen Gemeinschaft ausgeschlossen zu sein. Ihr dies mitzuteilen, es sich öffentlich anmerken zu lassen, darauf wird der Ausgeschlossene klarerweise keine Lust mehr haben.

Aber das sich selbst aufhebende Wissen des Wissens, also dieses „Nichts vom Wissen Wissen" ist eine eingebürgerte Mentalität und keinesfalls auf den Extremismus ehemaliger Aktivisten beschränkt. Es spielt in Österreich eine tragende Rolle. In einem Stück von Gustav Ernst fällt sie zum Beispiel einem armen Mann zu, der sich wirklich nicht mehr auskennt: *„Ich weiß gar nichts mehr"*, sagt er und er führt glaubwürdig weiter aus: *„Ich weiß überhaupt nimmer, was ich weiß und was nicht. Immer hat man etwas anderes nicht mehr wissen dürfen. Und immer hat man etwas anders wissen müssen, was man gerade nicht gewußt hat, und dafür nicht wissen dürfen, was man gerade gewußt hat. Was war es denn, was ich nicht hab wissen dürfen, was ich aber gewußt habe und was ich jetzt gern wieder wissen würde? Was war es denn, was ich eine Zeit lang sogar hab wissen müssen, bis ich es plötzlich nicht mehr wissen hab dürfen? Was man in so einem Leben alles wissen muß und dann plötzlich nimmer. Und was man zuerst gern weiß und dann plötzlich nicht mehr wissen will. Ein Scheißleben. Anstatt in Ruhe alles zu wissen und damit zu leben, darf man immer wieder etwas nicht wissen, um überhaupt leben zu können."*

Es ist also alles eine Wissensfrage, und was man weiß, ist ins Dürfen, ins Müssen, ins Sollen und ins (Nicht-) Können eingebaut. Gustav Ernsts Stück heißt „Herzgruft", ein Titel, der besagt, was über all die langen Jahre wirklich begraben und zugeschüttet worden ist.

Die Wissensfrage ist natürlich eine Machtfrage, und die Antworten, die der Österreicher im Laufe der Geschichte von den wechselnden Mächten bekam, waren vor allem wechselhaft.

Sonst gilt, daß hier viel stärker als anderswo sich für die Mehrheit der Bevölkerung die jederzeit verifizierbare Gewißheit durchsetzte, von der Machtausübung ausgeschlossen zu sein. Volkssouveränität in Österreich? Niemals konnte der kleine Mann hier viel tun – und doch geschah gerade ihm so viel. Niemals hatte man wissen können, was man hätte tun sollen. Hätte man still halten sollen oder sprechen? Hätte man revoltieren sollen oder es sich gefallen lassen? Bis heute ist der Österreicher von läppischen Cliquen gejagt, und wenn er nicht selbst zu einer gehört oder sich einer anschmiegen kann, dann wird er verenden ... Demokratie? Ja, aber als Kulisse, in der jeder den Kürzeren zieht, der sich so verhält, als stünde sie wirklich am Spielplan, und war es nicht seit jeher so, daß am Schluß immer jemand anderer, nur nicht man selbst darüber urteilte, ob man das Richtige getan oder unterlassen hatte?

Dieses Dilemma fortgesetzter moralischer Desorientierung möchte natürlich dispensiert werden; der Wunsch, es im Zustand der politischen Entmündigung schön zu haben, findet seine Nahrung im kaiserlichen Begräbnis. Geschichte muß entschärft werden, sie muß so aussehen, als ob sie nichts mit Praxis zu tun hätte. Sie darf vorüber sein, sie darf von schicksalhafter Tragik gesättigt sein, sie darf als triumphierender Leichenzug auftauchen oder als Kulturgut die Freude unserer alten Tage sein, aber was sie nicht darf, ist, mit uns etwas zu tun zu haben. Als der weltberühmte Dirigent, der letzte, wie man es ihm selig nachsagte, *„imperiale"* Künstler gestorben war, da sprach man von seiner Mitgliedschaft bei der NSDAP so, als ob sie mit ihm nichts zu tun hätte, als ob sie eine gesellschaftliche Peinlichkeit wäre, die man übergeht. Unvergeßlich auch diese Operndivas, die regelmäßig in Talkshows erscheinen, um darüber zu plaudern, wie sie anno 1940 mit Herzklopfen vom Hotel Sacher zur Staatsoper hinüberblickten, wo ihnen die Stunde ihres Debüts bald schlagen würde.

So lebt man in der Herzgruft, und wohlgemerkt, es geht hier nicht darum, daß jemand PG war, und auch nicht darum, daß die humanitäre Errungenschaft eines Musikbetriebes oft genug mit jener Macht, von der sie zumindest materiell abhängt, auch kollaboriert. Es geht um die Art, wie solche Peinlichkeiten diskret fern gehalten werden. Gerne möchte man sich als Tourist in der eigenen Vergangenheit ergehen, aber sicher muß die Geschichte der Ort sein, an dem man nichts getan hat. Manchmal sprechen die, die dann doch etwas getan haben oder die nichts getan haben, sondern die nur Mitglieder waren, von der *„Verfolgungssucht"* derer, die ihnen die Taten und die Mitgliedschaften nachsagen. Die Verfolgten sagen dann, es ginge nicht an, *„eine ganze Generation"* schuldig zu nennen, bloß weil sie damals am Leben war. Der Triumph, nach den vielen Toten heute noch am Leben zu sein, wo man doch schon damals am Leben war, spielt hinter diesem Argument der gut Davongekommenen seine (ihnen nicht) bewußte Rolle. Sie wollen sich nur ihrerseits ent-schuldigen, indem sie die beschuldigen, von denen sie beschuldigt werden.

Die Ent-schuldigung auf der Basis der entschärften Geschichte hat hierzulande nicht zuletzt eine juristische Dimension: Dreimal wurde zum Beispiel ein rechtsradikaler Publizist, der behauptet hatte, es hätte in den Konzentrationslagern keine Gaskammern gegeben, durch ein Geschworenengericht von der Anklage der Wiederbetätigung freigesprochen. Dieselbe Presse, die Gedichte und Theateraufführungen jederzeit skandalisiert, verhielt sich ruhig und brachte einen Absatz oder vielleicht sogar einen zweiten. Im Namen des Volkes? Was für eine Beleidigung denen gegenüber, die weder Kriegs- noch Nachkriegskarrieristen waren, aber vielleicht war es nur ein Geburtstagsgeschenk, denn wie der Teufel es will, hatte im April 1989 auch Adolf Hitler seinen 100. Geburtstag, und da fällt ein jedes Wort schwer ins Gewicht. Eines der Wörter, die beim Zita-Begräbnis fielen, ein Ortsname, gelangte dort, weil der erstrebten Vorvergangenheit angehörend, zu seltsam peinlicher Unschuld. Das vom Ereignis lädierte Gedächtnis entsinnt sich nur ungefähr des Rituals, bei dem dieser Ortsname fiel: Der

Sarg war vor die Kapuzinergruft gebracht worden, eine Art Zeremonienmeister klopfte ans Tor, und von drinnen fragte ein im Fernsehen sichtbarer Kapuziner: *„Wer begehrt hier Einlaß?“*, und das Fernsehen, das uns immer das Drinnen und das Draußen zeigt, schwenkte gleich nach draußen, und es erscholl der Name der Einlaßbegehrenden zugleich mit allen ihren (in Wahrheit längst schon anheimgefallenen) Titeln, und der Kapuziner drinnen antwortete ungerührt und als ob es ihm gerade eingefallen wäre: *„Die kennen wir nicht“*, was erstaunlich war, weil wir alle sie längst schon kannten, aber wer weiß, womit Kapuziner sich ihre Zeit vertreiben, die uns damit vergeht, daß wir mit Kaiserinnen bekannt gemacht werden, und das Ritual wiederholte sich ein paarmal, draußen zählte man die Titel auf und drinnen kannte man niemanden, bis endlich auf die Frage drinnen: *„Wer begehrt hier Einlaß?“* draußen eine Antwort ganz ohne die Titel erscholl, nämlich: *„Zita, eine sterbliche Seele“*, und siehe da, was niemand mehr erwartet hatte, trat ein: Das Tor tat sich auf, die Sache war geritzt und der Sarg konnte hinein.

Aber das war's ja nicht, was ein heutiges banales, pathetisch-symbolische Akte geradezu primitiv verabscheuendes Bewußtsein abschreckte. Schamlos pompöse Inszenierungen eigener Bescheidenheit ist man von katholischer Seite her gewohnt. Der Schrecken ging viel mehr von einem der Titel aus, der unter anderen vor der Kapuzinergruft hinausposaunt wurde. Der Titel lautete *„Herzogin von Auschwitz“*, und Herzogin von Auschwitz, das ist nach Auschwitz ganz und gar unmöglich.

„Die Zeit fand das rechte Maß für die Geschichte.“ Wo muß man stehen, um solch maßgebliche Sätze sich selber einreden zu können? Die Neue Kronen Zeitung ist das Zentralorgan der österreichischen Gegen-Aufklärung, und zwar in einer durchaus historischen Dimension: Alles, was die österreichische Gegen-Aufklärung im Laufe der Geschichte zu sagen hatte, ist in der Krone gesammelt, modernisiert, das heißt, an die Gegebenheiten des heutigen Mediengeschäfts angepaßt und um das zeitgemäß Rückständige vermehrt. Die Krone entspricht ihrem

Selbstbild vollkommen; sie ist in der Tat der *„kleinformatige Gigant“*. Ihr Herausgeber schreibt höchst amüsant, daß eine Definition des *„Journalismus als die handwerkliche Kunst ..., Ereignisse möglichst wahr und schnell der Öffentlichkeit zu übermitteln und zu kommentieren“* vor der Leidenschaft versagt, mit der dies alles in der Kronen Zeitung geschieht. Die Leidenschaft, *„die auch ganz wesentlich zum Journalismus gehört“!* Aber in Wahrheit ist der Journalismus keine Sache des Sturm und Drangs, sondern eine der Aufklärung. Der Herausgeber spürt es dunkel, wenn er schreibt, wovon nüchterne Definitionen des Journalismus nichts sagen. Sie sagen nichts *„von dem Wollen, das Licht in Säcke zu tun und es im Dunkel auszuschütten.“*

Die Aufklärung hat bekanntlich ihre dunklen Seiten. Sie schlägt traditionell ins Gegenteil um, und daß die Pressefreiheit so ein Gegenteil ist, hat Karl Kraus sein Leben lang besonders leicht anhand der österreichischen Presse beweisen können. Er hat die Presse verfolgt, bis sie zu Hitler führte, und auch die Presse nach Hitler kann im Lichte der „Fackel“ niemandem mehr etwas vormachen. So ist es die Spezialität der Krone, ihr eingesackeltes Licht im Dunkel der Sexualmorde auszuschütten. Die Zeitung fühlt sich entrüstet in das Grauenhafte solcher Taten ein und bereitet aus dem kriminellen Tatbestand ein Potpourri schleimiger Initimitäten. Dabei passiert es ihr aber, daß zwischen den zur Partizipation am Grauen aufgeilend einladenden Zeilen sich plötzlich die Mörderseele selber widerspiegelt: Ist das nicht die gleiche explosiv verklemmte Gestimmtheit, aus der heraus die Taten geschehen und in die sie der Bericht dann wiederum taucht?

Aber es handelt sich weniger um sex & crime, also weniger um eine international erprobte Verkaufsstrategie, sondern um ein echtes Engagement. Die beteiligten Leser und Schreiber investieren in den Mord an Frauen und Mädchen soviel von ihren wahren Gefühlen, daß die inspirierten Schilderungen fast schon der Aufrichtigkeit gleichkommen. *„Draußen, vor dem Krema-*

torium, in der fahlen Heuchelsonne dieses Freitags, steht ein Kriminalbeamter." Auch der Reporter wäscht seine Hände nicht in Unschuld, sondern er folgt dem Opfer ins Krematorium. Dort findet er, daß die Natur sich unmöglich benimmt und die Sonne heuchlerisch scheinen läßt, während doch Düsternis am Platz ist. Am Platz ist die Sonne aber gewiß nicht der einzige Heuchler, bedenkt man, was der Reporter angesichts des Kriminalbeamten tut, der *„verkniffenen Blicks, die Hände tief in den Manteltaschen vergraben"* und natürlich trotz heuchlerischer Sonne *„fröstelnd"* dasteht. *„Und wie ich ihn sehe"*, schreibt der Reporter über den Kriminalbeamten, *„beginne ich zu beten"*.

So machen es alle, die etwas angestellt haben, wenn sie einen Kriminalbeamten frösteln sehen. Aber das ist gar nicht gemeint; der Reporter fühlt sich bloß durch den Anblick des Polizisten zusätzlich ergriffen. Den Wortlaut seines Gebets kann er später im Artikel haargenau wiedergeben: *„Lieber Gott, mach, daß sie sie finden, die Bestie! Gib der Kriminalpolizei die Kraft und das Wissen, sie zu finden!"* Und was dann? *„Und dann"*, informiert der Reporter die Öffentlichkeit, *„geh ich hin zu dem Kieberer und frag' ihn: ‚Gibt's was Neues? Habt ihr schon eine Spur? Dürfen wir hoffen?' Und der Kieberer antwortet: ‚Nein! Sonst wär ich nicht da. Das können S' mir glauben ...'"*.

Wir dürfen hoffen, denn es sieht so aus, als arbeiteten der Reporter und der Kriminalbeamte am selben Projekt. Allerdings wäre der Reporter von keiner Spur davon abzubringen, am Friedhof zu erscheinen, weil es dort ja eine Stimmung zum Schildern gibt: *„Der kleine Kindersarg mit dem schwarzen Tuch wirkt in der großen Krematoriumshalle des Wiener Zentralfriedhofs unendlich traurig und verloren"*, aber da sind wir ja, die Millionen Leser, und füllen die Halle mit unserer Teilnahme gewichtig aus. *„Dann senkt sich der Sarg hydraulisch hinunter in das endgültige Feuer, und die Menschen gehen still auseinander."*

Wenn nämlich ein Fall durch und durch geschleimt ist, verschwindet er, als wäre er nie eine Aktualität gewesen. Was in jedem Fall bleibt, ist der Pompfineberer als die soziale Avantgarde Österreichs, sind diese gierig ausgetauschten Intimitäten mit dem Tod. Tod und brutale Sexualität sentimental, sadomasochistisch auskosten, das gibt ein bißl Kraft für den nächsten Tag, und in einem Fall kann man der Krone, die alles, was sie tut, hinter der Tarnung halber Offenheit verbirgt und zugleich vorzeigt, auch nachweisen, daß in sexuellen und kriminellen Dingen ihr Wunsch Vater der Gedanken ist: Über die Krankenschwester, die in Lainz alte und kranke Menschen ermordet hatte, phantasierten die Journalisten der Krone, die Schwester wäre eine Prostituierte gewesen, ja mehr noch, sie trieben sogar einen Zeugen auf, der der Mörderin bescheinigte, sie wäre als Prostituierte im Rang eines *„Schweinchens, das alles macht“,* gestanden. Bevor die Zeitung zu dem Thema erst einmal dem Anschein nach endgültig schwieg, also die Berichterstattung über die nicht gewollte und doch triebhaft gewollte Lüge verabsäumte, bekämpfte sie noch die Gegner der geil gemeinten Verschränkung von sensationellem Mord und sexueller Halbwelt mit dem Vorwurf, solche Gegner der Krone wären nichts als Anhänger einer Mörderin. Es ist bezeichnend, unter welchen Prämissen andere Zeitungen, die der Krone in nichts außer in ihrer kommerziellen Geschicklichkeit nachstehen, eine Klage erwägen: Weil die Krone sich eine Mörderin hilfloser Patienten als Prostituierte ohne Tabus vorstellen wollte, denken die anderen daran, die Konkurrentin wegen „unlauteren Wettbewerbs“ zu klagen.

Ihrerseits klagte die Krone jeden, der es wagte, aus der gruftig-schmierigen Verwechslungstragödie öffentlich gewisse Rückschlüsse über den Charakter der Zeitung zu ziehen. Es ist nur folgerichtig, daß die mögliche publizistische Auseinandersetzung von einer sensiblen Geschäftsführung in Verhandlungen vor dem Straf- oder Handelsgericht umgemünzt wurde. Folgerichtig ist auch der Paragraph von der „Kreditschädigung“, der gegen Zeitungskritiker seine Anwendung finden soll. Im Falle der Krone, enthält er freilich einen im Geistigen substantiellen

Widerspruch: Die Krone brüstet sich doch stets, daß ihrem Kredit beim Leser nicht zu schaden ist. Dieser „Mamma, den Kredit hamma"-Ton, um auf eine populäre Reklame der Postsparkasse zurückzugreifen, gehört zum eisernen Repertoire der Selbstthematisierung glücklicher Journalisten der Krone, denen selbstverständlich jede Kritik an ihrem Blatt höchstens als *„Ablenkung"* von der Kritikern nun einmal *„eigenen Erfolglosigkeit"* erscheinen muß. Aber warum die Kritiker dann auch noch klagen – wo man doch ganz sicher weiß, daß selbst die schönsten Kreditschädigungen keinen Erfolg haben werden?

Daß Gerichte sich mit Zeitungs-Schwachsinn befassen müssen und ihn nicht den Journalisten überlassen dürfen, ist Gesetz. Hier wäre Anarchie von Nutzen. Aber genau die wünscht sich ja die fromme Krone, wenn sie ihrerseits beklagt, auf einmal mir nix, dir nix *„mit einem ganzen Wust von Gerichtsklagen"* eingedeckt zu sein. Dahinter steckt gewiß nichts als der Versuch, *„aus den des Massenmordes verdächtigen Hilfsschwestern von Lainz Märtyrerinnen zu machen"*. Daß höchstens die Zeitung selbst aus der einen Schwester durch ihre Ernennung zur Hure eine Märtyrerin gemacht haben konnte, verschweigt der eingeübte projektive Stil, mit dem die Krone ja auch sonst und stets ungeschoren ihre Schuldzuschreibungen vornimmt. Jetzt aber muß sie von einer „Massenmörderin" haufenweise presserechtliche Entgegnungen hinnehmen. Das erfreut außerdem noch die Konkurrenz sichtlich. Da fließen giftige Krokodilstränen: *„Werden Massenmorde zu etwas Nebensächlichen, nur weil es gegen die ‚Krone' geht?"*, fragt ein Redakteur mit ehrlichem Erstaunen. Er ist echt betroffen, denn sein Kalkül ist ja klar: Wenn eine schon mordet, dann hat sie verdammt noch mal vogelfrei zu sein, frei für den journalistischen Abschuß im Dienste der Informationsfreiheit. Die Zeitung, die niemals Verbrechen analysiert, sondern die anhand derselben bloß ihre Leser zur immer gleichen Empörung aufganselt, veröffentlicht ein Bild, *„ein Bild sagt mehr als tausend Worte"*, auf dem man die „Mordschwester" sieht, wie sie *„sich mit breitem Lachen ihre Oberweite handver-*

messen läßt". Es ist ein Stilleben aus dem Krankenhaus und der Handvermesser ist ein Arzt, eine durchaus widerliche Erscheinung. Was aber will uns die Zeitung hier mehr sagen als mit tausend Worten? Ganz einfach: War die Schwester auch niemals Animierdame, so hatte sie doch nachweislich ein Sexualleben, und zwar als Untergebene eines mit einem Vorgesetzten. Das baut Barrieren ab: *„Eine Mordserie im Ausmaß von Lainz braucht solche Voraussetzungen"*, und wir sollen es uns damit gesagt sein lassen, daß die Krone zwar im Detail der Geheimprostitution irrte, daß sie aber in einem höheren Sinn doch die Wahrheit sagte. Alles löst sich auf wie in einem schlechten Aprilscherz von Seite 1, und die Auflösung lautet, was freilich niemand mehr erstaunen wird, denn hier bringt sich ja bloß die fixe Lieblingsidee der Krone von neuem ins Spiel: *„Wir haben von Anfang an behauptet, daß in der Tragödie von Lainz Sex eine eminente Rolle gespielt hat"* – wie wahr, zumal aus diesem Satz wenigstens nicht hervorgeht, wessen Sex gemeint ist: der eigene oder doch wieder der der anderen?

Hans Magnus Enzensberger zitiert in einem sehr passenden Zusammenhang Kierkegaard, der ja auch eine der Quellen des Karl Kraus gewesen ist. *„Solange die Tagespresse besteht"*, schrieb Kierkegaard, *„ist das Christentum eine Unmöglichkeit"*, und Enzensbergers Kommentar dazu lautet: *„Wenn man diesen Satz aus der Sprache der Religion in die säkularisierte Terminologie der Verfassung übersetzt, so besagt er nicht mehr oder weniger, als daß die Pressefreiheit, zu Ende gedacht, mit der Menschenwürde unvereinbar ist."*

Mit dieser Unvereinbarkeit lebt die Demokratie, es ist ja nicht ihre einzige. Niemand mehr will hier die Presse „umbringen", sie ist nicht umzubringen. Im Gegenteil. Krone und „Kurier", die beiden österreichischen Boulevardzeitungen, sind mit dem deutschen Kapital der „WAZ-Gruppe" (was für ein Wort!) in die Medienlandschaft einbetoniert. Das Zu-Ende-Denken der Pressefreiheit in Österreich hat als lauterer Wettbewerb schon das Format der Europäischen Wirtschaftsgemeinschaft.

Manchmal ist es ganz schlimm. Diese Zeichnung in der Krone zum Beispiel, das brennende Burgtheater, wurde sogar in Deutschland gesehen. Die Zeichnung galt der Premiere von Thomas Bernhards Stück „Heldenplatz“ und die Zeitung, die da symbolisch handelte, bewog den Theaterkritiker der „Zeit“ zur Überlegung: Was ist, wenn da einer wirklich Brand stiftet? Aber kann man einem Zündler vorhalten, daß er ewig Feuer am Dach sieht – es ist halt seine Vision.

Die Krone ist natürlich bei weitem selbstgerechter als die paar Intellektuellen, die sie auf verlorenem Posten, dafür aber andauernd kritisieren. Die Fragwürdigkeit dieser Kritik ist ja bekannt: Eine Zeitung wie die Krone ist ohne ihren Willen, jenseits der von ihr kalkulierbaren Möglichkeiten, ein wunderbares Organ des Zusammenstimmens. Man hört alle Stimmen auf einmal: die „Mentalität“, der Geist des Landes, hat das Wort ergriffen. Es gibt keine Willkür, mit der man den unfreiwilligen Witz dieser Zeitung einholen könnte. Die Krone ist für jeden sensiblen Menschen ein Genuß. Ihr Strafbedürfnis, ihr Gewühle im Wahn *(„Terror und Sex im Todespavillon“),* ihre Bosheit, ihr schamloses Aufräumen mit ihren Feinden, ihr Quietschen bei Forderungen an die Obrigkeit, ihre Kritik an den Politikern, ihre Kulturkritik: der Schmock im Massenblatt und überhaupt die Charaktere ihrer Kolumnisten, die Unterwürfigkeit, das Schmeicheln – ja, wahrlich, die Richtung der Zeitung ist nichts als die Summe der Meinungen ihrer Redakteure, und an der Spitze ihr Chefredakteur, der, mit der Ente von der Geheimprostituierten ertappt, die schönste, mittlerweile berühmt gewordene, unsterbliche Sprechblase aus dem Sumpf emporsteigen ließ. *„Jetzt“,* blubberte da die klassische „verfolgende Unschuld“, *„kommen die Neider und Hasser erneut wie Ratten aus dreckigen Hinterhöfen hervor. Mit ihren vom Aas ihrer Gesinnung vergifteten Zähnen versuchen sie uns anzufallen.“*

Daher alles gegen die seriöse Presse. Seriosität im Journalismus besteht ausschließlich darin, die Willkür, die so viel Freude macht, auszumerzen, und durch eine untadelige Floskelhaftigkeit zu ersetzen. Mag sein, daß dieser Zynismus die einzige Chance ist, mit einer unerträglichen Presse zu leben. Aber *„neinnein ich würde ersticken/ohne die österreichischen Dreckblätter/Sie ersparen sich Unsummen für Tabletten/wenn Sie sich schon in der Frühe gleich/dem totalen Stumpfsinn der Kronenzeitung und des Kurier ausliefern/das bringt den Blutkreislauf schon in der Frühe in Raserei"*.

So spricht Professor Robert in Bernhards Stück „Heldenplatz", und es ist ein seltsames Erlebnis zu sehen und zu hören, mit welchem Vergnügen das Theaterpublikum diese Sätze aufnimmt. *„Nein auf diese Dreckblätter kann ich nicht verzichten/der Abschaum ist das Sensationelle/und dieses gemeine Sensationelle ist lebensnotwendig/gerade im Alter."*

Das kleine Theaterpublikum wehrt sich gegen das große der Massenpresse, und elitär ist diesmal nicht die Minderheit. Die Krone mit ihrem wuchtigen Selbstbewußtsein weiß ja, daß sie der Felsen ist, auf dem man auch in Zukunft bauen wird. Sie schreibt einfach vor, was geschieht, und das heißt in der Sprache der Journalisten schlicht: *„Was wir tun, ist berichten"*. Aber es ist nicht einmal ihren Berichten gelungen, den „Heldenplatz" aus dem Burgtheater zu vertreiben. Die Krone hat es ja versucht, mit allen ihren Mitteln, aber es ist ihr nicht nur mißlungen, sondern sie hat sich in ihrem Kampf sogar zum wirksamsten Reklameträger des verhaßten Projekts gemacht. So sitzen halt an manchen Abenden in der Burg ein paar Leute und lachen sich, wie unverhofft von einer Last befreit, den Buckel krumm, wenn Professor Robert die abschließenden Wahrheiten über Österreichs Zeitungen deklamiert.

Peter A. Bruck

Lesern gehen die Augen auf

Die Gesundheitsanstalt – ausgepackt und enthüllt[1)]

„Wir sind nicht die Ärzte, wir sind der Schmerz"
(Alte journalistische Selbstrechtfertigung)

Bilder und Vorstellungen von Gesundheit zirkulieren immer wieder um einen abstrakten Zustand des Wohlbefindens, der den menschlichen Körper als Mittel und Objekt zum Gegenstand hat. Die Geschichte des Wissens um unseren Körper hat erst in den vergangenen Jahren wieder vermehrte wissenschaftliche Aufmerksamkeit erhalten. Eng verbunden mit Anliegen des Wohlergehens und der Erreichung und Erhaltung eines Zustandes der Gesundheit ist diese erneuerte Aufmerksamkeit das Resultat einer interessanten Konvergenz zwischen modischen Strömungen in der Populärkultur und Kreisen der Humanwissenschaften.[2)]

Beide werden dabei von Konsum-Kultur-Medienindustrien getrieben,[3)] die die postmoderne Freizeitgesellschaft mit der Vermarktung neuer Zonen der Begierde frisch zu erschließen suchen. Health-Clubs und Fitneßzentren spielen dabei die Rolle der Avantgarde, kommerziell wie kulturell.[4)] Dementsprechend gibt es auch eine neue Form von Konsulenten, gespielt von alternden Film- oder Sportstars, die sich à la Jane Fonda als Berater der Massen in recht persönlich gehaltenen Bilderbüchern und Videos mit allerlei guten Ratschlägen versuchen.[5)]

Wissensszene und der Blick in die Tiefe

Diese Vermarktung und ihr Erfolg kann mit auch als Versuch

verstanden werden, ein Territorium der Handhabe und Kontrolle über Körper und körperliche Befindenszustände zurückzugewinnen, das in den letzten zwei Jahrhunderten zunehmend an die professionalisierte Medizin und ihre Anstalten des Wissens und der Ausübung verloren ging.[6)]

Michel Foucault meinte in seiner Studie zur Geburt der modernen Medizin, daß sie sich in der Wechselwirkung zwischen einer neuen Empirie des Blicks und neuen Kategorienschemata des Wissens entwickelte. Das Entstehen des „klinischen Blickes" und die Institutionalisierung unseres Wissens um Körper und Gesundheit gingen Hand in Hand und seien damit verbunden gewesen, daß der Blick sich in die Tiefe senkte, Oberflächen nicht als die Grenzzonen des Wissens anerkannte, sondern, mit Hilfe von immer mehr neu erfundenen Instrumenten, in der Tiefe des Körpers zu suchen begann.[7)] Sobald sich Aberglaube und systematisierende Erfahrung voneinander trennten, entstand auch die Nachfrage nach kontrollierbaren und kontrollierten Räumen der auf die Gesundheit zielenden Praxis.[8)] Sehen und Sprechen, eng miteinander verbunden, wurden geleitet von einer sich neu eröffnenden Syntax von Krankheiten. Die klassifikatorische Medizin erwarb sich die Klinik, das Spital, als Territorium ihrer Wissensausübung und ihres Gestaltungsmonopols.

Gute 200 Jahre später markieren wir aber auch einen Zeitabschnitt, in dem AIDS und Allergien, Umweltvergiftung und chemikalienverseuchte Nahrung die mühsam errichtete Ordnung des Wissens um Gesundheit und Körper schrittweise ihrer Legitimationen berauben, wo der klassifikatorische Blick in die Tiefe nicht nur als nicht umsichtig genug, sondern als teilweise blind erkannt wird.

In diese Szenerie bricht das Todestheater vom Wiener Gemeindespital in Lainz als ein nicht vorhergesehener Akt ein. Wohl geschah es auch in Toronto, London oder anderswo, daß die rettende Klinik die Hilfesuchenden statt in einen Zustand der Gesundheit in den des Todes versetzte, und auch die Teilhabe des schützenden, pflegenden Personals am gezielten Auslöschen des Lebens wäre nichts Neues. Toronto, London und andere haben das auch gebracht. Was neu an Lainz war, ist die behende Inszenierung der Geschichte durch eine Tageszeitung, die ihre geschickte Dramaturgie der Kriminalität mit einer ganz auf Sexualität ausgerichteten Intelligenz zu verbinden versteht. Die Vermarktung der alten Zonen der Begierde gehört zum Grundrhythmus der boulevardisierenden Medienindustrie.

Berichterstattungsform, Wissensform, Sehform

Wie fast immer bei Nachrichtenanalysen, so geht es auch hier nicht um das *Ob* der Berichterstattung, sondern um das *Wie*. Denn das Thema Lainz war ja nicht nur ein kriminalistischer Sachverhalt oder eine administrative Versorgungspanne. Weder böses Tun noch eine miese Gesundheitsvorsorge bestimmten die Reportage, sondern die Neue Kronen Zeitung agierte in der Lust am Sehen, im Mediennahkampf um das Lüften des mutmaßlich alles verdeckenden Zipfels.[9)]

Krankenhäuser sind Teil des institutionellen Gefüges unserer Gesellschaften, und wie andere solche Institutionen sind sie hochtechnisierte, auf Massenbetrieb ausgerichtete, voll professionalisierte, arbeitsteilige Betriebe, die sich der Produktion der Gesundheit insoweit verschrieben haben, als daß Behinderungen von Arbeits- und Sozialkraft bei möglichst vielen Menschen möglichst effizient aus dem Weg zu räumen sind.[10)]

Um das *Wie* der Berichterstattung der Neuen Kronen Zeitung zum Thema Lainz zu verstehen, ist es dienlich, sich auch zu überlegen, inwieweit sich das soziale Geschehen und der gesamte institutionelle Raum einer modernen Krankenanstalt/Gesundungsfabrik der journalistischen Erfassung durch ein Boulevardformat entzieht.

In vieler Hinsicht markieren moderne medizinische Praxis und journalisitische Boulevardpraxis gesellschaftliche Antipoden. Beide verarbeiten die sich dem Menschen nicht freiwillig erschließende Komplexität der Welt des Körpers und der Gesundheit.

Die Medizin geht dabei in immer arbeitsteiliger werdenden Verfahren vor. Sie spezialisiert und technologisiert sich zunehmend und investiert in die immer detailliertere Aufnahme und Dokumentation von Krankengeschichten, von Kategorisierungen und Quantifizierungen von Symptomen, Erregern und Ursachenbeziehungen. Medizin sieht sich als Naturwissenschaft und versucht Komplexität in langen Listen, Registern, Handbüchern, Atlanten und Katalogen in ihrer Gesamtheit aufzuspannen. Erfahrungsschätze werden in Minisamples computerisiert erfaßt und auf größere Populationen hin zu übertragen gesucht. Hypothesen werden zur Arbeit und zur Wissenschaftlichkeit geformt, und der Betrieb ums Patientenbett herum danach selektiv erfaßt und ignoriert.[11)]

Der Boulevardjournalismus geht mit Komplexität ganz anders um – ganzheitlicher. In gleichbleibend generalisierenden Verfahren werden Geschehnisse immer verallgemeinernd auf dieselben narrativen Konzepte und Strukturen hingebracht. Sehen und Wissen sind auch hier engstens verbunden, aber gesehen wird nahezu nur das, was ohnehin schon gewußt wurde. Reportage erschöpft sich im Ausstopfen der Urformeln des Erzählens mit immer neuen Personagen – jenen Zerrbildern von Personen, die vorliterarische Imagination oder Massenwahn so leicht und anstrengungslos hervorzubringen imstande sind.

Die Repetition im Neuen gehört zu den Grundformeln des Boulevardjournalismus, und Aufschrei, Verbrechen, Sex und Sport zum immer wieder zu verlesenden Kanon. Das „lebendige Gesicht der Wahrheit“ (Franz Kafka) wird zur statischen Fratze geschlagen, die nur deswegen beruhigend wirkt, weil sie schon so bekannt ist. Der ideologische Effekt inniger Familiarität wirkt da wie ein Bann auf das Böse.[12)] Gebannt wird aber noch mehr: Böses und Leser. Im faszinierten Schauen wird das Böse von sich gewiesen, in dem anderen gesichtet und ihm zugeschrieben. Das Abweisen des anderen – also all dessen, was man nicht selbst sein möchte und glaubt, nicht selbst zu sein – und das Sich-Verweigern gegenüber einer Einsicht in jegliche Beteiligung sind Haltungen der Abwehr, die das Rezeptionspotential der Neuen Kronen Zeitung in weiten Zügen umschreiben und den Kreis ihrer Leserschaft mitbestimmen. Diese Haltungen sind auch eng mit Furcht und leicht aufflammendem Haß verknüpft und bilden damit das Fundament für Feindbilder und Vorurteile gegenüber Gruppen, die als „anders" gekennzeichnet sind, entweder ethnisch, kulturell, religiös oder politisch. Die von der Neuen Kronen Zeitung allzeit geschürte Emotion der Empörung ist die zivilisiertere Ausgabe dieser Gefühle.[13)]

Tod und das Sichtbarmachen der Welt

Die Neue Kronen Zeitung steigt in die Geschichte des Krankenbetriebes und der Wissenschaftsfabrik der Internen Abteilung des Gemeindespitals der Gemeinde Wien in Lainz ein wie der Medizinstudent in das Studium seiner Materie: durch die Analyse der Toten. Erst der Mord macht das Geschehen im Pavillon für die Leser der Neuen Kronen Zeitung sichtbar – und für die Kronen Zeitung-Reporter berichtbar.

Wie für die klassifizierende Medizin, so birgt der vielfache Tod in den „chronischen Betten" den Anlaß und auch die Grenze für die Untersuchung und die konzeptuelle Struktur dessen, was von der Neuen Kronen Zeitung gewußt werden kann und auch will. Die sich im 19. Jahrhundert entwickelnde pathologische Anatomie untersucht die leblosen Körper im Detail all ihrer Fasern und Gefäße. Die Neue Kronen Zeitung macht aus ihnen eine Folie, um darauf die Sagen von den körperlichen Vereinigungen unter Lebenden – sei es im Spital oder Nachtklub – zu projizieren. Während sich die sezierenden, ärztlichen Begutachter mit den Kräften der Vernichtung und der Logik und Kausalität der Verendung beschäftigen, zelebriert der journalistische Boulevard verdammend die Triebe der erblickten Lebenden, d. h., photographierten Täter,[14] und verallgemeinert diese in einem Urteil über alle Institutionen.[15]

Körper und Gesundheit werden von den journalistischen Dramaturgen der Kriminalität und des zwischengeschlechtlichen Spannungsspiels geschickt als Bühne verwendet. Die Archetypen von einerseits Engel/Hure und andererseits schwachem (männlichen) Opfer werden zeitgeschichtlich neu benannt, die helfende Frau als raubend und kastrierend bis zum Tode entdeckt.[16] Der Mantel des Geheimnisses muß unter größter Mühe und Gefahren hochgerissen, die Entdeckungen gegen widerwärtige Feinde und böse Nachredner (andere Printmedien) verteidigt werden.[17]

Sprachspiel und Themenkontrolle

Carl von Clausewitz wußte in seinem „Vom Kriege“: „Die meisten Nachrichten sind falsch, und die Furchtsamkeit der Menschen wird zur neuen Kraft der Lüge und Unwahrheit“. Clausewitz aber kannte den modernen Boulevard noch nicht, und als er später davon sprach „... Ein Glück noch wenn sie (die Nachrichten, P. B.), einander widersprechend, ein gewisses Gleichgewicht erzeugen und Kritik selbst herausfordern“, so wußte er nichts von der Markt- und Einflußposition der Neuen Kronen Zeitung im Wien von 1989.[18]

Die Vorfälle in Lainz sind schnell zu einem journalistischen Sprachfall geworden, obwohl Mediziner, Kriminalisten und Politiker sich auch heftig um ihre Sprechweise über das Lainzer Geschehen bemühten. Wie sehr aber diese Akteure in einem Gesprächsstrom schwimmen, den sie selbst kaum oder gar nicht kontrollieren, wurde in dem für die Lainz-Story historischen Interview sichtbar, das zwei leitende Beamten des Wiener Sicherheitsbüros dem federführenden Lainz-Redakteur der Neuen Kronen Zeitung gaben.[19] Abteilungsinspektor und Bezirksinspektor sprechen die auf das untersuchende Selbst bezogene Sprache der sie interviewenden Zeitung, nämlich: Ich-Form, simple chronologische Abfolge, einfachster Satzbau, erlebnis- und gefühlsbetont, die Lebenssprache des Alltags bis hin zur Selbstbezeichnung: „Ich bin seit 20 Jahren Kieberer. Aber so etwas habe ich noch nie erlebt".[20]

Das Arrangement der Details wie der Gesamtrahmen der Sichtweite der Polizeibeamten paßt in die diskursiven Strukturen der Lainz-Berichterstattung der Neuen Kronen Zeitung. Das Ausmaß dieses Hineinpassens gibt ihnen auch ihren Nachrichtenwert.[21]

Am Sprachhebel sitzt aber die Krone. Sie treibt die Sache voran und macht das Sprachspiel. Sie gibt den Personen ihre Namen, verteilt die Bewertungen, färbt ihre Charaktere.

Journalistische Sprache ist allgemein eine Schutzsprache. Sie hat ihre besonderen strategischen Rituale, die verhindern sollen, daß Aussagenwahrheit und Glaubwürdigkeit konstant von Lesern in Zweifel gezogen werden. Ein Zitat sichert Journalisten dagegen ab, für den Wahrheitsgehalt der Aussage selbst einstehen zu müssen.[22]

Die Krone-Sprache ist zwar Mediensprache, aber nicht notwendigerweise professionelle Journalistensprache. Wichtige Attribute fehlen ihr dazu. So werden oft weder Quellen textuell sichtbar gemacht noch Zitate näher abgeprüft. Journalistische Sprache unterscheidet sich allgemein von Alltagssprache dadurch, daß sie hauptsächlich nicht zum Transport von persönlichen Eindrücken zwischen Sender und Rezipienten gebraucht wird. Es gehört vielmehr zur journalistischen Konvention, den Berichterstatter in der Beziehung zum Leser zurücktreten zu lassen und das zu Berichtende in den Vordergrund zu rücken. Anders macht es die Neue Kronen Zeitung. Die am häufigsten verwendete Reportageart ist die des nahezu persönlichen Gesprächs; eingeleitet, durchsetzt und oft auch abgeschlossen mit direkten Ich-Aussagen des Reporters über seine Gefühle und Taten. Anstelle von analytischer Beurteilung und Information setzt die Neue Kronen Zeitung die Nähe des Erlebnisberichtes. Diese Nähe wird textuell und stilistisch präzise umgesetzt und zum vorherrschenden Modus der Ansprache der Leser.

Darüber hinaus spricht die Neue Kronen Zeitung die Subjektivität ihrer Leser und Leserinnen auch direkt an. Sie ruft sie als Zeugen auf („Schwester Waltraud tötete neben mir einen Patienten", ‚Krone-Leser' als wichtiger Zeuge" NKZ, 11. April 1989 S. 2–3), stellt sich als deren Sprachrohr dar (NKZ-Titelseite 3. Mai 1989) und vertritt sie als scheinbarer und wirklicher Anwalt („Kronen Zeitung-Leser fordern ..."). Die Neue Kronen Zeitung läßt zusätzlich die Leser direkt sprechen (siehe auf Titelseite angekündigte Leserdiskussion vom 18. April 1989), und sie läßt diese als direkt Handelnde erscheinen. Indem die Neue Kronen Zeitung über ihre Leser kontinuierlich berichtet, für sie spricht und Forderungen in ihrem Namen stellt, simuliert die Zeitung eine Handlungseinheit zwischen sich und den Lesern, die sie direkt in Auflagenzahlen umsetzen kann.

Der Anruf der Leser als Zeugen bestärkt zusätzlich den Anspruch auf Wahrheitsgehalt der Berichterstattung und weist gleichzeitig den Konsumenten zumindest die Möglichkeit einer Autoritätsposition in bezug auf die Zeitungsreportage und die berichteten Geschehnisse zu. Damit wird aus Lainz auch eine Demontage der medizinischen Autoritäten. Da die Zeitung ihre Käufer direkt zu Wort kommen läßt, werden deren Meinungen mit Wert versehen und erhalten mit publizistischem Raum auch gesellschaftliches Gewicht. Diese Aufwertung des sozialen Status der Leser und Leserinnen ist Teil der populistischen Strategie des Blattes.

Während also die Neue Kronen Zeitung ihre Leser in einer Position der sozialen Machtlosigkeit anspricht und abholt, gibt sie ihnen textuell einen Gestaltungsraum, den die meisten gesellschaftlich nicht besitzen. Es ist wie eine systematische Versöhnung des Opfers mit den Strukturen, die die Täter erst in ihre Handlungsposition brachten. Die Neue Kronen Zeitung spricht ihre Leserschaft in einer Position der Machtlosigkeit an und tut dies mit einem weiten Register, in dem auch die vielfältigen und oft widersprüchlichen, nicht artikulierten und vielfach nur latenten Gefühle und Sentiments, die mit dem Zustand der Machtlosigkeit kommen, hervorgebracht werden. Damit wird ein gutes Ausmaß an Identifikation zwischen Zeitung und Leser hergestellt.

Im Falle der Neuen Kronen Zeitung kompensieren Auflagenzahl und ein virtuelles Meinungsmonopol medienpolitisch die Subjektivität der Berichterstattung und die vielfachen Brüche journalistischer Professionalität. Was geschrieben steht, zählt nicht auf Grund der professionellen Kompetenz, die in der Berichterstattung zur Schau gestellt wird, sondern weil sich andere, viele, danach richten.

Die Wissenskosten des Krone-Diskurses

In ihrer Berichterstattung zu Lainz reklamiert die Neue Kronen Zeitung die an die Medizin und ihre institutionalisierten Hoheitsräume verlorengegangenen Bereiche des Wissens um Körper und Gesundheit. Dieser Anspruch auf Wiedergewinnung von Verhaltenseinsicht und persönlicher Kontrolle wird in der Informationsschlacht um Lainz ausgefochten und durchgesetzt. Die Außergewöhnlichkeit der vielfachen Patientenmorde hat unanfechtbare Autoritäten ihrer Routinelegitimation entkleidet, die Wissenshierarchie auf den Kopf gestellt, und die von ihr herausgehobenen und beschützten Gesundheitsprofessionellen ganz gewöhnlicher Fehler und Verbrechen verdächtig gemacht.

Die diskursiven Strategien der Neuen Kronen Zeitung erschöpfen sich jedoch in den Narrativen der sensationellen Kriminalität,[23)] des sexuellen Encounters und der Wehrlosigkeit des Opfers gegenüber Institutionen und Mächtigen. Indem die Neue Kronen Zeitung allein diese Erzählformen zur Berichterstattung über Lainz verwendet, verstellt sie die (Ein-)Sicht in die weiteren Zusammenhänge und behindert Veränderungen über die oberflächliche Bereinigung der Umstände hinaus. Sie trägt damit aber auch dazu bei, daß eine Repetition von Fall und

Berichterstattungskampagne möglich ist. An ersterem hat die Zeitung kein Interesse, am zweiten freilich schon. Das ist ihr bestes und tägliches Brot.

Anmerkungen:

1) Die Neue Kronen Zeitung verwendete auf der Titelseite die folgenden Schlagzeilen, um über die Geschehnisse im Lainzer Krankenhaus der Gemeinde Wien zu berichten: 11. April 1989: „Krone-Leser gingen jetzt die Augen auf: ‚Ich war Zeuge eines Mordes im Bett nebenan'" 22. April 1989: „Terror und Sex im Lainzer Todespavillon: Schwester Dora packt aus!" 23. April 1989: „Neue Enthüllungen über Lainzer Todespavillon: Diebstahl aus dem Giftschrank wurde eiskalt vertuscht". Die Verwendung von Metaphern des Blickes, des Sehens und des Visuellen allgemein gehört zu den rhetorischen Realismusstrategien, die gerade im Boulevard-Journalismus weiteste Verbreitung finden. Zur Entwicklung des „Visuellen Radios" siehe auch Peter A. Bruck: Power Format Radio. Ph.D. Thesis Montreal, McGill University, 1984. Zur Analyse des Genres von Eyewitness News im nordamerikanischen Fernsehen siehe auch: Dominick, Joseph et al.: Television Journalism vs. Show Business: A Content Analysis of Eyewitness News. In: Journalism Quarterly 52, (1975) pp. 213-218. Powers, Ron: Eyewitness News. In: Columbia Journalism Review 16, no. 1 (May-June 1977) pp. 17-24. Ryu, Jung S.: Public Affairs and Sensationalism in Local TV News Programs. In: Journalism Quarterly 59, no 1(1982) pp: 74-78. Graham Knight: The Reality Effects of Tabloid Television News. In: Marc Raboy and Peter A. Bruck (Eds.): Communication For and Against Democracy. Montreal: Black Rose Books, 1989.
2) Zu diesem Thema gibt es eine umfassende Literatur von poststrukturalistischen, feministischen, psychoanalytischen und soziologischen Arbeiten. Vgl. Michel Feher with Ramona Naddaff and Nadia Tazi (Eds.): Fragments for a History of the Human Body. Part One to Three. New York: Zone, 1989. Zur kunstgeschichtlichen Bearbeitung des Verhältnisses von Blick, Körper und Darstellung siehe u.a. auch die autoritative Arbeit von John Berger: Ways of Seeing. London: Penguin Books, 1972, die auch von der BBC verfilmt wurde. Zur Verbindung von Konzepten und Erfahrungen der Körperlichkeit und Sexualität und ihren Entwicklungen in der bürgerlichen Kultur siehe auch: Peter Gay: The Bourgeois Experience, From Victoria to Freud; Volume One: Education of the Senses. Oxford/New York: Oxford University Press, 1984.
3) Die Investitionen der Konsum-/Kultur-/Medienindustrien dürfen nicht nur in ökonomischen Begriffen verstanden werden, sie sind ebenso technologischer Herkunft und hängen eng mit der Entwicklung von visuellen Apparaturen wie des Fotoapparats und der Filmkamera zusammen. Vgl. dazu: Susan Sontag: On Photography. London: Allen Lane, 1977. Roland Barthes: La Chambre claire: note sur la photographie. Paris: Gallimard et Seuil, 1980. Eine etwas breitere Diskussion von Schauen und menschlicher Be-

deutungsarbeit ist in John Berger: About Looking. New York: Pantheon Books, 1980. Die industrielle Verarbeitung des Blicks in den verschiedenen Videoindustrien hat John Ellis in Visible Fictions; Cinema: Television: Video. London: Routledge & Kegan Paul, 1982, dargestellt.
Eine politökonomische Analyse der Auswirkungen ist in dem schon zum Klassiker gewordenen Werk Guy Debord's: La societe du spectacle. Paris: Editions Buchet-Chastel,1967, zu finden.

4) Zur Rolle von Kommunikation in der Beurteilung und Bewertung von Zuständen der Gesundheit und Krankheit siehe Gary L. Kreps: The Pervasive Role of Information in Health and Health Care: Implications for Health Communication Policy, und Kathleen K. Reardon: The Role of Persuasion in Health Promotion and Disease Prevention: Review and Commentary. In: James A. Anderson: Communication Yearbook 11, Beverly Hills: Sage Publication, 1988.

5) Die multimediale Verarbeitung dieser Entwicklung ist in Nordamerika sicher am weitesten fortgeschritten, wo neben Buch und Home- Video auch Trainingswäsche, Körperpflegemittel und spezielle Nahrungsprodukte angeboten werden. Die umfassende Vermarktung schließt auch das Franchising von Fitness-Studio-Konzepten mit ein.

6) Siehe allgemein dazu: Hans H. Eulner: Die Entwicklung der medizinischen Spezialfächer an den Universitäten des deutschen Sprachgebietes. Stuttgart: Enke, 1970. Mit speziellem Bezug auf den Bereich Geburtenhilfe, in dem sich die medizinisch-institutionellen Hoheitsansprüche zunehmend Verweigerung und alternativen Praktiken gegenüber sehen: Barbara Ehrenreich und Deidre Englisch: Hexen, Hebammen und Krankenschwestern. München: Ilona, 1979. Gernot Böhme: Midwifery as Science: An Essay on the Relation between Scientific and Everyday Knowledge. In: Nico Stehr und Volker Meja (Eds.): Society and Knowledge: Contemporary Perspectives in the Sociology of Knowledge. New Brunswick/London: Transaction Books, 1984.

7) Michel Foucault: La Naissance de la Clinique. Paris: P.U.F. 1963, Überarbeitete Fassung 1972.

8) Alan Sheridan: Michel Foucault. The Will to Truth. London: Tavistock, 1980.

9) Auch der ORF beteiligte sich mit einigen Sendungen, speziell aber mit einer auf über eine Stunde verlängerten ZIB 2 am 10. April 1989, in der drei Journalisten sich im Kreuzverhör von „Verantwortlichen“ übten. Bemerkenswert war auch die Verwendung von Live-Einblendungen aus den leeren Gängen und Zimmern des Pavillon V, ein Versuch des Vor-Ort-Realismus in der Fernsehproduktion, obwohl weder O-Ton oder O-Video des zentralen Geschehens verfügbar waren. Die Konkurrenz um die mimetische Visualisierung der Realität sollte offensichtlich auch um einen recht ideologischen und professionell nur schwer zu rechtfertigenden Preis gewonnen werden. Die allgemeine Entwicklung des Boulevardformats für Fernsehnachrichten diskutieren unter anderem: Graham Knight: Reality Effect: Tabloid Television News. In: Queen's Quarterly 96, no 1 (Spring 1989), pp. 94-108. Hofstetter, C. Richard and David M. Dozier: Useful

News: Quality, Sensationalism and Local TV News. In: Journalism Quarterely 63, no.4 (1986) pp. 815-820. Daß die Boulevardisierung nicht nur „westliche" Medien betrifft, sondern auch in den liberalisierten Medienmärkten des Ostens, inklusive der Sowjetunion, wo das Format der Fernsehnachrichten sich in den letzten drei Jahren zunehmend nordamerikanischen Standards anzupassen begonnen hat, zu finden ist, zeigt: Kohan, John: Late Night With Alex and Dima/Glasnost hits Soviet TV, and Viewers are Riveted. Time 10, October 1988, pp. 82-83. In den USA haben die großen Networks in den letzten Jahren den Konkurrenzkampf um Anteile am Sehermarkt mit einer neuen Art von News-Talk-Shows zusätzlich verschärft, die allgemein mit *Sleeze TV* oder *Trash TV* bezeichnet werden. Siehe dazu u.a.: Leerhsen, Charles: Sex, Death, Drugs and Geraldo. In: Newsweek 14, November 1988, pp. 76. N.A.: Veteran Newsman Condemns Sensational „Trash TV". In: Globe & Mail 9 March 1989, C9. Waters, Harry F. et al.: Trash TV. In: Newsweek 14, November 1988, pp. 72-78. Weiss, Philip: Bad Raps for TV Tabs. In: Columbia Journalism Review 28, no.1 (May-June 1989) pp. 38–42. Zoglin, Richard: Putting a Break on TV „Sleaze"/Advertisers are Growing Wary of Shows that might offend. In: Time 20 March 1989, p. 44.

10) Zur politischen Ökonomie des Spitals und Gesundheitswesens allgemein siehe: Lesley Doyal: The Political Economy of Health. London: Pluto Press, 1979.

11) Vgl. dazu M.Foucault, a. a. O.; G. Boehme, a. a. O.; L. Doyal, a. a. O.

12) Zum ideologischen Effekt von Familiarität siehe die klassische Arbeit von Roland Barthes: Mythologies. Paris: Editions du Seuil, 1957. In bezug auf die polit-ökonomischen Implikationen von Familiarität und die kultursoziologische Analyse der darauf aufbauenden Medienmacht siehe auch: Herbert Schiller: The Mind Managers. Boston: Beacon Press, 1973.

13) Einige Schlagzeilen von den Titelseiten reichen als Index: 18. April 1989: „Leiden und Tod der Alten geht alle an, Krone-Leserdiskussion über Lainz: Politiker, schaut euch die Spitäler von innen an" 20. April 1989: „Mord- und Diebstahlsanzeige gegen Pflegepersonal in Lainz: 2 Sparbücher einer Toten verschwanden im Pavillon V" 27. April 1989: „Grosse Parlamentsdebatte über Lainz. Mordserie schreckt die Politiker auf: Jetzt rufen alle nach mehr Menschlichkeit in unseren Spitälern" 30. April 1989: „So wurden Patienten im ‚Pavillon V' von Lainz gequält" 3. Mai 1989: „Geheimbericht der Rathauskommission bestätigt Vorwürfe der Krone-Leser: Lainzer ‚Pavillon V' war Schandfleck der Spitäler Wiens!" Zur diskursiven Strategie der NKZ und der Verwendung von Schwarz-Weiß-Kontrasten in der Berichterstattung siehe auch: Florian Menz: Manipulation strategies in newspapers: a program for critical linguistics. In: Ruth Wodak (Hg.): Language, Power and Ideology, Studies in Political Discourse. Amsterdam/Philadelphia: John Benjamins, 1989.

14) Die NKZ kämpfte mit den Boulevard-Illustrierten *Neue Revue*, *Stern* und auch der *Bunten-Illustrierten* um Photos der Schwestern und Ärzte, wie in: Neue Revue, 1989. 17, S. 6–7. Zur Diskussion der gesamten Themenstellung von Sex und Wein, Tod und Terror siehe: Lutz Holzinger und Erich

Feichtinger: Untersuchung zur „Medienkatastrophe Lainz" Wien: Gewerkschaftlicher Linksblock, 1989. S.21–24.

15) Siehe Ausgabe vom 18. April 1989 und die ausgewählten Leserbriefe. Ganze zwei Briefe werden unter dem Schlagzeilenbalken „Leserdiskussion zur Mordserie in Lainz" auf Seite 16 abgedruckt, zwei weitere finden sich in Staberls Kolumne auf derselben Seite. Diese Briefe reichten den redaktionell verantwortlichen Krone-Leuten, um die Titelseite des Blattes mit dem oben schon zitierten halbseitigen Aufmachern „Leiden und Tod der Alten geht alle an, Krone-Leserdiskussion über Lainz: Politiker, schaut euch die Spitäler von innen an" zu gestalten.

16) Boulevardformate bedienen sich routinemäßig dieser Assoziationen gegenüber Frauen. In der Berichterstattung zu Lainz wurde die Hexen-Designation u.a. auch vom Kurier verwendet: Schlagzeile auf der Titelseite am 12. April 1989: „In Lainz nannten die Kolleginnen Schwester Wagner nur noch die ‚Hexe'"; Schlagzeile über Seite 4 und 5 in selbiger Ausgabe: „Kolleginnen riefen Waltraud Wagner nur die ‚Hexe'". Die Prostituierten-Story der NKZ stellte sich als falsch heraus, und die Zeitung mußte umfangreichste Entgegnungen abdrucken (Ausgabe vom 4. Juli 1989).

17) Die NKZ wurde von anderen Zeitungen wie der *Neuen AZ* und Nachrichtenmagazinen wie *profil* wegen der Lainzberichterstattung kritisiert, wies aber diese Kritik schärfstens zurück.

18) Der kommerzielle Erfolg der Boulevardpresse ist nicht auf Österreich oder die NKZ beschränkt, sondern ist auch im anglo-amerikanischen Medienraum zu verzeichnen. Siehe dazu: Bordewich, Fergus M.: Supermarketing the Newspaper. In: Columbia Journalism Review 16, no. 3 (September-October 1977) pp. 24–30. Goldblatt, Murray: Canadian Tabloids Mushroom. In: Content Magazine (September/October 1988) pp. 28–29. Lundby, Knut: Dagbladet Becomes a Tabloid: A Study of Problematic Journalistic Transition. In: Tidsskrift For Samfunnsforskning 28, no. 2 (1987). pp. 198–200. Zu den wirtschaftlichen Anreizen siehe: McChesney, Fred S.: Sensationalism, Newspaper Profits and the Marginal Value of Watergate. In: Economic Inquiry 25 (January 1987) pp. 135-144.

19) Siehe Ausgabe vom 12. April. 1989, S. 2 und 3.

20) Abteilungsinspektor Otto Kellner in derAusgabe vom 12. April 1989, S. 3. Zur Wirkungskraft von Sprache in den Medien siehe auch die exemplarische Darstellung einer Club-2-Diskussion von Ruth Wodak in: Ruth Wodak: 1968: The power of political jargon – a ‚Club-2' discussion. In: Ruth Wodak a. a. O.

21) Zu dem Verhältnis von Story und diskursiven Strategien und Format siehe auch: Peter A. Bruck: Discursive Movements and Social Movements: The Active Negotiation of Surveillance and Constraints. In: Janet Wasko and Vincent Mosco (Eds.): Democratic Communications and Popular Media in the Information Age. Toronto: Garamond Books, forthcoming 1991.

22) Siehe dazu: Gaye Tuchman: Objectivity as strategic ritual: an examination of newsmen's notions of objectivity. In: American Journal of Sociology. 1972, 77, 4 pp. 660–679, Gaye Tuchman: Making News. New York: The Free Press, 1978. Zum Problem der Akkuranz in der Boulevardberichter-

stattung siehe auch: Cole, Leonard A.: Yellow Rain or Yellow Journalism? In: Bulletin of the Atomic Scientists (August/September 1984) pp. 36–38. Hinkle, Gerald and William R. Elliot: Science Coverage in Three Newspapers and Three Supermarket Tabloids. In: Journalism Quarterly 66, no. 2 (Summer 1987): pp. 353–358.

23) Sensationsorientierung und die Lust am Außergewöhnlichen sind ein integraler Bestandteil der Zeitungsgeschichte. Ich danke Hans Heinz Fabris für den Literaturhinweis auf die schon im Jahre 1493 aufgezeichneten Formen der Schaulust und Skandalgeschichten, die von Wiener Zeitungsschreibern als journalistische Fundgrube benützt wurden. In: E.V. Zenker: Geschichte der Wiener Journalistik. Von den Anfängen bis zum Jahre 1848. Ein Beitrag zur deutschen Kulturgeschichte. Wien und Leipzig: Wilhelm Braumüller, 1892. Siehe weiters zum Sensationalismus in den anglo-amerikanischen Zeitungen u.a.: Budd, Louis J.: Color him Curious about Yellow Journalism: Mark Twain and the New York City Press. In: Journal of Popular Culture 15, no. 2 (Fall 1981) pp. 25–33. Francke, Warren: Sensationalism and the Development of 19th Century Reporting: The Broom Sweeps Sensory Details. In: Journalism History 12, nos. 3–4 (Autumn-Winter 1985). pp. 80–85- Ders.: An Argument in Defence of Sensationalism: Probing the Popular and Historiographical Concept. In: Journalism History 5, no. 3 (Autumn 1978), pp. 70–73. Nordin, Kenneth: D.: The Entertaining Press/Sensationalism in Eighteenth-Century Boston Newspapers. In: Communication Research 6, no. 3 (July 1979). pp. 295–320. Olasky Marvin: Late 19th Century Texas Sensationalism: Hypocricy or Biblical Morality. In: Journalism History 12, nos. 3–4 (Autumn-Winter 1985) pp. 96–100.Shaw, Donald L. and John W. Slater: In the Eye of the Beholder? Sensationalism in American Press News, 1820 – 1860. In: Stephens, Mitchell: Sensationalizing and Moralizing in 16th and 17th Century Newsbooks and News Ballads In: Journalism History 12, nos. 3–4 (Autumn-Winter 1985) pp. 92–95. Stevens, John D.: Social Utility of Sensational News: Murder and Divorce in the 1920's. In: Journalism Quarterly 62 (1985) pp. 53–58. Yoakum, Robert: An Obscene, Lewd, Lascivious, Indecent, Filthy and Vile Tabloid Entitled Screw. In: Columbia Journalism Review 15, no. 6 (March-April 1977) pp. 38–49.

Josef Gunz

Die Neue Kronen Zeitung, ihre Leser und Lainz

Eine Annäherung.

Das Szenario

Wie man alte Menschen unauffällig ins Jenseits befördert, das stand im Mittelpunkt der Medien und beherrschte einprägsam die balkigen Lettern des Kronen-Zeitung-Covers. Die eilfertig recherchierten Ereignisse waren wie geschaffen für eine Story mit Langzeit-Verkaufs-Garantie. Fast den ganzen Monat April 1989 hat die Neue Kronen Zeitung täglich über die Vorkommnisse im Krankenhaus Lainz geschrieben. Am 08. 04. 89 begann die Berichterstattung mit der Ankündigung:„Krankenschwester in Wien gestand Tötung". Im Blattinneren (S. 13) ist bereits von einer Mordserie an älteren Patienten die Rede. Die Berichterstattung war ganz offensichtlich darauf erpicht, den Leser in einen Wirbel der Maßlosigkeit und der Unersättlichkeit hineinzuziehen. Das Medium ist nicht die Botschaft. Es verkommt zur Quelle der Gier.

Im Kleinformat zwar, aber immer noch groß genug für Fettdruck und Konterfeis der der Untat Verdächtigten, ihrer Anverwandten und Bekannten, hat sich die Neue Kronen Zeitung zum meistverbreiteten Blatt der Nation hochgedient. Je mehr die Österreicher ihre Sinne an die audiovisuellen Medien verlieren, umso mehr scheinen sie sich auf die anfaßbaren, greifbaren Blätter zu stürzen, die ihre verkürzten Denkschemata bestätigen. Die universale Präsenz des Massenblattes suggeriert ein Heimatgefühl. Wer die Neue Kronen Zeitung liest, schwimmt in einem Meer gleichgeschalteter Meinungen, meist gegen die da oben, gegen Fremdes und Unbotmäßiges. Das ständig genährte Gefühl, mit einer anonymen Mehrheit zu schwimmen, möglichst jenseits der Parteien und Verbände, vermittelt zweifellos ein Gefühl der Allianz zwischen Leserschaft und Zeitung. Inhalt und Aufmachung der Berichte ziehen die Rezipienten an, vereinnahmen sie, nivellieren ihr Anspruchsniveau, machen sie lüstern auf gut Verdauliches. Hier wird Bedarf geweckt. Der Konsument reagiert prompt. Die Leserziffern haben die Zweimillionengrenze längst überstiegen.

Das Medium ist mehr als bloße Ware geworden, wenngleich der Warencharakter selbst unverkennbar ist. Die Neue Kronen Zeitung ist auf dem Wege zur „heißen Ware, zur Droge", die die unterdrückten Phantasien der Leserschaft anzustacheln vermag, aber nicht zum Ausdruck kommen läßt. Druckfrisch bietet sie sich, meist stapelweise, im Kaufhaus, in den Kiosken und Bahnhöfen an. Ein kurzer Blick auf das ausgebreitete Sortiment zeigt schon in der jeweiligen Stapelhöhe die starke Nachfrage nach ihr.

Die Annäherung

Zwischen der Neuen Kronen Zeitung und ihren Lesern scheint so etwas wie ein Bündnis entstanden zu sein. Und es hat den Anschein, als ob alle Einwände gegen die Schreibe[1)] und Aufmachung der Neuen Kronen Zeitung geradezu der Kitt seien, der dieses Bündnis eher noch festigt, als löst. Der Beschaffenheit dieses Bündnisses und seiner Hintergründe gilt das Hauptaugenmerk meiner Analyse. Dabei geht es um den Tribut, den die Leserschaft dieser Zeitung täglich zollt. Den angeprangerten Spitalsschwestern kann damit nicht geholfen werden, noch soll der Neuen Kronen Zeitung lediglich eine Schelte erteilt werden, sondern es gilt darauf abzuzielen, mehr Klarheit zu gewinnen über die Gründe des inkriminierten Bündnisses.

Worauf beruht nun dieses Bündnis? Zur Beantwortung dieser Frage müssen wir unser Augenmerk darauf richten, wie bei der Neuen Kronen Zeitung das Wechselverhältnis zwischen Angebot und Nachfrage funktioniert. Gemeinhin werden für dieses Wechselverhältnis Gründe genannt, die auf ein geringes Anspruchsniveau der Leser schließen lassen. Nun ist aber festzuhalten, daß die Neue Kronen Zeitung auch in der höchsten Sozialschicht von 38% gelesen wird. Im Vergleich dazu wird der Kurier von 33%, die Kleine Zeitung von 16% und Die Presse von 11% der Oberschicht gelesen. Die anderen Tageszeitungen liegen unter der 10% Marke.[2)] Auffällig ist, daß es der Neuen Kronen Zeitung in den letzten Jahren offensichtlich gelungen ist, in allen Gesellschaftsschichten Leser zu gewinnen. Die Rezipientenstruktur der Neuen Kronen Zeitung ist in den vergangenen 10 Jahren allerdings nahezu unverändert geblieben.[3)]

Eine Leserschaft von mehr als zwei Millionen Österreichern hinter sich zu wissen, verpflichtet zur täglichen Reproduktion einer ausgeklügelten Medienstrategie. Im Falle Lainz ist nachzuvollziehen, wie die Sensationslust der breiten Leserschaft genährt wird.

Die Ereignisse im Lainzer Spital wurden generell als Kriminalberichte inszeniert. Alle Forschungen über Kriminalberichterstattung in den Medien, die mir bisher zugänglich waren, lassen keine seriöse Berichterstattung vermuten. Der Umgang mit Kriminalität in den Tageszeitungen hat allgemein mit Information wenig zu tun. Meist handelt es sich um in Halbwahrheiten gefaßte Kolportagen, um Stories, die dem Leser eine noch zu beschreibende Scheinwelt suggerieren.

Das Ereignis Lainz bot die Möglichkeit, hinter die Kulissen eines Spitals zu schauen; in das Labyrinth der Beziehungen von Patienten, Schwestern, Pflegern und Ärzten. Hinter ein hierarchisch geprägtes Bild, das Risse zeigt, und das schon seit längerer Zeit. Schon Anfang der siebziger Jahre begann das Image der österreichischen Krankheitsverwaltung brüchig zu werden. Damals ließ das Österreichische Statistische Zentralamt eine Studie über den Krankheitszustand der Nation erstellen.[4)] Die Ergebnisse waren nicht gerade schmeichelhaft für die Krankheitsverwalter und für die Ärztekammer Österreichs. Der seinerzeit erstellte Report „Kranksein in Österreich" wurde mehr schubladiert als publiziert. Das Prestige der Ärzte und Spitäler wurde in der Nachkriegszeit erstmals, aber nur leicht angeschlagen.

Durch die Vorfälle in Lainz kamen die Schwestern in die Mangel. Sie haben „getötet". In manchen Berichten ist die Rede von „falsch verstandener Sterbehilfe". Was mag wohl eine „richtig verstandene Sterbehilfe" in diesem Kontext sein? Etwa die zunehmende Ghettoisierung und Verwahrlosung alter Menschen in Sterbesilos? Jedenfalls haben sich die Schwestern mit einer Sterbehilfe, welcher Art auch immer, ein Recht angemaßt, das in unserer Zivilisation den Ärzten und der Medizin vorbehalten war und ist.[5)] Und wer hätte besser die ganze banale Brutalität formulieren können als die Neue Kronen Zeitung, die am 10. 04. 89 schreibt:„Ihre entsetzlichen Pläne heckten die ‚Herrinnen über Leben und Tod' bei einem Glas Wein am Heurigentisch aus."[6)]

Die Allianz von Zeitung und Leser

Gemeinhin wird eine Wechselbeziehung zwischen Medium und Publikum angenommen; zwischen Zeitung und Leser; zwischen Kommunikator und Kommunikant. Die Annahme unterstellt ein direktes Verhältnis von Absender und Empfänger. Eine solche Annahme drängt zu der Frage, wie es denn mit der Rückantwort des Empfängers zu den Absendern bestellt ist?

Die wichtigste Rückantwort für eine Zeitung ist die Nachfrage nach ihr. Sie wird in Verkaufsziffern gemessen. Von den Verkaufsziffern sind die Inserateneinnahmen abhängig. Die Neue Kronen Zeitung liegt mit ihren Verkaufsziffern in Relation zur Einwohnerzahl europaweit und österreichweit absolut an der Spitze. Was mögen die Gründe für mehr als zwei Millionen Österreicher sein, die Neue Kronen Zeitung täglich zu lesen?

Zur Perspektivenerweiterung möchte ich den kommunikationswissenschaftlichen Rahmen um eine sozialwissenschaftliche Dimension erweitern. Das Ziel dieser Perspektivierung liegt in dem Versuch, die Leser bzw. das Anspruchsniveau der Leser besser kennenzulernen. Dazu gilt es, die Schreibweise der Neuen Kronen Zeitung zu analysieren, die Besonderheiten, die Hervorhebungen, die Auffälligkeiten, die Betonungen und Unterlassungen zu registrieren. Daran erst ist erkennbar, was „die Leute" mögen und worauf sie Wert legen. Des weiteren möchte ich in der Folge überprüfen, ob die Berichterstattung über Lainz den gängigen Kriminalberichterstattungsmustern entspricht oder ob Unterschiede feststellbar sind. Bezüglich der Gründe, weswegen die Neue Kronen Zeitung gelesen wird, beschränke ich mich auf Indizien.

Zunächst gehe ich von der Überzeugung aus, daß ein Zeitungsriese wie die Neue Kronen Zeitung auch ganz andere Aufgaben wahrnimmt, als die der Information. Es gibt in der Medienforschung das empirisch abgesicherte Ergebnis, daß Rezipienten dazu neigen, das zu akzeptieren, was sie bereits kennen und eingeordnet haben. Sie sind ständig auf der Suche nach einer Bestätigung ihres Weltbildes. Weniger evident ist, daß die Rezipienten auch dazu neigen, danach Ausschau zu halten, was ihrer Einstellung und ihren geheimen Wünschen entspricht. In diesem Beitrag soll dargestellt werden, wie die Neue Kronen Zeitung im Falle Lainz sich anschickte, bestimmten Einstellungsmustern und Wünschen der Leserschaft zu entsprechen.

Schon die Aufmachung trägt zur hohen Auflage und zur Beliebtheit der Neuen Kronen Zeitung bei. Das Layout bedient sich der Collagetechnik. Die Neue Kronen Zeitung pflegt eine Bildsprache, die der Bild- und Fernsehgewöhnung der Rezipienten sehr entgegenkommt. Film und Fernsehen, Plakate, Illustrierte und andere visuelle Medien haben den schnellen Blick geschult. Die Neue Kronen Zeitung bedient sich dieses Lernprozesses. So hat sich die Zeitungssprache der Neuen Kronen Zeitung der visuellen Technik angenähert. Auf einen Blick soll erkennbar werden, worum es geht. Boulevardzeitungen liefern sich diesbezüglich wahre Meisterschaftskämpfe. Die grammatikalische Struktur der Inhalte ist knapper und verdichteter geworden. Aufbereitet im Telegrammstil, geraten die Textseiten zu Plakaten. Die Neue Kronen Zeitung nähert sich der Bildsprache und damit einer spezifischen Form des Analphabetismus. Das Schlagwort, das Plakative wird hervorgehoben. Aber nicht nur das: Die enge Wortwahl, das Schlagwort erweckt Neugier und Interesse. Ihre Sprache ist vieldeutig. Sie zieht den Leser in ihren Bann. Die verwendete Sprache hat so etwas wie Appellcharakter. Die Journalisten der Neuen Kronen Zeitung appellieren gewissermaßen an die bestimmten Werte, die den Durchschnittsösterreicher auszeichnen. Ein solches Wertmuster ist die „law and order mentality", die Österreichern nachweislich in hohem Maße zueigen ist.[7)] Im Ruf nach Disziplin und Ordnung ist der Appell zur Beseitigung von Störenfrieden oder das Durchgreifen gegen Verbrecher impliziert. Um diese latente Mentalität der Leserschaft zu aktivieren, wird schon in den Überschriften der Neuen Kronen Zeitung Stimmung gemacht: „Grauenhaftes Geständnis einer Mord-Schwester", „Wer mich ärgerte, der bekam ein Gratisbett beim lieben Gott", (09. 04. 89, Titelseite). „Mordschwestern herrschten in Lainz über Leben und Tod". „Geständnisse der drei verhafteten jungen Frauen enthüllen Horror", (09.04.89, Seite 2,3). „Schwestern fielen zu zweit über wehrlose Kranke her… Immer grauenvollere Details werden über die Morde an Patientinnen im Lainzer Spital bekannt: Die Krankenschwestern beförderten ihre Opfer nicht aus mißverstandener Sterbehilfe ins Jenseits, sondern quälten die hilflosen Kranken oft stundenlang auf sadistische Weise zu Tode"(10.04.89, S. 2).

Die schon angesprochene Allianz zwischen Neuer Kronen-Zeitung und Leser ist in einer auf Gegenseitigkeit beruhenden Einflußnahme zwischen Journalisten und Lesern begründet. Die Journalisten formulieren suggestiv. Ihre Schreibweise könnte jeweils mit den Sätzen beginnen: „Sind Sie nicht auch der Meinung, daß in unserem Land Recht und Ordnung in Gefahr sind?“ In der Zeitungspraxis geschieht diese Suggestion allerdings versteckter und subtiler. Wir haben es hier mit dem Phänomen des sich gegenseitigen Hochschaukelns, im sozialwissenschaftlichen Jargon einer „Interdependenzrelation“ zu tun. Nehmen wir an, daß das Geschriebene eine Variable und die Einstellung des Lesers eine andere Variable ist. Eine leichte Veränderung in einer Variablen führt zu einer leichten Veränderung in der zweiten Variablen. Die leichte Veränderung in der zweiten Variablen ermöglicht eine weitere Veränderung in der ersten Variablen, die ihrerseits wieder die zweite beeinflußt.[8)] Der Soziologe Zetterberg weist darauf hin, „daß eine unmittelbare Veränderung in einer Variablen keine große Veränderung in der anderen Variablen hervorrufen wird. Die einzige Art, wie sich in einer Interdependenzrelation eine große Veränderung vollzieht, geht über eine Serie einander gegenseitig beeinflussender kleiner Veränderungen. Es ist, als ob die beiden Variablen miteinander flirteten: ein fast unbemerkbarer Wink von seiten der einen ermutigt die andere zu einem weniger unmerkbaren Wink, was der ersten wiederum Mut für einen mutigeren Wink macht, und so fort. Ein starker Wink zu Anfang würde jedoch gar keine Wirkung haben“ (S. 130, 131). Im Fall von Interdependenzrelationen kumulieren die leichten Veränderungen der beiden Interaktionsparter in einem ausgeprägten Resultat.

Die mediale Aufbereitung der Lainzer Szene in der Neuen Kronen Zeitung läßt eine Interdependenzrelation gut erkennen, wenn auch dieser Austauschprozeß nicht so linear abläuft, wie es Zetterberg in einem Interaktionsprozeß außerhalb des Medienbereichs darstellt. Die vorgelegte Berichtsrhythmik der Neuen Kronen Zeitung ist abrupter und inhomogener. Sie gehorcht kaum einer aufbauenden Logik, sie ist eher aufbauschend und aufbrausend. Trotzdem ist eine Kontinuität feststellbar, die der Interdependenzrelation nahekommt. Diesen Kontinuitätsspuren soll nun nachgegangen werden.

Zur medialen Aufbereitung des Falles Lainz

Die mediale Aufbereitung des Falles Lainz tangiert mehrere Themenbereiche, die in der Zivilisation der Moderne heiße Eisen sind und speziell in Österreich der sachlichen Auseinandersetzung harren bzw. ungelöste Probleme darstellen. Dazu gehören der Umgang mit kranken, vornehmlich alten Menschen und deren Betreuung, die Medizin und der alte Mensch und die Verantwortungsbereiche von Ärzten und Schwestern. Darüberhinaus auch die hierarchisch strukturierten Beziehungsverhältnisse im Krankenhaus und deren Konsequenzen, das überdimensional große Spital als unzeitgemäße Institution und die Schwestern als Sündenböcke eines überholten Versorgungssystems. Schließlich muß man auch die Phänomene der Klassengesellschaft, die in der Möglichkeit einer Wahl der Versorgungsinstitution manifest werden, dazu rechnen. Österreichspezifisch ist vor allem auch die Wiener Gesundheitsszene, verstrickt im Politfilz des AKH.

Die in die Verantwortung Eingebundenen zeigten Reaktionen des Entsetzens und der Empörung. Der in einer „Zeit im Bild"-Sendung vorgeführte Primar sprach von einem „schweren Vertrauensbruch" zwischen den verhafteten Schwestern und den Ärzten. Der Wiener Bürgermeister empörte sich über die „gemeinen Verbrecherinnen". Die anwesende Schwesternvertreterin erging sich in mühsamen Erklärungen über Kompetenzfragen. Gemäß ihrer marginalen Rolle innerhalb der aufgebotenen Prominenz wurde sie als Stichwortgeberin geduldet. Ihre ereignisübergreifenden und sachlich wichtigen Hinweise auf die Schwesternengpässe, besonders in Wien, gingen unter im Furioso der erstgenannten Populisten. Aus der sonstigen Medienszene machte sich Dr. Hackethal aus der BRD – sonst auf allen Ebenen medizinischer Humanität vertreten – wiederum ganz dem Pöbeljargon entsprechend, fürs „Aufhängen der Mörderinnen" stark. Solcherlei verbale Ausritte und Reaktionen einer medienbewußten Schickeria sind schlichtweg „mehrheitsorientiert" zu bezeichnen. Sie weisen aber auch auf die Tabubereiche der Moderne im Krankheitsbereich hin.

Was also dem Fernsehzuseher unmittelbar ins Haus vermittelt wurde, ist Teil der Basis, auf der eine Berichterstattung – wie die der Neuen Kronen Zeitung – möglich und populär geworden ist. Nicht nur die unzulänglichen Verhältnisse im Lainzer Spital gaben Anlaß zu Berichten. Wie diese Verhältnisse sich offerierten, schilderte ein Arzt am 11. 04. 89 in der Neuen Kronen Zeitung. Noch am Tag zuvor (10. 04. 89, S. 2 u. 3) „berichten" Gernot Heigl, Christian Hauenstein, Erich Schönauer, Peter Grotter und Johann Haginger auf S. 2: *„ Aber wie kam es eigentlich zu dem Mordkomplott im Lainzer Krankenhaus? Die Aussagen darüber klingen ebenso unglaublich. Die Schwestern, deren Aufgabe es gewesen wäre, Kranke zu pflegen und die nach außen hin auch einen besonders fürsorglichen, hilfsbereiten und liebenswerten Eindruck machten, waren in ihrem Innersten mit ihrer Arbeit unzufrieden. Sie ärgerten sich, wenn sie während des Nachtdienstes durch das Läuten eines Patienten in ihrer Ruhe gestört wurden. Es ging ihnen auf die Nerven, wenn Kranke sie um Kleinigkeiten baten. Während sie mit einem falschen Lächeln auf dem Munde die Wünsche der Menschen erfüllten, heckten sie insgeheim bereits ihre Mordpläne aus."*

Was auf den Stationen der Spitäler so der übliche Alltag bzw. die Allnacht war, darüber konnte Dr. W. Exel ein wenig Licht ins Dunkel des Szenarios bringen. Unter der Überschrift „Die Alarmglocken läuten fast dauernd bei den Schwestern" schilderte der Arzt den extrem harten Alltag im Spital (11. 04. 89, S. 6f). *„Nun, ich hatte in Nachtdiensten an der Internen Abteilung eines Großkrankenhauses vier Stationen gemeinsam mit einer Oberschwester und den jeweiligen Stationsschwestern zu betreuen. Durch chronischen Überbelag somit rund 150 Patienten... Das alles hat gut funktioniert. Aber keinesfalls durch diese gesetzlich vorgeschriebene, genaue Verteilung der Aufgaben. Sondern ausschließlich durch Teamwork aller Beteiligten. Hatte der Oberarzt nämlich einen neuen Patienten mit Herzin-*

farkt zu versorgen, der Turnusarzt eine Aufnahme und drei weitere auf der Rettungsliege im Wartezimmer, so war auch immer mindestens eine Schwester in die Akutversorgung miteinbezogen. Darüberhinaus ging der normale Stationsbetrieb weiter. Fünf Patienten haben Durst, zwei können nicht schlafen, drei leiden unter Schmerzen, sieben müssen dringend aufs Klo und eine ältere Frau hat die Orientierung verloren. Sie irrt irgendwo herum und muß gesucht werden. Das ist Alltag im Krankenhaus. Beinahe ununterbrochen läutet im Schwesternzimmer die Alarmglocke. Auf dem Spritzentablett liegen gefüllte Injektionskanülen, zum Beispiel mit Heparin. Dieses muß bettlägrigen Patienten subkutan verabreicht werden, um Thrombosen, und als lebensbedrohende Komplikation, Lungeninfarkt zu verhindern. Ich erzähle hier keine übertriebene Ausnahmesituation, sondern den Alltag. Wären die Grenzen der Befugnisse nicht verschwommen, hätte der Betrieb nicht aufrecht erhalten werden können.“

Obwohl Dr. Exel in der Neuen Kronen Zeitung diesen Kommentar schrieb, ging die Berichterstattung und die Hetze gegen die Krankenschwestern weiter. Auch das ist ein Stück Medienrealität. Insidern, zu denen der berichtende Arzt zweifellos gehört, wird eine einmalige Stellungnahme eingeräumt. Gemessen am Umfang der Suada, die auf die Schwestern täglich losgelassen wurde, haben solcherlei Exkurse die Funktion eines Alibis, des Anscheins, nach allen Seiten hin offen zu sein. Vergehen gegen Leib und Leben sind willkommene Spaltenfüller in der Tagespresse und vor allem am Boulevard.

In diesem Zusammenhang ist ein Blick in die anderen Tageszeitungen generell von Interesse. Was und wie wird dort über Kriminalität berichtet? Vorausgeschickt sei: Die Kriminalität rangiert in den Medien als ein gesellschaftliches Ereignis, das Anlaß gibt, über die Handlungen bisher unbekannter Personen ausgiebig zu berichten. Über Mord und Totschlag wird besonders gerne und umfangreich berichtet. Gemessen an der Häufigkeit und Intensität, mit der über Gewalt mit Todesfolge geschrieben wird, müßte die offizielle Statistik viel höhere Zahlen aufweisen, als sie es tut. Es stellte sich heraus, daß Delikte über Leib und Leben einen Anteil von 53% aller berichteten Kriminalfälle ausmachten. Die offizielle Kriminalstatistik wies im Untersuchungszeitraum (1978) nur 24% für diese Delikte aus. Davon wiederum sind mehr als die Hälfte der Delikte dem Straßenverkehr zuzurechnen. Somit zeigt sich, daß Gewaltdelikte nur 10% aller in der Statistik erfaßten Delikte, aber über 50% der von der Kriminalberichterstattung erfaßten Fälle ausmachen. Dieser empirische Nachweis macht deutlich, welche falsche Dominanz Delikte gegen Leib und Leben in den Zeitungen einnehmen.

Die Art der Berichterstattung der Neuen Kronen Zeitung über Lainz läßt im Vergleich zur Berichterstattung der Kronen Zeitung vor 10 Jahren auch den Schluß zu, daß das sprachliche Niveau in den Überschriften und Texten eher gesunken ist. Die Berichte sind weiterhin von geringer Objektivität, subjektiv und wertend und, wie die oben zitierten Beispiele beweisen, aggressiv gehalten. Was die Neue Kronen Zeitung sich in Sachen Lainz geleistet hat, ist Medienjustiz. Sie hat aus den Vorerhebungen Schlüsse gezogen, die mehr als nur voreilig waren. Wer sich dem Kesseltreiben der Reporter nicht unterwarf und Informationen nicht gleich weitergab, wurde selbst unter Verdacht gesetzt. „Obwohl viele besorgte Österreicher wissen wollen, wer die Opfer der Mordschwestern waren, hält die Polizei die Totenliste zurück. Überhaupt wird von etlichen hohen Beamten in Wien krampfhaft versucht zu beschwichtigen, zu verschweigen oder gar zu vertuschen. Dabei ist in diesem Jahrhundertfall nur eines am Platz: Karten auf den Tisch! Lückenlose, schonungslose Aufdeckung.“ (11. 04. 89, S. 4f). Auch dem Wiener Bürgermeister Zilk dürften das Kesseltreiben und die Vorverurteilungen zu viel geworden sein, denn am 29. 4. resümiert die Neue Kronen Zeitung unter der Überschrift „Neue Enthüllungen in der Lainzer Mordserie, Bürgermeister Zilk gibt sich verschlossen wie eine Auster“ (S. 6).

Jedweder Seriosität entbehrte wohl die Ausbreitung weiterer Gerüchte durch die Reporter, die das konstruierte Feindbild abrunden sollten. Am 11. 4. mutmaßte die Neue Kronen Zeitung „Waren es hundert Morde oder noch mehr? Noch wissen wir es nicht genau“ (S. 4). Und auf die Frage, ob denn kein Arzt Verdacht geschöpft habe, kolportierte die Kronen Zeitung folgende Passage: *„Gerüchte im Lainzer Spital sprechen freilich deutlich von Gründen ganz anderer Art, warum Stationshelferinnen ohne Diplomprüfung Freiheiten wie qualifizierte Oberschwestern hatten: Mordschwester Waltraud Wagner beispielsweise soll mit mehreren Ärzten intime Freundschaften geschlossen haben. Wie es heißt, bot sie im Nachtdienst Sex und erwartete als Gegenleistung Machtbefugnisse, die sie zum Herrschen über Leben und Tod mißbrauchte“ (S. 4).*

Ein weiteres Indiz für Unseriosität war die Veröffentlichung eines von der Neuen Kronen Zeitung offensichtlich angeforderten, äußerst zweifelhaften, graphologischen Gutachtens. Empörend ist die Dramaturgie, wie dieses „Gutachten“ in der Neuen Kronen Zeitung montiert wurde. „Handschrift einer perversen und sadistischen Person“, lautete die Überschrift. „Die Expertin“, so wurde im Vorspann versichert, „wußte zunächst nicht, von wem die Schriftprobe stammt“ (15. 04. 89, S. 4). Unter dem Anschein von Fachkundigkeit wurden Zitate der Graphologin aus Zürich und Kommentare des Reporters ineinander montiert. Als die Schriftdeuterin eines Photos der Hauptverdächtigen ansichtig wurde, schloß sie daraus: „Die Augen sind hinterhältig und kalt. Diese Frau ist völlig unberechenbar. Sie besitzt kein soziales Empfinden ... “. Jetzt war Gewißheit, was die Neue Kronen Zeitung schon längst angedeutet hatte. Zumindest eine der Schwestern war der Abartigkeit und Unfähigkeit für den Schwesternberuf überführt. Schließlich wurde die Hauptverdächtige auch noch der Geheimprostitution wegen angeprangert (23. 04. 89). Das erinnerte ans dunkle Mittelalter.

Nicht das Medium, die konstruierte Dramaturgie ist die Botschaft

Die Ereignisse in Lainz haben durch die Berichterstattung in den Medien eine besondere Nuance erfahren. Ereignisse im Spital erfuhren Öffentlichkeit. Und weil eine seriöse Berichterstattung darüber allzuleicht Gefahr liefe, in den schalen Spitalsgeruch abzudriften, wurde nach allen Regeln journalistischer Sensationsaufbereitung eine ganz besondere Wirklichkeit präsentiert. Diese Wirklichkeit profitierte, wie wir schon feststellten, von einer inzwischen überhandnehmenden Aufbereitung des Geschehens durch Film, Fernsehen und anderen Bildmedien. Das inzwischen mediengeschulte Publikum ist auf bestimmte Rezeptionsmuster hin sensibilisiert. Im Gegenzug haben die mit moderner Unterhaltungstechnologie operierenden Medien gelernt, mit den Augen und den Erwartungen des Publikums an die Wirklichkeit heranzugehen. Jede Wirklichkeit ist ja bekanntlich subjektiv eingefärbt. Analog dem Fernsehen, das noch eine weit intensivere Nutzung aufweisen kann als die Neue Kronen Zeitung, wird der Informationsgehalt in möglichst einfachen Sequenzen aufbereitet, unter Bedachtnahme auf ein geringes Anspruchsniveau, auf daß niemand überfordert werde. Den Vermutungen, der Neugier, den Befürchtungen und Vorurteilen, den vorhandenen Einstellungen und Werten der potentiellen Rezipienten wird entgegegekommen.

Ein Spital als öffentliche Einrichtung mag im Bewußtsein der Bevölkerung unterschiedlich wahrgenommen werden. Das sichtbare Äußere kontrastiert mit dem unsichtbaren Inneren. Als eine Institution hinter Mauern gibt es Anlaß zu Vorstellungen und Phantasien, zu Neugier und Distanz. Dieses Wechselspiel von außen und innen, von Befürwortung und Ablehnung, übernehmen die Medien und transportieren Ambivalenzen an die Öffentlichkeit. Sie sind nicht interessiert an einer sachlich-seriösen Darstellung, sondern inszenieren (mit Einsatz aller Requisiten und Register) einen vage registrierten Sachverhalt zur medialen Show. Die Berichterstattung ist dramaturgisch angeordnet. Ort der Handlung ist die halbgeschlossene Institution, das Spital, hinter dessen Mauern die Rollenträger und ihre Darsteller in ihren abgrundtiefen Verfehlungen abgehandelt werden. Das unscheinbare, zuweilen abstoßende Äußere des Spitals, wird den Vorgängen im Inneren desselben gegenübergestellt. Die entstehende Dialektik verbindet das Äußere mit dem Inneren zu einem einheitlichen Skandal. Diese in Bewegung gesetzte Polarität findet ihre Fortsetzung in der Präsentation der Personen. Dem unscheinbaren, untadeligen Äußeren wird ein diabolisches Inneres angelastet. Die aufgebaute Logik der Dramaturgie drängt zu diesem zwingenden Schluß und zu weiteren: Jedes Merkmal, jede Tätigkeit im Äußeren wird im Inneren zum negativen Gegenteil verkehrt. Letztlich funktioniert dieses in Schwung gebrachte Wechselspiel so perfekt, daß sich das Innere gegen das Äußere wendet. Der unscheinbare Schwesternhabitus reicht schon aus, um das Gegenteil zu denken. Mit dem Makel der überführten Untat behaftet, verdichtet sich die Polarität zu einer monströsen Einheit. Das unscheinbare, aber vom Bösen besessene Weibsbild steht wieder am Pranger: Die Hexe! Die Medien und besonders die Neue Kronen Zeitung haben ein in der Dunkelheit der Vergangenheit liegendes Bild wieder in die Gegenwart gezerrt. Die Masse johlt, die Szenarien der Hexenverfolgung und ihrer Verfügung darüber zeigen Parallelen. Die Inquisition, vertreten durch die Politiker der Stadt Wien und die Kriminalpolizei: Tribunale, Verhöre, Verurteilungen. Alles schon dagewesen. Auch Öffentlichkeit gab es im Mittelalter. Die Hexen wurden öffentlich geschunden, gefoltert und letztlich hingerichtet.[9)]

Was im konkreten Fall durch die Neue Kronen Zeitung abgehandelt wurde, ist ein Paradebeispiel für den medialen Aufbau einer jeder normalen Vorstellungskraft zugänglichen und vorstellbaren Realität. Wie schon dargelegt, wurde ein Szenario geboten, das so ganz dem aufgeheizten Publikumsgeschmack entsprechen sollte. Ganz im Dienst der geschilderten Ambivalenz, die ein Ereignis erst so richtig publikumswirksam macht, erschien bereits am zweiten Tag der Berichtserie (9. 4. 89) auf der Titelseite ein Photo der „Rädelsführerin der Todesschwestern“. Darüber in Lettern üblicher Größe: „Grauenhaftes Geständnis einer der Mordschwestern. Wer mich ärgerte, bekam ein Gratisbett beim lieben Gott“. Erst Tage später (am 13. 4.) erschien dasselbe Photo nochmals, wesentlich kleiner mit dem Hinweis „so sah die Hauptverdächtige aus, als sie nach Wien kam“. In der Zwischenzeit wurde das gegenwärtige Aussehen der Schwester mehrfach hergezeigt. Der Kontrast war unterschwellig, aber perfekt.

Während aus dem Privatleben der Hauptverdächtigten denkbar viele Widersprüchlichkeiten hervorgekehrt wurden und damit ein sehr schillerndes Stereotyp konstruiert wurde, begnügten sich die Reporter bei den anderen Verdächtigen auf die Darstellung ihres „heilen“ Privatlebens und auf die Äußerungen der Bekannten und Angehörigen, die natürlich allesamt „fassungslos“ zu sein hatten. Nachdem nun die Gruselstory so richtig unter der Haut der Lesermillionen gemutmaßt wurde, trat die Gegenüberstellung der Gegensätzlichkeiten in den Hintergrund, um das Klischee der „perfekten Verbrecherinnen“ aufzubauen. Für das seltsame Verschwinden von Sparbüchern waren die „Mordschwestern“ – so die geläufig gewordene Bezeichnung in der Neuen Kronen Zeitung – allemal zu verdächtigen, nachdem sie sich gegen die Mordbeschuldigungen nicht mehr zu wehren imstande waren. „Aus dem Todespavillon verschwanden Sparbücher … “ las ich am 20. 4. 1989. Einer Patientin sollen im November 1986 zwei Sparbücher aus dem Nachtkästchen gestohlen worden sein.

Resüme

Die Boulevard-Medien und ganz speziell die Neue Kronen Zeitung haben heute mehrere Rollen übernommen. Sie schaffen eine breite Öffentlichkeit, spielen sich zum Richter auf, huldigen dem Detail, ohne das Ganze auszuloten. Bis die Gerichte ihre Apparatur in Bewegung zu bringen vermögen, haben die Medien längst ihres mehrfachen Amtes gewaltet. Sie sind drauf und dran, die Gewaltenteilung des Staates in die Gestaltung des Rechtes einerseits und die Ausübung desselben andererseits zu einer totalitär organisierten Instanz zu vereinigen. Schließlich sind diese Medien auch noch Peiniger und Folterer. Mehr noch: Wer je in den Fängen dieser medialen Öffentlichkeit und dabei ins schiefe Licht gerät, muß mit gesellschaftlichen Sanktionen rechnen. So auch die anverwandte Sippe, die ins Rampenlicht der Öffentlichkeit gezerrt wird.

Die hohe Reichweite, derer sich die Neue Kronen Zeitung in allen Gesellschaftsschichten rühmen darf, ist in einer Berichterstattung, die einem sehr breiten Lesergeschmack entspricht, grundgelegt. Die mediale Aufbereitung des Falles Lainz hat gleich mehrere Themenbereiche tangiert, die in Österreich heiße Eisen sind. Unter dem Anschein, ein gesellschaftlich relevantes Problem abzuhandeln, fokussierte die Neue Kronen Zeitung ihre Reportage zunehmend auf eine Schwester, die letztlich auch noch eine Reihe anderer Untaten beschuldigt wurde.

Die Produzenten eines solchen Berichtwerks wollen nicht informieren. Sie wollen unterhalten, mehr als schlichte zwei Millionen Leser. Daß dabei die vermeintlichen Schuldigen am eilfertig geschaffenen Pranger verkommen, ohne daß die Justiz ein einziges Urteil ausgesprochen hat, ist vorderhand nicht geschäftsstörend. Dem Anwalt einer Schwester wurde seitens der Neuen Kronen Zeitung mit einer Klage in Millionenhöhe gedroht, als er in seiner Anwaltsfunktion der maßlosen Hetze Einhalt gebieten wollte. Am 29. 4. erschien in der Neuen Kronen Zeitung auf S. 6 die Überschrift: „Klage gegen den ...-Anwalt." Darunter steht: „Alles erlogen und erstunken" – „So kommentierte der Rechtsanwalt der Hauptverdächtigen in einer Tageszeitung die Krone-Berichterstattung über das Doppelleben der Lainzer Mordschwester. Im Hinblick auf diese völlig haltlosen und schwer kreditschädigenden Äußerungen haben wir gegen Dr. Wilhelm Phillip Privatanklage und Kreditschädigungsklage in Millionenhöhe eingebracht. Auch eine Wiener Tageszeitung, die Dr. Phillips Behauptungen publizierte, wird von der Krone geklagt." An dieser Vorgangsweise ist deutlich zu bemessen, wie der Zeitungsgigant die vielfach bemühte Rechtsstaatlichkeit pervertiert und darüber zu verfügen beabsichtigt, was Rechtens sei.

Aus dem eingangs angesprochenen Bündnis zwischen Neuer Kronen Zeitung und Leserschaft ist ein gordischer Knoten geworden, den zu lösen anderen vorbehalten sein mag. Mir bleibt am Schluß nur die Möglichkeit, die Schuldigen an diesem Bündnis am Anteil der gesetzten Aktivitäten zu messen, und da ist es naheliegend, zuerst die Produzenten anzugreifen und erst in zweiter Linie die Konsumenten. Der Sinn eines solchen Vorgehens liegt darin, den bedeutenden Anteil der Leser an der hier dargelegten Berichterstattung deutlich zu machen, ohne das weitausgreifende Netz, in dem die Leser zappeln, der Kritik entziehen zu wollen.

Die Medienszene in Österreich, zumal die der Printmedien, die auf eine weit längere Tradition zurückzublicken vermögen als die elektronischen Medien, unterliegen einem zunehmenden Niveauverfall. Neben der Reduzierung auf Kleinformat tat sich im österreichischen Blätterwald an Neuerungen und Veränderungen wenig, wenn von der Gründung des „Standard" abgesehen wird, der zumindest eine für das österreichische Zeitungsniveau hoffnungserweckende Anlaufphase aufweist. Es wäre eine lohnende Aufgabe, die Neue Kronen Zeitung im Verbund mit den Produktionsverhältnissen insgesamt zu überprüfen. Sind doch die Produktionsverhältnisse ein Ausdruck der Summe der Beziehungen der Menschen im produktiven und reproduktiven Bereich. Im Falle Lainz wäre eine exakte Analyse der Gesundheits- bzw. Krankheitsverwaltung in Österreich angebracht. Die Art, wie die Industriegesellschaft mit Kranken und mit alten Menschen verfährt, würde sehr schnell klarmachen, daß die zu Verzweiflungstaten getriebenen Schwestern lediglich Teil eines Systems sind, das selbst krank ist. Gerade deshalb ist der Eindruck, daß die als unabhängig sich gerierenden Blätter wirklich unabhängig seien, insoferne unglaubwürdig, als sie sich auffällig an der rigiden Linie der Parteipolitik bzw. an deren Gesundheitspolitik orientieren.

Anmerkungen

1) Eine Analyse der täglichen Kolumnen von „Staberl" in der Kronen Zeitung von April 1977 bis Jänner 1978 wurde mit quantitativen Verfahren ausgewertet. Erfaßt wurden die Überschriften der Kolumnen und die verschiedenen inhaltlichen Schwerpunkte. Nimmerrichter (Staberl), der sich als der meistgelesene Kolumnist Österreichs versteht, übt sich täglich darin, eine Mischung von herkömmlichem und servilem Aufbegehren zu produzieren (vgl. Gunz J., 1978a, S. 116–125). Die Ergebnisse dieser Studie stimmen mit einer anderen Untersuchung im selben Zeitraum in hohem Maße überein (1977). Nach einem ähnlichen Codierungsschema habe ich mit einem Forschungsteam an der Universität Linz die Kriminalberichterstattung in den österreichischen Tageszeitungen untersucht. Die erreichten Untersuchungsergebnisse zeigen eine eindeutige Tendenz zur sensationellen Aufmachung unter Hintanstellung sachlicher Information (vgl. Gunz J., 1980 und 1982).
2) Am Institut für Markt- und Sozialanalysen (IMAS) Linz ist im Band I, Medien, Frühjahr 1987, die Reichweite der Kronen Zeitung bei der A-Schicht mit 37,7% angegeben (B-Schicht 45%, C-Schicht 46,5%, D-Schicht 42,5%, E- Schicht 47,8%). Damit weist die Kronen Zeitung in allen Gesellschaftsschichten eine hohe Reichweite aus (vgl. IMAS, 1987).
3) Vgl. Massenmedien in Österreich – Medienbericht II, Wien 1983, S. 66 und IMAS Linz, ÖVA, 1990, S. 82.
4) Es handelt sich um Gesundheitsdaten aus dem Mikrozensus. September 1973. Im Mikrozensus wurde ein Sonderprogramm über gesundheitsstatistische Fragen erstmals in Österreich durchgeführt.Etwa eine Viertelmillion Österreicher waren zum Zeitpunkt der Erhebung krank. Eine Gliederung nach Diagnosen und Geschlecht zeigte bei beiden Geschlechtern an der Spitze Herz- und Gefäßerkrankungen, gefolgt von Erkältungskrankheiten. Bei den Frauen waren Zuckerkrankheiten, Gallenerkrankungen, Ischias und Rheuma häufiger als bei den Männern. Bei Herzinfarkt, Lungenasthma und Unfällen dominierten die Männer. (ÖSTZ, 1976, 17).
5) Vgl. Feldmann, 1989, S. 299.
6) Die Redewendung „Herrinnen über Leben und Tod" deutet zum einen die männliche Vorherrschaft über die Bereiche Leben und Tod an, zum anderen die Anmaßung,die übliche Spitalshierarchie und die damit verknüpften Rollenzuschreibungen ignoriert zu haben!

7) In einer österreichweit angelegten Untersuchung wurde die Bevölkerung auf Einstellungssyndrome befragt, die einen Bezug zur nationalsozialistischenVergangenheit herstellen sollten oder nicht. Ein Ergebnis dieser Untersuchung war der Nachweis autoritärer Einstellungen bei den Österreichern (vgl. J. Gunz, 1978b). Jüngere Untersuchungen liefern keine Hinweise, daß sich diese Einstellungsmuster verändert hätten. Um nun diesen Einstellungsmustern entgegenzukommen, haben die Reporter der Neuen Kronen Zeitung eine entsprechende Kampagne unter Verwendung bestimmter Appelle an die Leserschaft geführt! Es wird geradezu der Eindruck erweckt, als wüßten die Kronenzeitungsmacher ganz genau, auf was ihre Leserschaft besonderen Wert legt. Ein Zeitungsteam wie das der Neuen Kronen Zeitung ist offensichtlich in solchen Dingen sehr geschult.
8) Vgl. Zetterberg, 1973, S. 130.
9) Vgl. Floßmann, 1987.

Literatur:

Feldmann K.: Sterben heute – Selbstverständlichkeit oder Kunst. In: Ziegler M./ Mörgh I./ Hummer H. (Hg.), Sterben, Tod, Trauer, Linz 1989

Floßmann U./ Putschögl G. (Hg.): Hexen-Prozesse, Seminar zur oberösterreichischen Strafrechtsgeschichte, Linz 1987

Gunz J.: Die Tradierung von Vorurteilen. In: Konrad H. (Hg.) Sozialdemokratie und „Anschluß". Europaverlag, Wien 1978a

Gunz J.: Die Widersprüchlichkeit zwischen der Meinungsfreiheit der Medien und der Gesinnungsfreiheit der Bevölkerung. In: Österreichische Zeitschrift für Soziologie (OZS) 3-4, Wien 1978b

Gunz J.: Kriminalberichterstattung in unseren Tageszeitungen. Vergeltung oder Vorbeugung? Eine inhaltsanalytische Dokumentation. Linz, 1980, 1982

IMAS – Medien Band I, Linz Frühjahr 1987 und 1990

In Sachen Staberl, eine Dokumentation, 4, 1-4, Wien 1977

Institut für Publizistik und Kommunikationswissenschaft der Universität Salzburg (Hg.): Massenmedien in Österreich, Internationale Publikation GmbH, Wien 1973

Österreichisches Statistisches Zentralamt (Hg.): Gesundheitsdaten aus dem Mikrozensus September 1973, Wien 1976, Heft 422

Watzlawick P.: Wie wirklich ist die Wirklichkeit? München 1980

Zetterberg H. L.: Theorie, Forschung und Praxis in der Soziologie, S. 103–160. In: König R. (Hg.), Handbuch der empirischen Sozialforschung, Band 1, Stuttgart 1973, 3. Aufl.

Ruth Wodak

Jedem Österreicher seine Krone – jedem Österreicher sein Vorurteil?

Zur sprachlichen Vermittlung von Vorurteilen

„Iudeus ex machina"[1)]

Früher holte man einen Gott herbei, um bestimmte Schicksalsschläge, Katastrophen, Entscheidungen oder Maßnahmen zu erklären, zu rechtfertigen und durchzusetzen. Heute braucht man keine – schlechten oder guten – Götter, heute sucht man die Erklärungsmöglichkeiten auf der Erde. Charismatische Führer ersetzen die guten Götter, und bestimmte Eliten erklären „die Welt". Dazu gehören auch Printmedien, Rundfunk und Fernsehen. Die unterscheiden die „guten" und „schlechten" Nachrichten und teilen sie in „News" und „nonnews". Dabei dienen bestimmte Gruppen als Sündenböcke, schuldig an unterschiedlichen Phänomenen.

Außenfeinde zu schaffen, ist einfach und auch wirksam. Damit wird die eigene Gruppe gestärkt, sie wird aufgewertet, während die Outgroup abgewertet wird. Und je schlechter, gefährlicher, ehrloser, fremder, größer, mächtiger die Outgroup gezeichnet werden kann, umso eher sind Handlungen und Maßnahmen gegen sie legitimierbar. In der Medienwelt Österreichs weiß die Neue Kronen Zeitung, welche Gruppe zu welcher Zeit eine außenstehende ist. Welche Stimmung im Lande herrscht, welche Ängste zu mobilisieren sind, das ist das Metier der Neuen Krone. Ängste behindern Risikobereitschaft, Veränderungen und neue Problemlösungen, sei es etwa in der Aufarbeitung der Vergangenheit („Vergangenheitsbewältigung"), in der AIDS-Hilfe oder im Umgang mit ethnischen Minderheiten, in der Umsetzung einer – in der Verfassung vorgegebenen – minderheitenfreundlichen Politik.[2)] Vorurteile werden also in Umlauf gesetzt, jeweils aus unterschiedlichen Interessen, mit unterschiedlichen Inhalten. Vorurteile gegen Juden, Slowenen und Aidskranke haben divergierende Traditionen, jeweils andere Inhalte und dienen auch ganz unterschiedlichen politischen Zielen. Was aber macht ihre mediale Geläufigkeit aus?

Wie funktioniert dieser Vorurteiltransport? Studien zeigen, daß sich die sprachliche Form von Vorurteilsäußerungen je nach Leserschaft, Inhalt und Kontext unterscheidet. Wir wissen auch, daß die sprachliche Äußerung von Vorurteilen nur den Anfang bildet, einen Anfang in einer Skala bis zur Tat, bis zur physischen Gewalt oder Vernichtung von Minderheiten.[3)] Was die Neue Kronen Zeitung betrifft, so benützt sie explizite Formen – „Vorurteile für Anfänger"; andere Zeitungen machen es subtiler, versteckter (für Fortgeschrittene eben). In den folgenden Fallstudien möchte ich versuchen, Inhalt und Form der Vorurteilsäußerungen anhand qualitativer textlinguistischer Verfahren aufzuweisen und transparent zu machen; damit kristallisiert sich das dumpfe Unbehagen an der medialen und politischen Kultur und vermag die fundierte Kritik auf den Punkt zu bringen.

„AIDS" und Politik

„Steirischer Grün-Abgeordneter verletzt Beamten / jetzt Auslieferungsklage wegen der Ansteckungsgefahr"

„Gendarm fordert: ‚AIDS-Test für Wabl!'"

Dramatischer Beitrag zur Debatte um die Abgeordneten-Immunität: der Aflenzer Gendarmeriebeamte Walter Fellner (34) fordert neben der „Auslieferung" des steirischen Grün-Nationalrates Andreas Wabl wegen Körperverletzung auch die Durchführung eines AIDS-Tests beim immunen Mandatar, Grund: Fellner war von Wabl blutig gekratzt worden.

„I drau mi net mehr, mei Frau an' greifen, und meine drei Kinder kann i a net amoi mehr obussln" – seit einem Ein-

satz gegen Draken-Gegner in Graz ist das Familienleben des Gendarmen Walter Fellner aus Aflenz zerstört. Die Angst vor der Immunschwäche AIDS lähmt die zwischenmenschlichen Beziehungen und das Liebesleben des dreifachen Familienvaters.

Die brisante Vorgeschichte: Am 10. Juni, kurze Zeit nach der Draken-Stationierung, war der Gendarmeriebeamte im Rang eines Revierinspektors im Bereich des Draken–Widerstandscamps am Grazer Flughafen Thalerhof als Ordnungshüter eingesetzt gewesen. Dabei war es zu „Reibereien" zwischen Demonstranten und der Exekutive gekommen. Die Folgen eines Handgemenges zwischen Fellner und dem grünen Parlamentarier Andreas Wabl: zwei blutende Kratzer, der eine fünf, der andere zehn Zentimeter lang, am rechten Unterarm Fellners. Zwei Zeugen und der Distriktsarzt bestätigen die Verletzungen.

Fellner will dem immunen Nationalrat zwar nicht unterstellen, daß er mit der Immunschwäche infiziert sei, aber, so der Inspektor zur Steirer Krone: „Der Abgeordnete hat zuvor mit andere Aktivisten Kontakt ghobt, und die worn net unbedingt sauber." Eine Anzeige wegen Körperverletzung gegen Wabl ist von der Staatsanwaltschaft mittlerweile wegen Geringfügigkeit zurückgelegt worden. Fellner verlangt aber dennoch die Auslieferung des Mandatars:

„Der Herr Wabl muß sich einer AIDS-Untersuchung unterziehen, er könnte mich ja angsteckt hobn", fordert Fellner den grünen „Kratzer" zur Blutabnahme mit anschließendem Immunschwäche-Test auf. Für den erlittenen seelischen Schaden will das Wabl-Opfer Schmerzensgeld einklagen. Die Fellner-Forderung vertritt dabei ausgerechnet der Grazer Rechtsanwalt Dr. Candidus Cortolezis, der bisher bekanntlich den Draken-Gegnern nahestand und nicht der (drakenbewachenden) Exekutive."

Text zu Bild 1: „Revierinspektor Walter Fellner (34) fordert die Auslieferung des Grün-Mandatars Andreas Wabl: ‚Er könnt' mich ang'steckt hobn.'"

Text zu Bild 2: „AIDS-Test für den immunen Abgeordneten? Wabl (Mitte) beim Handgemenge mit der Exekutive."

(Neue Kronen Zeitung, 14.8.1988, S 8–9)

Berichten und Erzählen

Der Artikel von Gerhard Draxler vom 14.8.1988 stellt – von der Textsorte innerhalb der Zeitung her gesehen – einen Bericht dar. Der textlinguistischen und kommunikationswissenschaftlichen Literatur entsprechend gibt es genaue Anforderungen inhaltlicher und formaler Art, die ein Bericht zu erfüllen hätte. Diese Forderungen beziehen sich v. a. auf das Objektivitätsgebot, der Journalist habe sich also eigener Wertungen tunlichst zu enthalten, hingegen möge der Autor bzw. die Autorin Konventionen der Fairneß und Ausgewogenheit beachten, andere Meinungen zu Wort kommen lassen und Distanz bewahren. Dadurch würde Voreingenommenheit vermindert und einseitige Berichterstattung verhindert.

Die Untersuchungen zur Berichterstattung in den österreichischen Tageszeitungen während des „Hainburg-Skandals" und der „Waldheim-Affäre" wie auch zur Aidsproblematik und zur Zweisprachigkeit und Minderheitenproblematik in Kärnten weisen klar nach, daß die beabsichtigte neutrale Form immer dann verletzt wird, wenn subjektive Meinungen, Vorurteile und Wertungen vordergründig und a priori transportiert werden sollen, auch wenn sie „quasi versteckt" sind oder bleiben sollen. Bestimmte Stilmittel werden also in solchen Fällen bei Berichten angewendet, die ansonsten eher anderen meinungsbetonten Textsorten obliegen; bzw. solche Strategien und Muster, die es dem Schreiber oder der Schreiberin erlauben, sich der Verantwortung für den Inhalt zu entziehen.

Auch Aspekte mündlichen Berichtens sind in der Neuen Kronen Zeitung zu erkennen. („Geschichten anstelle von Geschichte, erzählen statt berichten"): Je stärker ein Bericht der alltagspraktischen Form des Berichtens angenähert ist, umso leichter ist es möglich, in ihm an alltägliche Vorurteile anzuspielen, da durch die Form des Textes ein anderer Diskurstyp suggeriert wird, der Leser sozusagen in seine „private Welt" hineinversetzt wird. Nicht zufällig sind es die Ergebnisse der Verständlichkeitsforschung, die beweisen, daß jene Texte am einfachsten zu lesen oder zu hören sind, die am ehesten an Alltagserfahrungen bzw. an Alltagstexte anknüpfen; dies entspricht der Vorliebe für „fact-stories" oder auch für „G'schichterln". Daß Propaganda- und Werbetexter auch diesen Leitfaden verfolgen, beweisen Anleitungen zur modernen Werbung. Auch dadurch werden Identifikationsmöglichkeiten zur Verfügung gestellt.

Der Textaufbau, der typographische Merkmale besitzt, wie auch Zitate, in Form von „quote-stories", spielen eine wichtige Rolle. Das Verhältnis „Schlagzeile-Lead und Text" hat ebenfalls große Signalkraft, v. a. dann, wenn in der Schlagzeile ganz etwas anderes angeregt wird als tatsächlich folgt. Lesemotivation, Kurzinformation und das Einführen einer Sichtweise sind hier relevante Funktionen. Aufgrund dieser Rolle werden folgende Fragen an die Schlagzeile gestellt: Welche Aspekte des berichteten Ereignisses werden dargestellt? Welche Zusammenhänge zwischen Ereignisaspekten werden angedeutet? Als welche Art von Ereignis wird das Berichtete dargestellt? Als welche Art von Handlungen werden die Aktionen der Beteiligten beschrieben? Werden verschiedene Darstellungen wiedergegeben und wie distanziert sind die Wiedergaben jeweils?

Weiters kommt in den Berichten Zitaten und Redewiedergaben ein zentraler Stellenwert zu: dabei wird zunächst zwischen „direkter " und „indirekter" Rede unterschieden. Gerade in diesem Bereich sind implizite Stellungnahmen leicht möglich – etwa Identifikationsmöglichkeiten im szenischen Erzählen, Dialektgebrauch usw. Bei der Redewiedergabe fließen Meinungen und Wertungen leicht ein, schon die Wahl eines Verbums („sagen" oder „feststellen" oder „beharren" usw.) markiert den nachfolgenden Inhalt. Der Gebrauch von Konjunktiv oder faktischem Modus signalisiert zusätzlich die Autorenhaltung. Auch verschwimmen derart die Grenzen zwischen primärem und sekundärem Diskurs, also zwischen der Darstellung einer Rede und dem Dialog mit den Lesern. Letztlich spielen natürlich sprachliche Stilmittel eine entscheidende Rolle: verwendet man einen linearen, neutralen Stil oder einen piktoralen, metapherreichen, bildlichen Stil? Letzterer färbt den Inhalt zwangsläufig in eine bestimmte Richtung.

Dür et al. (1988) weisen nach, daß die Neue Kronen Zeitung von allen Textsorten zur Aidsproblematik 74% Berichte bringt. Trotzdem bringt sie gleichzeitig sehr viele persönliche Erlebnisse, ohne auf Ausgewogenheit zu achten (denn es spricht ja nichts prinzipiell gegen szenisches Erzählen oder gegen Zitate, nur viel gegen einseitige und nicht ausgewogene Auswahl). Derart gewinnen die Erzählungen den Stellenwert von „Vorurteilgeschichten"[4)]. Ein einziges Erlebnis gilt da als empirischer Beweis für eine Behauptung. Die meisten Zitate zu Aids besorgt sich die Neue Kronen Zeitung von Politikern statt von Experten – dabei ginge es bei diesen Berichten eigentlich vor allem um Übermittlung sachlicher Information, weniger um Gesundheitspolitik oder um Moraldiskussionen. Dies deutet darauf hin, daß viele sehr subjektive und persönliche Meinungen, auch politisch-taktischer Natur, in eine Berichtform gekleidet sein müssen, also sachlich-nüchterne Behandlung vorgeben, wie sie die Lesererwartung heranträgt. Subjektives wird also dann als objektive, fundierte Meinung und Information dargestellt. Eine Sichtung einzelner Artikel bestätigt diese Annahmen. Neben Schlagzeile, Diskursrepräsentation und Textaufbau möchte ich den vorliegenden Artikel auch auf den Transport von Vorurteilen hin untersuchen. Alle sprachlichen Ebenen, vom Wort bis zum Text und Bild wie auch die Textrepräsentation, die Entwicklung des Themas und die Argumentationsmuster sollen dabei eingeschlossen werden.

Fehlinformation als Nachricht:
„Grüner Wabl soll nun zu AIDS-Test“:

Mit diesen Worten auf dem Titelblatt vom 14. 8. 1988 wird die schlagzeilende Perspektive der Sonntagskrone deutlich: eine Aufforderung, im faktischen Modus, ohne Wertung oder distanzierende Haltung. Im Lead vermittelt die Zeitung, daß der Gendarmeriebeamte Walter Fellner verlangt, „daß sich der Grün–Parlamentarier Andreas Wabl einem Aids-Test unterzieht.“ Wiederum fehlen in der Folge oder in der Einbettung jegliche distanzierende Signale, es wird keine Ausgewogenheit mit anderen Meinungen oder Stellungnahmen hergestellt. Der nächste Satz bestätigt nun die Aussage des Gendarmen durch faktische Berichterstattung: „Wabl hatte Fellner bei einem Handgemenge blutig gekratzt“.

Dem Bericht nach besteht also weder Zweifel daran, daß Wabl gewalttätige Handlungen begangen habe, noch daran, daß offenbar Aids über blutige Kratzer übertragbar sei. Im Artikel im Inneren der Zeitung folgen noch weitere Fehlinformationen über die Übertragbarkeit, vor allem wird hier die Meinung und die Angst des Gendarmeriebeamten nicht hinterfragt. Auch daß Wabl ein möglicher Aidsinfizierter sei, bleibt unwidersprochen. Vielmehr: „Er soll nun zum Aids–Test“, wie ja die Schlagzeile appellativ nahelegt.

Lead und die Schlagzeile auf der ersten Seite beinhalten also Elemente eines Vorurteildiskurses. Die Einzelmeinung des Gendarmen steht für eine wichtige Information, keine Distanzierung erfolgt. Und so liest man neugierig auf den Seiten 8/9 weiter. Die Schlagzeile des Berichts lautet: „Gendarm fordert: ‚Aids-Test für Wabl!‘“ Darüber steht, unterstrichen: ”Steirischer Grün-Abgeordneter verletzte Beamten/Jetzt Auslieferungsklage wegen der Ansteckungsgefahr“. Diese zwei Schlagzeilen setzen einige Werturteile voraus, die unausgesprochen und unhinterfragt bleiben: „Gendarm“ ohne Adjektiv, als Vertreter der Exekutive besitzt große moralische Autorität. Untersuchungen zeigen, daß Aussagen von Polizisten und anderen Sicherheitsbeamten von vornherein eher geglaubt wird. „Gendarm“ steht hier also assoziativ stellvertretend für die Komplexe „Sicherheit, Ordnung, Staat und Polizei“. Die Forderung wird auch nicht qualifiziert, daher ist sie offenbar unbestritten und gerechtfertigt. Wenn ein Aids-Test verlangt wird, dann besteht – gerade von einem Vertreter der Exekutive geäußert – offenbar begründeter Verdacht. Denn eine ganze Palette anderer vorsichtigerer Formulierungen wäre ja vorstellbar. Schon die Wahl der Aufforderungsform (als Sprechakt) in dieser Kürze und Schärfe festigt diesen Eindruck einer unbestrittenen Tatsache. Die darübergestellte Schlagzeile unterstreicht die Faktizität. Weder die Verletzung noch die Ansteckungsgefahr werden hinterfragt.

Ein Bild zeigt Wabl „im Handgemenge mit der Exekutive“. Darunter nochmals wiederholt: „AIDS-Test für den immunen Abgeordneten?“ „Immun“, weil Wabl als Abgeordneter immun ist, oder ist dies eine Anspielung auf den Zusammenhang zwischen Immunsystem und Aids? Oder wird behauptet, daß Wabl ausgeliefert werden muß, um getestet werden zu können? Dies impliziert aber, daß eine Zwangstestung (Test muß bei Verdacht auf Anforderung von Behörden durchgeführt werden) in Österreich als Möglichkeit und Maßnahme besteht. Andernfalls hat eine solche Forderung kaum Sinn. Gerhard Draxler glaubt offenbar ebenfalls, daß dies gesetzlich möglich ist, sonst ergäben diese Wortspiele und auch der Focus auf „Auslieferung“ keinen Sinn. Denn man erfährt ja – wie noch zu zeigen sein wird – erst im dritten Absatz des Artikels, daß die Anzeige wegen Körperverletzung zurückgezogen wurde. Also kann sich die jetzt noch geforderte Auslieferung nur auf den Aids-Verdacht und eine Zwangstestung beziehen.

Nicht nur sind sowohl Vertreter der Exekutive wie der Presse also uninformiert über die österreichischen gesetzlichen Regelungen, aber eine solche falsche Information und eine solche Aufforderung entsprechen den – bewußten oder unbewußten –

Wunschvorstellungen. Diese spekulative Annahme liegt zumindest nahe. Und wie die Untersuchung von Dür et al. (1988) nachweist, nicht nur von diesen zwei Österreichern, sondern von etwa 74% der Bevölkerung. 22% der Bevölkerung wären sogar dafür, AIDS-Infizierte tätowieren zu lassen und andere Zwangsmaßnahmen einzuführen. Zwangsuntersuchungen sind in Österreich derzeit nur bei Strafgefangenen möglich, indirekt bei Prostituierten. Die Diskussion über die zu treffenden Maßnahmen, über die Ansteckung und den Umgang mit den Erkrankten hat Ähnlichkeiten mit vorgeschlagenen Vorkehrungen bei echten Epidemien und auch mit sprachlichen Bearbeitungen von Maßnahmen bei Geschlechtskrankheiten im Dritten Reich. Sie verfügen über eine gemeinsame Diskurswelt. Es bleibt offen, warum eine derart falsche Information verbreitet wird, Diffamierungsabsicht und Schüren von Angst können nicht ausgeschlossen werden.

Vom Vorurteil zum Urteil

Die Ausführungen im Lead legen die erste obengenannte Interpretation nahe, es gehe also um die „Auslieferung“ von Wabl „wegen Körperverletzung“. Nochmals folgt die Zusammenstellung von AIDS-Test und „immuner Mandatar“. Gerade solche Wiederholungen könnten allerdings für eine zweite Lesart sprechen. Wiederum wird im Lead bestätigt, daß keinerlei kritische oder skeptische Distanz eingenommen wird. Im Gegenteil: Fellner war von Wabl blutig gekratzt worden. Dies ist eine Körperverletzung. Die Auslieferung wird verlangt (wie bei einem schweren Delikt). Erst im dritten Absatz des Artikels erfolgt eine Abschwächung dieser Behauptung, – denn die Anzeige wegen Körperverletzung ist mittlerweile wegen „Geringfügigkeit“ zurückgelegt worden. Wer allerdings nicht den ganzen Artikel liest, muß den Eindruck dieses schweren Vergehens behalten und glauben. Oder eben einen anderen Zusammenhang herstellen, wie oben demonstriert.

Ansonsten wäre ja auch nicht verständlich, warum dies ein „dramatischer Beitrag" zur Debatte um die Abgeordneten-Immunität sein soll. Als Einleitung im Lead genommen, bildet dieses Adjektiv einen pragmatischen Hinweis, konstituiert die Leserperspektive, es handle sich um ein Drama, also liegen auch Katastrophe und Angst als Assoziationen nahe.

Der Anfang des Artikels ist eine szenisch erzählte Geschichte, geschrieben in der Umgangssprache. Draxler berichtet nach der Erzählung des Gendarmen weiter, daß das Familienleben zerstört sei und auch sämtliche zwischenmenschlichen Beziehungen gelähmt seien. Der faktische und nicht relativierende Stil läßt keine Zweifel an dem Wahrheitsgehalt der Story zu. Die Wahl der Verba „zerstören" und „lähmen" unterstreicht die Dramatik der Ereignisse. Vorurteilsäußerung geschieht hier durch Implikation: Vorausgesetzt wird an dieser Stelle, wie auch durchgängig im Artikel, daß Wabl aufgrund seiner politischen Tätigkeiten und Kontakte Aids hat, daß die Infektion durch Kontakt, Kratzer oder Umarmung wie Küsse übertragen werden kann, daß die Behauptungen des Beamten keiner Überprüfung bedürften, und daß Wabl wie möglicherweise die Grünen gewalttätig seien.

Der zweite Absatz bringt nun die genaue und faktische Vorgeschichte, mit Zeit- und Ortsangaben. „Reibereien" und Handgemenge sind die Ursachen für die blutenden Kratzer. Die Verletzungen werden bestätigt. Allerdings wird hier nicht angeführt, daß nicht bestätigt wurde und auch nicht werden konnte, daß Wabl die Verletzungen dem Beamten tatsächlich zugefügt hätte, wie auch überhaupt, daß sie von jener Demonstration herrührten. Der dritte Absatz nimmt wiederum die Perspektive des Beamten ein: *„Fellner will dem immunen Nationalrat zwar nicht unterstellen, daß er mit der Immunschwäche infiziert sei, aber..."*. Und dann läßt Draxler, nach dieser Einleitung, die in ihrer Form als klassische Einleitung zu einer Vorurteilsgeschichte bekannt ist, den Inspektor im O-Ton sprechen: *„Der Abgeordnete hat zuvor mit anderen Aktivisten Kontakt ghobt, und die worn net unbedingt sauber"*.

Auch der anschließende Bericht, daß die Klage wegen schwerer Körperverletzung zurückgezogen worden sei, kann diese massive Vorurteilsbehauptung nicht abschwächen. Der Inhalt wird von Draxler nicht distanziert vermittelt, der Dialekt des Beamten erzeugt Authentizität und Identifikationsmöglichkeit. Die Assoziation eines Politikers mit solchen Randgruppen (den bekannten Aids-Risikogruppen) und noch dazu mit etwaigen sexuellen Kontakten mit Angehörigen dieser Minderheiten wirkt negativ für dessen Ruf und Wählbarkeit. Der Absatz endet mit der Wiederholung des „Auslieferungsanspruches", womit wahrscheinlich die Zwangsauslieferung und -testung gemeint sind und die kriminelle Konnotation verstärkt wird. Im letzten Absatz wird der „grüne Kratzer" mit der Stimme des Beamten aufgefordert, sich dem Aids-Test zu unterziehen. Die sprachlichen Etiketten für Wabl dienen alle der Abwertung und sind für Vorurteils- und Diffamierungsdiskurse typisch[5)].

Ganz am Ende taucht ein neuer Aspekt auf: der Grazer Anwalt Dr. C. Cortolezis vertritt den Beamten. Draxler berichtet zwar, daß dieser an sich Gegner der Draken sei; nicht berichtet wird aber, daß Cortolezis Landesparteisekretär bei der steirischen ÖVP ist. Somit wird noch eine Anspielung gemacht: es könnte Polittheater sein. Da dies allerdings nur mit „ausgerechnet" angedeutet wird, kann sich der entdeckte Widerspruch nur auf die Drakenfeindschaft beziehen, nicht auf die politische Partei. Und da der Beamte derart ernst genommen wird und unhinterfragt seine Story schildern darf, verbleibt die Anspielung auf politische Taktik schwach, falls sie überhaupt intendiert war.

Biologismus als Diskurs

Ansteckung bei stigmatisierten Gruppen durch Hautkontakt, durch sexuellen Kontakt oder durch Blut, als unentrinnbares Schicksal und als Strafe für Andersartigkeit, sowie Zugehörigkeit zu Gruppen als Voraussetzung für bestimmtes Verhalten und Handeln – all dies sind Argumentationskerne in einem Diskurs, dem biologische und rassistische Erklärungsmuster innewohnen.[6] „Der Rassismus projizierte sein Stereotyp auf jeden, der mit schicklicher Sitte und Moral nicht konform ging… Die körperlichen und geistigen Merkmale des Außenseiters reflektierten die Angst der Gesellschaft – Rastlosigkeit und Trägheit, die sich in einer ‚beweglichen Physiognomie' spiegelten".[7]

Mosse führt dann weiter aus, daß Christen, die zum Judentum konvertierten, in der NS-Zeit als geisteskrank abgestempelt wurden, während Homosexuelle ohnehin mit Vagabunden, kriminellen und religiösen Spinnern in einen Topf geworfen wurden. Die Funktion dieser Zuordnungen erklärt Mosse wie folgt: „Bezichtigungen von Geisteskrankheit hefteten sich an derartige Außenseiter, und der Rassismus nutzte dies zu eigenen Zwecken. Er projizierte solche Stereotype auf die minderwertigen Rasse, und wenn sich dergleichen innerhalb der überlegenen Rasse fand, dann war dies die Entdeckung eines Entartungsprozesses, dem um jeden Preis Einhalt geboten werden."

Mosses Ausführungen legen also nahe, daß negative Eigenschaften einer ausgewählten Zielgruppe mehr oder weniger willkürlich zugeordnet wurden; und daß diese Zuschreibungen dazu dienen, auf jene Gruppe Ängste der breiten Bevölkerungs (mehrheits) schichten zu projizieren; und daß die dadurch verursachte Ausgrenzung die wesentliche Voraussetzung für Maßnahmen war, die diese Gruppe tatsächlich ausgeschieden haben.

Die Analogie zum Aids-Diskurs besteht in den gemeinsamen Elementen der Ausgrenzung: Es gibt Risikogruppen, denen perverse sexuelle Gewohnheiten (oder zumindest verwerfliche Gewohnheiten) zugeschrieben werden. Der sexuelle Kontakt mit ihnen kann eine Übertragung oder Infektion ermöglichen, wie auch sonst Blutübertragungen. Wer also einmal Kontakt mit solchen Gruppen hat, läßt sich ein für alle Mal abstempeln.

Programmatisch ist diese auf biologischen Erklärungsansätzen beruhende biologistische Argumentation tatsächlich explizit in Hitlers „Mein Kampf" zu finden[8].

Drohung und Gefahr, die aus einmaligen Kontakten mit gefährlichen Gruppen entspringen, werden plastisch geschildert; besondere Merkmale des Stils stechen hervor: die bilderreiche und metapherreiche Sprache, die vielen geladenen Adjektiva, das Pathos und die Dramatik, die sprachlich inszeniert werden. Durch Ansteckung mit einer Geschlechtskrankheit (Syphilis in diesem Fall) werde ein Volk langsam zerstört. Die Überträger seien schuld – die Juden. Nur Ausgrenzung und Kontaktvermeidung könne das Volk retten.

Die Analogien zu heutigen Argumentationsketten sind unübersehbar, die biologistisch-rassistischen Voraussetzungen im Artikel von Draxler sind direkt angesprochen, sie ähneln dem hier demonstrierten Ausgrenzungsdiskurs. Durch die Zuschreibung solcher gefährlicher Handlungen und Charakteristika wurde im Dritten Reich ein Sündenbock vorbereitet, ein Feindbild errichtet: der Jude!

Der „Stürmer" verbreitete in extremer und krassester Form diese Vorurteile, andere Blätter zeigten ihre krasse Position nicht so offen. Kaum eine Nummer der Zeitung erschien, ohne sich in ausführlichen Darstellungen der „sexuellen Perversionen" von Juden zu ergehen, ohne die Gefahr der Rassenschande und der „Blutmischung" detailliert zu beschreiben. Dafür waren sämtliche stilistischen Mittel und Strategien des Journalismus recht und billig. Schlagworte wurden gebildet, deren Abrufung das gesamte Feindbild immer wieder entstehen ließ („Mischung", „Bastardisierung", „Stinkjüdin", „Jüdische Dirnen"). Zum besonderen Feindbild wurde dann die Psychoanalyse hochstilisiert, ein „wissenschaftliches System, welches degeneriertes jüdisches Geschlechtsempfinden für die Völker aller Rassen zur Pflicht machen wollte."

Mit der Sexualforschung bedrohte der Jude nicht nur das Schicksal der deutschen Familie, sondern zugleich das der ganzen nichtjüdischen Menschheit: symbolisch dargestellt im Stürmer (13/1935) als gefesselte, am Boden knieende Jungfrau Europa, die im Begriff ist, vom gierigen, lauernden Juden vergewaltigt zu werden.

Neben dieser kruden propagandistischen Verbreitung des Vorurteils und der Festigung des Feindbildes kamen noch scheinbar gemäßigte und wissenschaftlich begründete Ansichten zu Wort: Im Deutschen Ärzteblatt (15. Jänner 1943, Heft 2) finden wir z. B. einen ganzen Maßnahmenkatalog, um mit der „verheerenden" Seuche „Syphilis" fertigzuwerden: In einem Artikel von Dr. L. Conti "Gesundheitspflicht und Geschlechtskrankheiten" (Bilanz einer erfolgreichen Bekämpfung) wird nach einer Darstellung der Situation nach dem Ersten Weltkrieg (800.000 erkrankte Soldaten) die historische Entwicklung in der Gesetzgebung zunächst beschrieben, um dann die Erfolge des Dritten Reiches in der Ausgrenzung und Kasernierung der Kranken zu beschreiben.

Obwohl es in der Bekämpfung von Epidemien durchaus wichtige und sinnvolle Maßnahmen gab, wurden viele gefordert und auch eingeführt, die jeglicher epidemiologischen Grundlage oder Notwendigkeit entbehrten. So wurde am 18. Oktober 1935 die pflichtgemäße Voruntersuchung bei der Eheschließung eingeführt.

Im September 1939 erschien ein polizeilicher Erlaß mit genauen Vorschriften für die Kasernierung und Listenführung erkrankter Personen: Am 18. September 1939 kam ein Erlaß heraus, den Conti „für sehr wichtig hielt", weil er eine „ganze Serie von Verschärfungen brachte". Sofortige Vorführung von Kranken, laufende Überwachung und ähnliche Maßnahmen wurden konsequent angeordnet und ausgedehnt auf „anrüchige Kreise", nämlich „Tischdamen, Eintänzerinnen und ähnliches". Außerdem war der einzelne Arzt verpflichtet, den Ursachen der Infektion nachzugehen und sie auszuforschen. Damit war natürlich jeder Denunziation Tür und Tor geöffnet, wurden die Möglichkeiten zur Diffamierung verstärkt.

Zuletzt ist noch „die verschärfte Bekämpfung der Asozialen" durch die Polizei zu nennen. Früher machten dies Pflegeämter, jetzt die Polizei. „Wenn vorauszusehen ist, daß doch immer wieder eine asoziales Verhalten aus der Wesensart des

Asozialen erwachsen muß, so wird vorbeugend eingegriffen, und nicht erst gewartet, bis ein Unglück da ist. Diese Prinzipien haben sich insbesondere günstig ausgewirkt, nachdem die neuen Gebiete zum Reich hinzugekommen sind."

Wer ein „asoziales Element" ist, woher das rührt usw., wird nicht definiert oder erklärt; auch hier ein rassistisch-biologistischer Ansatz: denn Asoziales entspringt einer Wesensart, ist offenbar angeboren und auch erkennbar. So wird eine stigmatisierte Randgruppe gebildet und ausgegrenzt. Und ein moralischer Appell steht am Ende: „Daher müssen diese Dinge (Triebe und sexuelles Verhalten, Anm. der Autorin) mit Ernst und Verantwortungsbewußtsein angesehen werden, und der Appell zur Gesundheitspflicht in dem Sinne, daß jeder seine volle Leistungskraft sich und seinem Volke erhalten muß, hat gerade auf diesem Gebiete ganz besonders einzusetzen, er läßt sich nicht erfüllen ohne ein verantwortungsbewußtes, überlegtes Verhalten." Es ist also eine Erziehungsaufgabe, das „deutsche Volk zu einem ununterbrochenen Aufstieg zu Wert und Kraft zu führen".

Die Maßnahmen werden hier von fachlicher Seite, vom Experten befürwortet. Der wissenschaftliche Diskurs vermengt sich mit der biologistischen Argumentation und dem moralischen Appell. Dies weist große Ähnlichkeiten zur heutigen Aidsdiskussion, vor allem vor dem Aids-Gesetz und heute noch, was den Umgang und das Erkennen von Kranken betrifft, auf[9)]. Diese Ähnlichkeiten in der moralischen Bewertung, im Maßnahmenkatalog und in der Diskussion der Verursacher, der Risikogruppen, des „safer sex" usw. drängen sich auch deshalb so stark auf, weil der verwendete Wortschatz und die Präsentationsstrategien, die Vorurteilsäußerung und die Etikettierung der auszugrenzenden Gruppen im Vergleich etwa zu „Mein Kampf" und dem „Stürmer" wesentlich subtiler und „harmloser" klingen.

Durch diese Belege gelingt es, die Analogie zwischen dem rassistisch-biologistischen Krankheitsdiskurs in der NS-Zeit samt dessen journalistischer Verpackung und dem „Aidsdiskurs“ des Artikels vom 14. 8. 1988 zu verdeutlichen. Ähnlichkeiten bestehen nicht nur in der Argumentation, sondern auch im Umgang mit der Krankheit, im moralischen Diskurs, in den Feindbildern und in der verbalen Präsentation.

Der rechtsradikale Diskurs heute

Daß der Aids-Diskurs tatsächlich seine Wurzeln in einer solchen biologistischen Tradition besitzt, beweisen nicht zuletzt heutige rechtsradikale Publikationen. So bringt die Zeitschrift „Klartext“ (2/1987,2) einen Artikel mit dem Titel „Aids-Faschisten“. Ex–Minister Franz Kreuzer wird darin angegriffen, weil er sich gegen zu strenge Maßnahmen gegenüber Aidskranken gewehrt und die Befürworter solcher Maßnahmen als „Aids-Faschisten“ bezeichnet hatte. Denn, so „Klartext“: „in Österreich hat eine Umfrage ergeben, daß 82 % der Bevölkerung eine Zwangsuntersuchung der Homosexuellen und der Fremdarbeiter verlangen. Die von der NDP vertretene Ansicht, daß die Angehörigen von Risikogruppen und vor allem die Giftler und die Homosexuellen, durch die ja diese Seuche eingeschleppt und verbreitet wurde, untersucht und registriert gehören, deckt sich also mit der großen Mehrheit der österreichischen Normalbürger.“

Nach einem Exkurs über das Wort „faschistisch“ kommt „Klartext“ – wie auch schon die programmatischen Schriften aus der NS-Zeit – zum Schluß: „Aids ist eine Todesseuche, und wir verlangen daher in Übereinstimmung mit der Mehrheit des Volkes den wirksamsten Schutz der Bevölkerung, der nur überhaupt möglich ist, ob dies den Warmen, den Giftlern und dem Exminister paßt oder nicht.“

„Sieg“ (4/1987, 18ff) bringt einen fachwissenschaftlichen Beitrag von Igamon/Berlin „Die Natur schlägt zurück“ über AIDS. Im Lead werden eine Vielzahl von Klischees kraß angesprochen: „Dies vom herrschenden System heraufbeschworene

Chaos aus Umweltverschmutzung und Zerstörung aller Art, hemmungsloser Ausbeutung der Naturschätze, Versteppung oder betonierter Verödung der Lebensgebiete bei gleichzeitig wahnwitzig wuchernder Völkervermassung, die krebsartige Ausbreitung geistiger Umnachtung, Perversion und Wärmetod, wird – vom Standpunkt der Natur aus – keine hundert Jahre mehr geduldet werden können."

Danach kommen Aids-Forscher, Experten zu Wort: Luc Montagnier und Robert Gallo. Im wissenschaftlichen Jargon werden wichtigste Stereotype zu dieser Krankheit aufbereitet, die Verquickung von moralischem Diskurs, der Abwertung von Sexualität und der biologistischen Argumentation setzt sich durch. Seite 20 bringt „wirksame Gegenmaßnahmen". Wortlaut wie Inhalt lehnen sich an die NS-„Gesundheitspolitik" an: „Den von Asylschmarotzern beherrschten Rauschgifthandel rigoros auszutrocknen, die Verbrecher festzusetzen und ihre Opfer einer stationären Therapie zu unterziehen. Zwangsweise Untersuchung aller Risikogruppen wie da sind: Strichjungen, Prostituierte, Schwule, Lesben, einreisende Neger. Quarantäne, Berufsverbot, Überwachung bzw. Ausweisung bei Aids-positiven Testergebnissen. Allgemeine Abschiebung aller fremdvölkischen Vagabunden aus unserem Land. Eine Gesundheitspolitik, die sich nach altbewährten sittlichen Maßstäben orientiert; die gesundes Familienleben und eheliche Treue fördert; die Homosexualität als das bezeichnet, was sie ist; abseitig. Das Bewußtsein dafür wecken, daß mit der Reinerhaltung des Blutes alle Werte des Volkes und seiner Gesundheit bewahrt werden können; Unreines, vermischtes Blut aber Krankheit und Verfall einleitet." Und ein Appell schließt auch diesen Artikel: „Eine Vernunft – größer als wir selbst – wird Harmonie und Schönheit unseres blauen Planeten neu erblühen lassen!" Zuletzt noch eine Tabelle, die den Anteil „der Neger bei gemeldeten Aids-Infizierten" in den USA ausweist. Außer in Miami besitzen die „Neger" meist mehr als 50% Anteil, laut „Sieg".

Daß also der Aids–Diskurs in indirekter Tradition zum „NS-

Blut-Diskurs“ steht, ergibt sich eindeutig. Keinesfalls schreibt die Neue Kronen Zeitung in derart kruder Form. Aber auch in der NS-Zeit wurde nicht ausschließlich kraß und brutal formuliert. Bedeutsam ist, daß die Voraussetzungen, die Stereotypie und Vorurteile, die Argumentationslinie Ähnlichkeiten aufweisen. Bedeutsam ist es, das gesamte Register, die Palette an Vorurteilsformen und -inhalten aufzudecken. Wir stehen also vor einer „Diskurswelt“, einem Diffamierungs- und Ausgrenzungsdiskurs mit vielfältigen Erscheinungsformen und einer langen Geschichte. Die textlinguistische Analyse des Artikels vom 14. 8. 1988 konnte die dazugehörigen latenten Anspielungen und subtileren Vorurteilsäußerungen explizit machen.

Vorurteilsmanagement, je nach Bedarf

Das Schüren von Angst, das Wachrufen und Wecken gefährlicher Vorurteile, damit letztlich die Manipulation von Meinungen scheinen bestimmten Interessen zu dienen: „Die Erzeugung und Manipulation von Angst und Sicherheitsbedürfnissen in der Bevölkerung erhöht einerseits die Vermarktbarkeit bestimmter Nachrichtentypen, andererseits die Chance der Opposition, allgemeines Unbehagen in eine Kritik an der Regierungspolitik umzusetzen“.[10)]

Vorurteile lassen sich also politisch funktionalisieren, Wählerschichten sind damit beeinflußbar. Während der Waldheim-Affäre wurden antisemitische Ressentiments zum Teil bewußt, zum Teil opportunistisch für die Wahl Waldheims benützt; und das n a c h A u s c h w i t z. Zeitungen allerdings können nichts ohne ihre potentiellen Leser machen oder schreiben – es wäre falsch, diese allein zum Sündenbock zu stempeln. Denn würden sie Meinungen verbreiten, die niemand sonst teilte, dann würden sie keine großen Auflagen erreichen. Zeitungen schreiben auch, was m a n gerne lesen will, verbreiten daher Meinungen, die scheinbar o f f i z i e l l bestätigt werden wollen.

Und genau dies ist ihnen vorzuwerfen: der Ausstieg aus einer bildungspolitischen und aufklärerischen Aufgabe, aus der journalistischen Verantwortung, in den Sumpf kollektiver Irrationalitäten. Solange dieser Kreis nicht durchbrochen wird, kann der Österreicher weiterhin beruhigt zum Frühstück die jeweils passenden Vorurteile und Feindbilder aus der meistgelesenen Zeitung mitkonsumieren.

Anmerkungen

1) „Iudeus ex machina" stellt eine von vielen Strategien judenfeindlichen Sprachgebrauches dar: Wird ein Sündenbock gebraucht, so muß „der Jud" herhalten (vgl. Wodak et al., 1990, „Wir sind alle unschuldige Täter!" Diskurshistorische Studien zum Nachkriegsantisemitismus. Frankfurt/Main: Suhrkamp).
2) „Anxiety then is a diffuse, irrational fear, not directed at an appropriate target and not controlled by self-insight. Like a grease spot, it has spread throughout the life and stains the individual's social relationships. Because he is far from satisfied in his affiliative needs, he may become compulsive – overposessive towards some people... .– and overrejective towards others. But these compulsive social relationships create further anxieties, and the vicious circle is intensified." (Allport, The Nature of Prejudice, 1987, 368). Solche diffuse Ängste können natürlich geschickt manipuliert werden, als Aggression gewendet, gegen jene, die – scheinbar – Angst erzeugen oder vor jenen, vor denen man sich zu fürchten hätte. Gerade bei AIDS spielen solche Ängste eine große Rolle, und schlechte oder falsche Informationen erhöhen den Angstpegel.
3) Th.W. Adorno, Studien zum autoritären Charakter, Frankfurt 1970.
4) R. Wodak, „Wie über Juden geredet wird" Textlinguistische Analyse öffentlichen Sprachgebrauchs in den Medien im Österreich des Jahres 1986. In: Journal für Sozialforschung, 28/1/88, 117–137.
5) H. Gruber, Untersuchung der Berichte und Kommentare zur Affäre „Waldheim" in Kronen Zeitung und Presse. In Projektteam „Sprache und Vorurteil" (1988): 136–218.
6) Allport weist 1987 nach, daß Vorurteile sexuellen Inhalts (Rassenschande, Heiratsverbote usw.) oft diskriminierte Gruppen treffen – sei es Juden oder Schwarze. Die Anziehungskraft „des Fremden" muß offenbar besonders stark abgewehrt, tabuisiert oder verboten werden. Ängste können besonders in diesem Bereich aktualisiert werden, die der Abwehr von Phantasien entsprechen. Solche Tabus begünstigen die systematische Ausgrenzung von Outgroups.
7) G. L Mosse, Nationalsozialismus und Sexualität, Hamburg 1985.
8) „Besonders der Syphilis gegenüber kann man das Verhalten der Volks- und

Staatsleitung nur mit vollkommener Kapitulation bezeichnen. Bei einer ernstgemeinten Bekämpfung mußte man schon etwas weiter angreifen, als dies in Wirklichkeit geschah. Die Erfindung eines Heilmittels fraglicher Art sowie dessen geschäftstüchtige Anwendung vermögen bei dieser Seuche nur wenig mehr zu helfen. Auch hier konnte nur der Kampf gegen die Ursachen in Frage kommen und nicht die Beseitigung der Erscheinungen. Die Ursache aber liegt in unserer Prostituierung der Liebe. Auch wenn ihr Ergebnis nicht diese fürchterliche Seuche wäre, wäre sie dennoch von tiefstem Schaden für das Volk, denn es genügen schon die moralischen Verheerungen, die diese Entartung mit sich bringt, um ein Volk langsam, aber sicher zugrunde zu richten. Die Verjudung unseres Seelenlebens und Mammonisierung unseres Paarungstriebes werden früher oder später unseren gesamten Nachwuchs verderben, denn an Stelle kraftvoller Kinder eines natürlichen Gefühls werden nur mehr die Jammererscheinungen finanzieller Zweckmäßigkeit treten. Denn diese werden immer mehr die Grundlage und einzige Voraussetzung unserer Ehen. Die Liebe aber tobt sich woanders aus!" (Adolf Hitler, Mein Kampf, 271).

9) W.Dürr et al., Aids-Analyse einer gesellschaftlichen Herausforderung Projektbericht, Wien 1988.

10) B. Marin, „Zur Psychotechnik von ‚Angstmanagement' und ‚Sicherheits-Agitation'" in: Kriminalsoziologische Bibliographie, Wien 1977, 38.

Holger Rust

Journalisten im Wahlkampf

Die bemerkenswerte Konsonanz von Berichterstattung und Kommentaren in der Neuen Kronen Zeitung

Verordneter Konsens der Freiwilligkeit

Im Impressum der Neuen Kronen Zeitung steht: „Die Richtung der Zeitung" bestimmt sich aus der „Summe der Meinungen ihres Herausgebers und der Redakteure". Diese Bemerkung, die einen lebendigen, innerredaktionellen Pluralismus nahelegt, läßt nur die Auslegung zu, daß die publizistische Begleitung von öffentlichen Ereignissen, wie zum Beispiel dem Wahlkampf zwischen Kurt Waldheim und Kurt Steyrer um das Amt des Österreichischen Bundespräsidenten in der Neuen Kronen Zeitung von der freiwilligen und einhelligen Übereinstimmung der Meinungen aller Redakteure und ihres Herausgebers geprägt war. Im genannten Fall bezog sich diese Übereinstimmung auf die Favorisierung des ehemaligen Generalsekretärs der Vereinten Nationen und die publizistische Abwehr der, wie es die Neue Kronen Zeitung sah, Verleumdungskampagne, in deren Hintergrund die Frage nach den Aktivitäten Waldheims während der NS-Zeit stand. Diese Favorisierung der Person und die kämpferische Auseinandersetzung um den politischen Kontext, in dessen Horizonten sich die Waldheim-kritischen Stimmen sammelten, war begleitet von einer deutlichen Ablehnung des Konkurrenten Steyrer.

Ausgewogenheit als analytischer Maßstab

Wir schreiben den Sommer 1986. Die chronologische Betrachtung der Wahlkampfberichterstattung in der Neuen Kronen

Zeitung zeigt eindeutig eine „unausgewogene" Darstellung der Personen und ihrer Programme. Dies trifft sowohl auf die quantitative Präsenz der beiden Kandidaten als auch auf die Wertungen zu, mit denen ihre jeweiligen politischen und persönlichen Profile gezeichnet wurden. Auch eine Analyse der thematischen Kontexte, in denen beide Kandidaten integriert waren, wie die parteipolitische Vergangenheit, die persönlichen Lebensumstände und ähnliches, läßt den Schluß zu, daß Waldheim deutlich positiver inszeniert wurde als Steyrer.

Dabei ist das Argument einer „ausgewogenen" Berichterstattung auf die Printmedien in Österreich nicht anzulegen. Grundsätzlich gelten die ordnungspolitischen Rahmenrichtlinien, die die Informationspolitik von Rundfunk und Fernsehen betreffen, nicht für Printmedien. Das deutsche Presserecht kennt für dieses Prinzip der prinzipiell freien Wahl eines Standpunktes bei sachgerechter und faktisch objektiver Berichterstattung den Begriff des „Tendenzschutzes". Als analytisches Prinzip jedoch und insbesondere für die Gewichtung der Berichterstattungsformen wie der eines Wahlkampfes, eignet sich das von „allen gesellschaftlichen relevanten Kräften" getragene Prinzip einer ausgewogenen Berichterstattung, die die wichtigen Meinungsströmungen angemessen repräsentiert, ausgezeichnet. Mit seiner Nutzung ist keine Kritik an der Tendenz einer Berichterstattung verbunden.

Diese Kritik kann erst dann einsetzen, wenn entgegen den Befunden einer wissenschaftlichen Betrachtung der Berichterstattung in einem Medium Objektivität und Ausgewogenheit behauptet werden. Diese Behauptung ist in der Regel mit dem Hinweis auf die besondere Qualität der Nachrichtenlage verknüpft. Sie erlaubt auch in den Statuten des öffentlich-rechtlichen Fernsehens eine quantitative Unausgewogenheit. Diese quantitative Unausgewogenheit in Zeiten von Wahlkämpfen entsteht für die Spitzenpolitiker der Exekutive zwangsläufig im Zuge der Berichterstattung über ihre Amtsgeschäfte. Im Falle der Präsidentschaftswahlkämpfe des Frühsommer 1986 enstand die besondere Nachrichtenlage durch die, wie es in der Neuen Kronen Zeitung hieß, „Kampagne gegen Waldheim".

Der Argumentationskontext

Der Stichtag ist der 2. März 1986. Zum ersten Male Schlagzeilen. Waldheim selbst äußerte sich zu Vorwürfen, daß er wesentliche Zeiträume seiner beruflichen Aktivitäten während der NS-Zeit in seiner Biographie „verschwiegen" habe und sprach von „ungeheuren Querschüssen". Im Zusammenhang mit den Mutmaßungen, aus welcher Quelle die Vorwürfe stammen könnten, taucht zum ersten Male der Hinweis auf die „Drahtzieherschaft" der SPÖ auf. Vom damaligen Bundeskanzler Sinowatz seien Akten aus dem Kriegsarchiv an das Staatsarchiv übergeben worden. In der Folge dieser Auseinandersetzung nahm die Wahlberichterstattung in der Neuen Kronen Zeitung, im Gegensatz zur eher reservierten Darstellung der Kandidatenauftritte im Februar, eine gänzlich neue Färbung an. Motive der ausländischen Einmischung, besonders des in New York ansässigen Jüdischen Weltkongresses, gepaart mit demokratiepolitischen Grundsatzüberlegungen über das Recht der Österreicher auf eine unabhängige und souveräne Entscheidung (dies vor allem nach dem ersten Wahlgang), verdichteten sich zu einer qualitativen Inszenierung der Favoritenrolle des heutigen Bundespräsidenten. Dabei wurde Waldheim in indirekten Zusammenhang mit der ÖVP gebracht, die als Repräsentantin einer politischen Erneuerung nach der Kreisky-Ära charakterisiert war. Ein Vorgriff auf die nächsten Nationalratswahlen wurde deutlich erkennbar. Steyrer hingegen wurde eng mit der SPÖ verbunden, in deren Verantwortung er die Politik der Vergangenheit als Gesundheitsminister mitgetragen hatte. Und mit dieser Sozialistischen Partei wurden hauptsächlich Krisen und Skandale verknüpft.

Am 3. März wurde dann zum ersten Male der Begriff „Verleumdungskampagne" benützt. Die besondere Nachrichtenlage, die durch die Auseinandersetzung mit den Vorwürfen der verschwiegenen Vergangenheit enstand, veranlaßte alle Redakteure der Neuen Kronen Zeitung, die sich mit innen-, außen-, gesellschafts- und kulturpolitischen Aspekten beschäftigten, einheitlich in umfangreichen Darstellungen eine befürwortende Position für Waldheim zu vertreten. Dabei wurde der SPÖ durchwegs das Versäumnis der Schutzpflicht gegenüber einem „großen Österreicher" vorgeworfen, während sich die ÖVP nach Meinung der Neuen Kronen Zeitung vorbildlich für Waldheim einsetzte und ihn gegen illegitime Vorwürfe verteidigte. In diesen Rahmen fügten sich grundsätzliche Erörterungen der Verhaltens- und Widerstandsmöglichkeiten im Dritten Reich. Der Begriff „Pflichterfüllung" wurde als Symbol für die allgemeine Betroffenheit der Österreicher von den damaligen politischen Ereignissen benützt. Die zahlreichen Leserbriefe signalisierten eine breite Zustimmung. Der Kanzler der Bundesrepublik Deutschland wurde (diesmal erstaunlicherweise keine Einmischung aus dem Ausland) mit dem Hinweis auf die „Arroganz der Spätgeborenen" zitiert, als er Waldheim während eines Aufenthaltes in Österreich (als „Privatmann") in Schutz nahm. Kritik an Waldheim, die in der Neuen Kronen Zeitung in jedem fünften Beitrag zumindest mitvorkommt, wurde in fast drei Viertel der Fälle mit abschätzigen Formulierungen gegen die Urheber der Kritiken versehen. Der Anteil der sachlich begründeten Ablehnung lag bei 30,4 Prozent der Beiträge in den zehn Wochen der „heißen" Wahlkampfphase zwischen dem 1. April und dem 8. Juni 1986. Damit erzeugte die Neue Kronen Zeitung für jegliche Kritik an Waldheim einen insgesamt negativen Kontext. Begriffe wie „Verleumdung" und „Fälschung", Charakterisierungen wie „haßerfüllt", „Hetze", „Psychoterror" diskreditierten die Quellen kritischer Betrachtungen über Waldheims Verhalten. Ein spektakuläres Beispiel bot die Auseinandersetzung der Neuen Kronen Zeitung mit der Berichterstattung der „Salzburger Nachrichten", deren Chefredakteur Karl Heinz Ritschel sich eindeutig gegen Waldheim erklärte und diesen in einem Kommentar aufforderte, wegen der ungeklärten Vorwürfe zurückzutreten. Die Neue Kronen Zeitung charakterisierte Ritschels Beitrag als „Brandartikel", in dem er seine Meinung „ausposaune". Kolumnist Nimmerrichter, unter dem Nome de guerre „Staberl" publizierend, sprach von „schwarzen Lakaien, die willig das rote Propagandageschäft besorgen." Daß zudem der Chefredakteur der Salzburger Nachrichten im „Jubelblattl Arbeiterzeitung" abgedruckt wurde, wurde als Beleg der Unterstützung der SPÖ-Position mitgeliefert. In der Neuen Kronen Zeitung selbst wurden Ritschels Ausführungen aber nicht wiedergegeben, sodaß die Leserinnen und Leser, um ein objektives Bild von der Sachlage gewinnen zu können, damals selbst zur Arbeiterzeitung oder zu den Salzburger Nachrichten hätten greifen müssen.

Hier das Beispiel dieser Auseinandersetzung: Zuerst der Text Karl Heinz Ritschels in den Salzburger Nachrichten:

Kandidatur eines Unglaubwürdigen

Und was jetzt?

Das ist die unerquickliche Frage angesichts der Entwicklung im Fall Waldheim. Jawohl: „Fall Waldheim". Denn so und nicht anders ist diese höchst peinliche Affäre zu bezeichnen.

Und zwar nicht, weil Kurt Waldheim nun doch bei den SA-Reitern gewesen ist, wie er in seinem Personalakt im Außenministerium selbst angeführt hat. In einem Akt, der verschollen – angeblich verlegt – war und in den, als das Faszikel auftauchte, Waldheim nicht Einsicht nehmen lassen wollte, was selbst der ÖVP eine unverständliche Taktik war. Waldheim mußte also den Akt öffnen lassen. Das Ergebnis ist bekannt. Diese Mitgliedschaft, wie auch die beim NS-Studentenbund, ist völlig lächerlich. Nicht einmal Mitläuferschaft ist das gewesen, von nazistischer Vergangenheit keine Spur!

Der „Fall Waldheim" ist etwas ganz anderes, doch weit schmerzenderes: es geht um die Glaubwürdigkeit eines Mannes, der Bundespräsident werden will.

Waldheim hat gesagt, er schwöre, nirgendwo dabeigewesen zu sein, er gab Ehrenwörter ab – er belog ganz Österreich.

Und so ein Mann kandidiert als Bundespräsident, das ist unvorstellbar! Die Volkspartei hat sich, als Waldheim angegriffen wurde, vor ihn gestellt. Richtigerweise, denn sie hat auf sein Wort gebaut. Sie ist düpiert worden. Ein Mock, ein Krainer, ein Haslauer usw. – Politiker, die sich mit vollem Einsatz hinter Waldheim stellten. Und ebenso ein namhaftes eigenes Waldheim-Komitee, das für einen „charakteristischen" Kandidaten eingetreten ist ... sie alle müssen einem leid tun.

Wie aber kann die ÖVP eine Kandidatur unterstützen, die mit einem Spinnennetz der Unaufrichtigkeit überzogen ist?

Darf das höchste Amt im Staat mit einem Mann belastet werden, der, um allen Konflikten – die es bei ehrlicher Auskunft gar nicht gegeben hätte – aus dem Weg zu gehen, unrichtige Angaben zu seinem Lebenslauf gemacht hat? Unglaubwürdigkeit ist genau jene Eigenschaft, die auch angesichts der politischen Zustände in unserem Staat ein Bundespräsident nicht haben darf.

Kurt Waldheim hat sich selbst – in beängstigender, ja geradezu kindlicher Verhaltensweise – disqualifiziert. Das ist eine wohl unleugbare Feststellung, eine Tatsache, die eben keine andere Deutung zuläßt. Eine bittere, traurige Erfahrung.

Waldheim ist über sich selbst durch sein unglaubwürdiges Übertaktieren gestolpert. Wer kann ihm noch glauben und vertrauen? Das ist eine unauflösbare Hypothek.

Am 26. März antwortete dann Nimmerrichter in seiner beliebten „Staberl"-Kolumne:

Fleißaufgab' aus Salzburg

„Hereinspaziert, meine Herrschaften! Hier sehen und hören Sie, was Sie noch nie gesehen, noch nie gehört haben! Attraktionen, Sensationen, Überraschungen! Mit unvermindertem Tempo gehen unsere großen, unsere einmaligen, unsere un-

überbietbaren Waldheim-Festspiele weiter. Waldheim bei der SA, Waldheim beim Reiterkorps, Waldheim als Kriegsverbrecher, alles garantiert echt, kein Papier, kein Stroh, alles solide Arbeit aus unserer patentierten Giftküche. Unsere Nachrichten stammen durchwegs aus allererster Hand. Daher haben wir auch gleich gewußt, daß Waldheim kein SA-Mann und kein Kriegsverbrecher war. Aber dadurch, meine Damen und Herren, ist dieser Mann jetzt völlig unglaubwürdig geworden, man traut ihm einfach nichts mehr zu, nicht einmal, daß er bei der SA gewesen sein könnte. Hereinspaziert, meine Herrschaften...!"

So und so ähnlich wird jetzt tagtäglich getrommelt, und kein Mensch scheint sich mehr dafür zu interessieren, wer eventuell der bessere Präsident für Österreich sein könnte: Steyrer, der fast schon unsichtbar und unhörbar ist, seit die große Waldheim-Nazi-Hatz begonnen hat, oder jener Waldheim, dem merkwürdigerweise weder während seiner Tätigkeit als österreichischer Außenminister noch während seiner ersten Präsidentschaftskandidatur (erfolglos, gegen Jonas) und schon gar nicht während seiner zweiten Amtszeit als UNO-Generalsekretär auch nur die allergeringste Nazivergangenheit nachgesagt worden ist.

Wie hirnrissig dieses Theater ist, hat die allerjüngste „Enthüllung" gezeigt. Waldheim, so werden wir jetzt belehrt, sei im Jahre 1948 wegen des Verdachtes der Beihilfe zum Mord von Jugoslawien „gesucht" worden. Vom selben Jugoslawien, das dann als UNO-Mitglied zweimal seine Stimme für den Generalsekretärskandidaten Waldheim abgegeben hatte. Dümmer geht's wahrhaftig nimmer.

Wir Österreicher aber dürfen uns, als Trostpflaster quasi, jetzt einen besonders aparten Leckerbissen von der heimischen Politszene zu Gemüte führen. Der absolute Höhepunkt des großen Waldheim-Kannibalentestes ist nämlich bezeichnenderweise nicht von der linken, sondern soeben von der sogenannten „bürgerlichen" Seite geliefert worden. Ein Herr Karl Heinz

Ritschel, seines Zeichens Chefredakteur der „Salzburger Nachrichten“, hat einen Brandartikel gegen Waldheim losgelassen, demgegenüber sogar die Vorwürfe des Jüdischen Weltkongresses nur wie harmlose Artigkeiten anmuten. Waldheim, so posaunt Ritschel aus, hätte sofort von seiner Kandidatur zurückzutreten, die ÖVP hätte sofort einen anderen Kandidaten aufzustellen, der dann als Ausgleich für den Zeitverlust eine bevorzugte Behandlung durch die Medien erfahren solle. Ganz so, meint Ritschel wohl, als ob's bei uns schon wie in Moskau wäre, wo die „Prawda“ auch jederzeit einen der Partei genehmen Kandidaten bevorzugen kann...

Der Fall des Herrn Ritschel gibt den Blick auf ein Phänomen frei, das wir freilich nicht erst seit heute kennen. Wenn nämlich hierzulande ein Sozialist vom Gegner angegriffen wird, dann steht die Partei gleich wie eine Mauer vor ihm. „Mir lassen uns kan außischiaßen!“ lautet der zuständige Kampfruf. Wird hingegen ein Schwarzer angegriffen, dann finden sich sofort schwarze Lakaien, die willig das rote Propagandageschäft besorgen. Herr Ritschel hat seinen Lohn schon erhalten: Er ist in aller Breite im Jubelblattl „Arbeiter-Zeitung“ nachgedruckt worden. Noch so ein Kunstfehler, und ein privilegierter Platz beim kommenden Maiaufmarsch ist dem Mann sicher.

Journalistische Konsonanz

Die Einhelligkeit, mit der diese Motive in der Gesamtberichterstattung der Kronen Zeitung durchgespielt werden, könnte auf der Grundlage einer Theorie der journalistischen Konsonanz als „Kampagne“ interpretiert werden. Einer solchen Interpretation, die eine redaktionelle Vorabsprache über das Grundmuster der Berichterstattung nahe legt, tritt die Kronen Zeitung mit dem Objektivitätsargument entgegen: Es sei die Sachlage gewesen, die die Zeitung zu einer eindeutigen Stellungnahme herausforderte. Es sei die Art der Vorgänge gewesen, die zu einer einheitlichen Bewertung geführt hätten. Dabei galt es, die Unabhängigkeit und die Souveränität des österreichischen Wählers, die Schutzpflicht gegenüber einem „großen Österreicher" und den Zwang, kontinuierlich auf Angriffe von außen reagieren zu müssen, zu vertreten. Journalistische Konsonanz wird in dieser Argumentationsweise auf die Nachrichtenlage zurückgeführt.

In der Tat ist es nicht wahrscheinlich, daß eine Gruppe professioneller Journalisten sich einem inhaltlichen Verdikt unterwirft. Dennoch bleiben die Zeichen für eine starke Präsenz gleichartiger Interpretationen einer Sachlage bemerkenswert.

Konvergente Ausführungen finden sich zu folgenden Punkten:

1. Der Vorschlag des damaligen Bundeskanzlers Sinowatz, denWahlkampf für einige Zeit auszusetzen, wurde mit dem kritischen Hinweis darauf kommentiert, daß wenig später eine Belangsendung der SPÖ über die Fernsehbildschirme lief. Dieser Hinweis findet sich beispielsweise am 7. Mai in der Kolumne „Thema des Tages" von Dieter Kindermann, erscheint am Tag zuvor in der Kommentierung der Ergebnisse aus dem ersten Wahlgang, dann noch einmal in „Staberls" Kolumne am 18. Mai.

2. Die Kronen Zeitung sprach sich nach dem ersten Wahlgang am 4. Mai immer wieder für die Vorverlegung der Stichwahl aus, um die „Schlammschlacht" um der politischen Kultur Österreichs willen abzukürzen.

3. Als Steyrer in der Deklaration seines Wahlprogrammes eine Art „Arbeitsplatzgarantie" abgab, wurde diese, einem Bundespräsidenten im Grunde nicht zustehende politische Äußerung, wiederholt von unterschiedlichen Redakteuren der Zeitung gleichermaßen kritisiert.

4. In der Bewertung der neuen Haltung Steyrers gegenüber der friedlichen Nutzung der Kernenergie sahen mehrere Autoren einen wahlkampfstrategischen Widerspruch zu früheren Positionen des ehemaligen SPÖ-Politikers. Die Kritik an der „Kernenergie-Wende" des sozialistischen Kandidaten ist am

14. Mai auf S. 3 der Kronen Zeitung zu lesen, wurde am 16. Mai im „Thema des Tages“ von Kindermann wiederholt, am 17. Mai in der Kolumne „apropos“ von Wailand, am 20. Mai in einer Betrachtung des „Steyrerischen“ Opportunismus den Sozialisten gegenüber von Humbert Fink, und am 22. Mai in „Staberls“ Ausführungen mit dem Titel „Ein Kandidat läßt umdenken“ nochmals gebracht. Schließlich schien das Motiv noch einmal bei „Staberl“ am 27. Mai auf, verbunden mit der Spekulation, daß es Steyrer nur um das Buhlen um die Stimmen „kritikloser Wähler“ gehe.

5. Ein weiteres, häufiger angestimmtes Motiv war die karitative Verwendung der UNO-Pension Kurt Waldheims. In diesem Zusammenhang wurden auch Bemerkungen eingefügt, die auf die Einsparungen durch die Vorverlegung der Stichwahl und die soziale Verwendung der Gelder hinweisen – dies alles, ohne auf die finanzpolitischen Komplikationen einzugehen, die durch die Zweckbindung nichtressortspezifischer Mittel hätte entstehen können.

6. Umgekehrt wurde der von Steyrer formulierte Vorschlag der Offenlegung der Politikereinkommen im Lichte des Verdachts diskutiert, hier gehe es (wie bereits bei der „Kernenergie-Wende“ nach demTschernobyl-Unfall) lediglich um ein wahltaktisches Manöver. Auf diese Weise verdichteten sich im Zuge der Gesamtberichterstattung der zehn Wochen des intensiven Wahlkampfs die Verdachtsmomente gegen Steyrer, alle „issues“ aus Gründen der bloßen Wahlwerbung zu formulieren. Die Korrespondenz zur durchwegs kritischen Einschätzung Steyrers ist offensichtlich.

7. Eine interessante Konsonanz der Einschätzungen findet sich weiters in der Auseinandersetzung mit dem „Recht“ der „Amerikaner“, sich in den österreichischen Präsidentenwahlkampf „einzumischen“. Mutmaßungen über US-innenpolitische Motive verknüpfen sich mit Hinweisen auf die Rekrutierung hochrangiger Techniker des Dritten Reiches (immer wieder als Paradebeispiel vorgeführt: Wernher von Braun), bei-

spielsweise in einem Beitrag von Kurt Seinitz am 29. März und in einer Kolumne „Staberls" am 12. Mai.

8. Eines der wichtigsten durchgängig profilierten Motive ist schließlich die Unausweichlichkeit, mit der Österreich in das nationalsozialistische Schicksal gezwungen wurde. Eine ganze Generation sei automatisch in die Organisation des NS-Regimes überführt worden. Meistens habe es sich dabei um „harmlose" Vereinigungen gehandelt. Das Thema findet sich bei „Staberl" am 9. März, verdichtet sich in den Leserbriefen zu dieser Kolumne am 18. März, setzt sich dann indirekt bei Dieter Kindermann am 22. März, in einer wörtlich zitierten Äußerung Waldheims vom 21. März, und wieder bei „Staberl" am 6. April fort.

9. Das Unverständnis, das die jüngere Generation für dieses Schicksal zeigt – gelegentlich verbunden mit dem Hinweis auf das heutige Recht auf Wehrdienstverweigerung – knüpft an die redaktionelle Ablehnung der kollektiven Verantwortung für die Vergangenheit an, etwa bei Humbert Fink am 22. April oder bei Dieter Kindermann und Viktor Reimann am 4. Mai. Wichtiger sei, die Gegenwart zu bewältigen. Diese „unbewältigte Gegenwart" wird auch mit dem Hinweis auf die marode politische Kultur charakterisiert, die letzlich für einen Wahlkampf wie den des Frühsommer 1986 verantwortlich sei.

10. Alle Redakteure der Neuen Kronen Zeitung, die sich mit der Wahl beschäftigen, führen heftige Attacken gegen die sogenannte „ausländische Einmischung", vor allem durch den Jüdischen Weltkongreß und die internationalen Medien.

Die Berichterstattung und die Kommentare in der Neuen Kronen Zeitung zeigten insgesamt eine strukturelle Konsonanz der Argumentationsführung, die aus der Komplementarität der einzelnen inhaltlichen Argumente entsteht. In dieser strukturellen Konsonanz und den damit stetig um eine Kernaussage angeordneten redaktionellen Äußerungen zu unterschiedlichen Teilaspekten des Wahlkampfes dokumentierte sich die politische Präferenz der Kronen Zeitung. Diese Präferenz gipfelte in der positiven Haltung gegenüber einem Neuanfang in der Politik nach den Nationalratswahlen des Herbstes 1986. Es ist keine kommunikationswissenschaftlich neue Einsicht, daß die Wahl von Personen für repräsentative Staatsämter außerhalb der Exekutive nachhaltige Rückwirkungen auf die gesamte politische Konstellation haben kann: Solche Wahlen sind von symbolischer Bedeutung und haben damit Abstrahlungseffekte auf andere Wahlgänge wie die der Abgeordneten zu den wie auch immer genannten Parlamenten. So symbolisierte die Wahl Gustav Heinemanns zum deutschen Bundespräsidenten das Ende der Adenauer-Ära. In der Folge etablierte sich in der Bundesrepublik Deutschland die Große Koalition. Es sind also Signalwirkungen, die von einer solchen Wahl ausgehen. Ihre Bedeutung liegt damit auch in der atmosphärischen Verdichtung künftiger politischer Konstellationen. In der Neuen Kronen Zeitung wurde die Beziehung der Kandidaten Kurt Steyrer und Kurt Waldheim zu den jeweiligen Großparteien im Hintergrund ohnehin deutlich thematisiert. Das Motiv der Veränderung der politischen Landschaft wurde durchwegs mit dem Verlust der Wahl durch den SPÖ-nahen Kandidaten verbunden. Diese Verflechtung von Motiven ist im Präsidentschaftswahlkampf 1986 umso leichter gewesen, als Steyrer ja tatsächlich ehemaliger SPÖ-Politiker war, Waldheim hingegen zunächst als unabhängig deklariert, wurde dann allerdings unter dem Eindruck der Ereignisse in die schützende Nähe der ÖVP gerückt, die – anders als die SPÖ – wie bereits erwähnt, ihre Schutzpflicht gegenüber einem österreichischen Politiker wahrnahm. Zudem besaß das Motiv der politischen Kultur, die im Wahlkampf durch das Taktieren der SPÖ weiter gefährdet schien, zusätzliche Interaktionspotentiale für die Verknüpfung von Parteipolitik und symbolischer Repräsentanz der Präsidentschaftskandidaten.

In der ersten Phase des „heißen Wahlkampfs“ (also von Anfang April bis zum Wahltag am 4. Mai) behandelten 54 von 207 Beiträgen in der Neuen Kronen Zeitung diese Aspekte der politischen Kultur, zum Teil in enger Verknüpfung mit Motiven des Wahlkampfstils und des Taktierens der Parteien. In der zweiten Phase waren es 25 von 137 Beiträgen.

Von den 54 Beiträgen der ersten Phase, die Parteipolitik und Präsidentschaftswahl miteinander verbinden, beinhalten knapp 30 Prozent eine Kritik der SPÖ, 3,4 Prozent setzten sich kritisch mit der ÖVP auseinander. In der zweiten Phase, als sich deutlich ein Sieg Waldheims abzeichnete, formulierten die Redakteure der Neuen Kronen Zeitung ihre Kritik an der SPÖ noch in 5 Beiträgen (also 20 Prozent der kritischen Artikel). Eine Kritik der ÖVP fand sich nur noch in einem Beitrag. Daß nun die Niederlage Steyrers auch eine Niederlage der SPÖ war, ist die Fortsetzung der engen Assoziation des Kandidaten mit seiner Partei. Das Thema wurde in der zweiten Phase des Wahlkampfes virulent: Nach dem 4. Mai 1986 behandelten elf Beiträge diese Mutmaßung. Umgekehrt verdichtete sich die Vermutung, daß ein Sieg Waldheims auch ein Signal für die politische Wende sei, in der ersten Phase in sieben, in der zweiten Phase des Wahlkampfes in 15 Beiträgen.

Das scheint für die Wochen der heißen Wahlkampfphase eher gering zu sein, wenngleich sich das quantitativ unausgewogene Verhältnis der Berichte über Steyrer und Waldheim hier bestätigt und gleichzeitig in einem qualitativen Gefälle der Einschätzungen der politischen Konsequenzen fortsetzt. Die Einbindung des Motivs in die Gesamtargumentation, die weiter oben unter dem Begriff der „strukturellen Konsonanz“ gefaßt worden ist, verleiht ihm allerdings ein größeres Gewicht als die rein quantitative Bestandsaufnahme nahelegt. In der amerikanischen Linguistik ist dieser Tatbestand der inhaltlichen Komplementarität verschiedener, auf mehreren Argumentationsebenen gestaffelter Argumente, die sich zu einem Gesamtmotiv zusammenfügen, unter dem Begriff der „Topic Transformation“ systematisiert worden. Im vorliegenden Falle ließen sich anhand der Personalisierung politischer Probleme Themen wie „Vergangenheitsbewältigung“, „Wende“, „Kritik an Parteien“, eine hermetische Interpretation von „nationaler Identität“, „Antisemitismus“, „politische Kultur“, und die Verantwortung der Massenmedien für Österreich abhandeln. Das Kernthema variiert seine Gestalt, ohne jedoch seinen politischen konservativen Nukleus und den Wunsch nach einer neuen parteipolitischen Konstellation zu verlieren. In einem weiter gefaßten Horizont inszenierte sich das Problem der „nationalen Identität“ in enger Verbindung mit der Vergangenheitsbewältigung, wobei sich Kronen Zeitung-Redakteure unterschiedlicher Generationen in der Einschätzung der Forderung nach der Auseinandersetzung mit der nationalsozialistischen Hypothek gleichartig äußerten.

„Topic Transformation“ bedeutet, daß die qualitative Ausformulierungen eines Kernthemas in einer hintergründigen Beziehung verflochten sind. Daß die Fürsprache für den Kandidaten Waldheim als Schutzpflicht eines großen publizistischen Mediums deklariert wurde, läßt sicher die parteipolitische Assoziation auf den ersten Blick nicht gleich erkennen. Eine Koppelung aller Motive aber, die im Horizont der Wahlkampfberichterstattung in die Zeitung eingespielt wurden, zeigt jedoch die vielfältige Kontextualität des Rahmenthemas – zumal dann, wenn man den Beginn der Berichterstattung im Februar betrachtet. In dieser Phase einer noch relativ degagierten Publizistik wird bereits von Vorwürfen gegen Steyrer berichtet, er habe Umweltschützer als „Hysteriker und Neurotiker“ bezeichnet – eine unausgesprochene Reminiszenz der Zeitung an ihr Engagement gegen das Kraftwerk Hainburg. Peter Gnam nahm diesen Vorfall zum Anlaß einer der ersten harten Kritiken an der SPÖ. Ebenfalls am 6. Februar liest man die Meldung, daß die SPÖ an Boden verliere. Es sei ein Abstieg in den demoskopischen Zahlen erkennbar, der als „dramatisch“ bezeichnet werden müsse. Der Chef des Meinungsforschungs-Instituts IMAS, Kirschhofer, wird mit einem Votum für die zwingende Notwendigkeit einer Großen Koalition zitiert. Dieses Thema hatte die Kronen Zeitung schon einige Tage zuvor, am 28. Jänner 1986 bewegt. Damals hatte Alois Mock von der Notwendigkeit gesprochen, mit Hilfe dieses parteipolitischen Joint Venture „Österreich wieder in Ordnung“ zu bringen. Der publizistische Auftakt des Wahlkampfes in der Kronen Zeitung lieferte somit eines der späteren Kernmotive, um die sich dann auch die inkriminierten Manöver der SPÖ gegen Waldheim arrangierten.

Eine erfolgreiche Kampagne

„Die Summe der Meinungen der Redakteure und des Herausgebers“ der Neuen Kronen Zeitung setzte sich, was das Thema des Präsidentschaftswahlkampfs und seiner Assoziationen zur „Vergangenheitsbewältigung“ und zur „politischen Kultur“, zur „Wende“ und zur „nationalen Identität“ sowie zum Ausgang der Präsidentschaftswahl selber betrifft, zu einem einheitlichen Bild zusammen. Dieses Bild bestand nicht aus Pro- und Contra-Argumenten gegen oder für beide Kandidaten, sondern aus einer einhelligen Befürwortung Waldheims und einer breiten Ablehnung Steyrers. Daran änderten auch gelegentliche kritische Einwendungen gegen die unvorsichtige Taktik Waldheims nichts, die er bei der Auseinandersetzung mit den Vorwürfen benutzte, ebensowenig wie die seltenen positiven Einschätzungen Steyrers.

In 135 Artikeln, 123 Kolumnen und 86 Leserbriefen in der Zeit des heißen Wahlkampfs vom 1.4.1986 bis zum 8. Juni, dem Tag des zweiten Wahlgangs, blieb das Bild in sich konsistent. Auch das Argument einer besonderen Nachrichtenlage, die eine quantitative Überrepräsentation eines der Kandidaten provozierte, kann nicht darüber hinwegtäuschen, daß das qualitative Gefälle bei der Bewertung der Kontrahenten einen eindeutigen Schluß nahelegte: Waldheim war für die Kronen Zeitung der wünschenswertere und damit hoch favorisierte Kandidat, Symbol einer politischen Wende und einer zeitgeschichtlich relevanten Haltung zur Vergangenheitsbewältigung.

Roland Angerer

Die Nord-Süd-Mauer

Über die Vermarktung von Kriegen, Karneval und Katastrophen

Ein Klassengemisch von Blut und Herz

Der Krone-Kolumnist Ernst Trost bezeichnete seine Zeitung einmal als eine „aus Blut und Herz gemixte Volkszeitung für die unteren Klassen“[1]. Das Diktum beschreibt nach wie vor exakt die Dritte-Welt-Berichterstattung der Neuen Kronen Zeitung. Das Boulevard-Blatt seziert mit Vorliebe Ereignisse, wie Kriege, Naturkatastrophen, politische Gewaltakte und soziales Elend, bei denen mit viel Blut und Tod zu rechnen ist. Neben den wohlig-gruseligen Schauern bietet die Neue Kronen Zeitung Überraschung und Erstaunen über das Fremde, Exotische, Kuriose, Sensationelle, Spektakuläre und Unglaubliche, das sich täglich jenseits der Nord-Süd-Mauer ereignet.

Diese Art der Berichterstattung hat Methode. Die Neue Kronen Zeitung ist dabei nicht allein. Als Wirtschaftsunternehmen, die Nachrichten und Anzeigenraum als Waren verkaufen, stehen die Medienunternehmen unter dem Zwang kapitalistischer Verwertungsgesetze und somit den herrschenden Strukturen der Weltwirtschaft und dem Nord-Süd-Konflikt – gewollt oder ungewollt – nicht neutral gegenüber. Im Gegenteil: Sie werden für politische Zwecke instrumentalisiert und fungieren als Ideologieträger.

Wirtschaftsordnung – Informationsordnung

Unser Wirtschaftssystem gründete seinen Aufstieg vor rund 500 Jahren auch auf die Unterwerfung und Ausbeutung der Völker Lateinamerikas, Afrikas und Asiens[2]. Die damals grundgelegten Strukturen der Abhängigkeit haben zwar seit der Kolonialzeit ihren Charakter geändert, sind subtiler, unsichtbarer geworden, haben sich von der politischen auf die ökonomische Ebene verlagert, aber sie sind weiter wirksam. Einseitige Handelsbeziehungen, ungleiche Bedingungen des Austausches, Zwang zur Schuldendienstleistung und die transnationalen Konzerne mit ihren Verflechtungen sind die Werkzeuge, mit denen die Industrieländer nach wie vor enorme Profite aus der sogenannten Dritten Welt herausholen[3].

Dieses Wirtschaftssystem hat ein Informationssystem herausgebildet, das seinen Interessen entspricht. Die Oberhoheit kommt den vier Weltnachrichtenagenturen Associated Press (USA), United Press International (USA), Reuter (Großbritannien) und Agence France Press (Frankreich) zu, die den Nachrichtenmarkt unter sich aufgeteilt haben. Nach Meier[4] beziehen die Medien der westlichen Industrieländer 45 bis 75 Prozent und die Medien der Dritten Welt 50 bis 90 Prozent der Auslandsberichterstattung von den Weltagenturen. Als transnationale Medienunternehmen mit Sitz in den Zentralnationen des Nordens und ausgerichtet auf deren Infomationsnachfrage stellen die Agenturen die ersten Filter im Nachrichtenstrom dar: „Genau wie die Peripherie Rohstoffe erzeugt, die das Zentrum zu Fertigprodukten verarbeitet, so produziert die Peripherie Ereignisse, die das Zentrum zu Nachrichten verarbeitet. Das geht so vor sich, daß die Journalisten eingeübt werden, alle Ereignisse mit den Augen des Zentrums zu sehen, und daß eine Kommunikationskette aufgebaut wird, die die Ereignisse so filtert und verarbeitet, daß sie in das allgemeine Schema passen."[5]

Die nationalen Medien – als nächstes Glied der Kette – erfüllen eine Funktion der Systemstützung und -stabilisierung. Pluschkowitz und Sailer beschreiben die Berichterstattung als eine „Mischung aus Falschem und Richtigem …, mit dem dominanten Kriterium, daß diese Mischung die Herrschaftsstruktur unserer Gesellschaft nie grundsätzlich in Frage stellt"[6].

Dabei wird die Dritte Welt zunächst einmal weitgehend ausgegrenzt: „Über sie wird so marginal berichtet, als ob uns dieses Geschehen nichts anginge, als ob es ein exotischer Luxus wäre, sich mit der Dritten Welt auseinanderzusetzen. Die quantitative Unter-Repräsentation der Dritten Welt in der gesamten Presseberichterstattung ist damit ein Stück ideologischer Praxis der Medien. Das Schweigen über die Dritte Welt birgt so viel Falsches in sich wie eine unwahre Meldung."[7)]

In den wenigen Berichten findet eine subtile Verzerrung durch Auswahl und Fokussierung der Themen statt. Nicht der Versuch einer konsistenten Wiedergabe und Interpretation der sozialen Wirklichkeit in der Dritten Welt findet in den Zeitungsredaktionen statt, sondern ein interessengeleitetes Aussieben von Ereignissen nach den Kriterien, was neu und sensationell genug ist, um sich leicht zu verkaufen, bzw. „... was uns nützlich oder gefährlich werden könnte – von den Bodenschätzen über die Bevölkerungsexplosion bis zur kommunistischen Unterwanderung. Die strukturellen Konflikte zwischen den hochindustrialisierten und den unterentwickelten Ländern kommen nicht zur Sprache."[8)]

Die für diesen Prozeß verantwortlichen Journalisten handeln jedoch nicht bloß aus gutem oder bösem Willen, vielmehr sind sie den „Sachzwängen" des Mediums unterworfen. Engagierte Praktiker führen häufig Platzmangel, Zeitdruck, sowie die vermuteten Erwartungshaltungen der Leser, aber auch die Einflußnahmen der Herausgeber als Gründe für die bruchstückhafte, ereignisorientierte Berichterstattung an.[9)]

Der überwiegenden Mehrzahl der Zeitungsleser und -leserinnen fehlen eigene Erfahrungen und Kenntnisse über die Länder der Dritten Welt – nur etwa 10% aller Österreicher haben jemals ein solches Land bereist. Ihre Meinung wird also hauptsächlich durch die Medienberichterstattung geprägt.[10)]

Wie weit subjektive Einschätzung und objektive Wirklichkeit auseinanderklaffen, zeigt zum Beispiel die Frage nach der Entwicklungshilfeleistung Österreichs, die nur 16 Prozent mit

„weniger als andere Länder“ richtig beantworten. 24 Prozent glauben dagegen, Österreich leiste mehr, obwohl es tatsächlich 1988 an drittletzter Stelle aller OECD-Staaten lag.[11)]

Die Frage nach den Ursachen für die Probleme der Dritten Welt zeigt eine starke Tendenz zur Verwechslung von Ursache und Wirkung. So geben 81 Prozent Unterernährung und Hunger als Gründe für die Unterentwicklung an, 79 Prozent glauben, die Probleme entstünden, weil die Menschen in der Dritten Welt zu viele Kinder in die Welt setzten, 74 Prozent machen die hygienischen und gesundheitlichen Bedingungen verantwortlich. Hingegen sehen nur 43 Prozent einen ursächlichen Zusammenhang mit der Belastung durch Schuldendienstleistungen, 42 Prozent halten die Rüstungsausgaben für zu hoch und 33 Prozent meinen, daß die Dritte Welt zu viele im eigenen Land benötigte Nahrungsmittel exportiert. Rassistische Vorurteile scheinen ebenfalls noch stark verankert zu sein. 35 Prozent führen die schlechte Arbeitsmoral als Ursache für Unterentwicklung an, und mehr als ein Drittel begründen dies mit der Tatsache, daß die Menschen in der Dritten Welt „der weißen Rasse unterlegen“ seien. Dabei ist noch zu berücksichtigen, daß weitere 17 Prozent der Befragten mit den Antworten „weiß nicht“ oder „keine Angabe“ ihre Einschätzung nicht zu erkennen geben.

Ein Bild der Welt

Glaubt man vorliegenden quantitativen Untersuchungen, so besteht die Welt der Neuen Kronen Zeitung nur aus gut der Hälfte aller Länder. Daran hat sich über die letzten zwei Jahrzehnte nicht viel geändert. Schon 1978 konstatierten Kicker und Benedek, daß die Neue Kronen Zeitung über 74 der insgesamt 161 Staaten der Erde nichts berichtet: „Es kann eine deutliche Bevorzugung des geographischen Nahbereichs ... nachgewiesen werden. Es dominieren eindeutig Informationen über Ereignisse in Europa sowie den Ost-West-Konflikt.“[12)]

Nur 54 Länder der Dritten Welt wurden registriert, auf die dann nicht einmal ein Viertel der gesamten Zeilenanzahl entfiel. Die Hälfte davon wiederum wurde von nur fünf Ländern beansprucht. Zu ähnlichen Ergebnissen kommen Angerer/Sturm zehn Jahre später: Von 26 lateinamerikanischen Ländern kommen 13 überhaupt nicht vor. Die Hälfte aller Artikel entfallen auf Brasilien, Mexico und Nicaragua, verantwortlich dafür sind Karneval, Katastrophen und Krieg.[13)]

Innenpolitische Konfliktsituationen, Terrorismus und Krieg machten 1978 beinahe zwei Drittel der außenpolitischen Berichterstattung über die Dritten Welt aus.[14)] Bezieht man auch die übrigen Ressorts mit ein, so zeigt sich die dominierende Rolle der „Chronik", also die Mitteilung unkommentierter Berichte über Katastrophen, Unfälle, Verbrechen und banaler Begebenheiten.

Es wird erkennbar, daß die Dritte-Welt-Berichterstattung der Neuen Kronen Zeitung eine ganz andere, über die reine Information hinausgehende, spezifische Funktion für den Leser hat: Sie leistet „Sozialtherapie" und „Legitimationshilfe" und stützt damit das herrschende Gesellschaftssystem.[15)] Durch Meldungen mit Unterhaltungswert, wie Kuriositäten und Exotisches, Berichte von Mißwahlen und gestrandeten Walen werden die Leser in eine Märchenwelt ohne Verbindung zu ihrer eigenen Realität entführt. Gleichzeitig wird vermittelt, andernorts sei eben alles noch viel schlimmer; die Nachrichten über verheerende Waldbrände, Kinderhandel, Hungersnöte, Karneval und Riesenameisen wirken wie Beruhigungstropfen. Die Distanzierung gelingt: „Zum Glück gibt es das bei uns nicht!". Der eigene Ärger über Schwierigkeiten in der Arbeit oder über verschlechterte Sozialleistungen nimmt sich demgegenüber so unscheinbar aus, daß er nicht zum Problem gemacht wird.

Objekt statt Objektivität

Interviews mit betroffenen Personen werden nicht gebracht, d. h., die Betroffenen kommen nicht zu Wort. In diesem Sinn ist die Berichterstattung „objektiv“: Sie berichtet nicht von den Menschen, sondern über die Menschen, macht sie zum Objekt. Die Handlungsträger sind entweder einfache Menschen oder Künstler und Stars, aber auch Tiere. Über Politiker wird dagegen relativ selten berichtet, was in Anbetracht der aufgezeigten Themeneinfalt apolitisierend wirkt.[16)]

Die Menschen in der Dritten Welt tauchen vorwiegend als Opfer von Unfällen und Naturkatastrophen sowie als Opfer und Täter von besonders grausamen Verbrechen auf. Dabei gilt die Faustregel: Tote haben mehr Nachrichten (Unterhaltungs-) Wert als Lebende. Frauen gehören zu den Konsumartikeln bei Urlaubsreisen, die man(n) – wie früher die „Wilden“ – um ein paar Glasperlen kaufen kann: „In Fidel Castros Kuba geht's moralisch zu“, dabei freute sich ein österreichischer Kuba-Reisender „... schon so auf die rassigen kubanischen Katzen.“ ...„Na, das sind Aussichten“, stöhnt er auf, „wo ich doch schon Parfum, Nylonstrümpfe und Damenuhren als Geschenke eingekauft habe...“ (NKZ 22.11.84)

Gewalt scheint im Alltag der Dritten Welt ein permanentes Phänomen zu sein. Als Ursache wird die allgemeine Gewalttätigkeit der Menschen angeführt. Beispielsweise wird von den rivalisierenden Parteien auf Jamaica berichtet, daß sie beim Auftauchen der Polizei das gegenseitige Feuer einstellen und erst gemeinsam die Polizisten erschießen, bevor sie gegeneinander weiterkämpfen. (vgl NKZ 13.6.84)

Wenn solche Eigenschaften ganzen Bevölkerungsgruppen zugeschrieben werden, verdichten sie sich zu manifesten rassistischen Klischees. So zitierte die Neue Kronen Zeitung den „alten Mexicokenner“ John Huston mit dem Satz: „Es gibt in Mexico – und ich lebe jetzt dort – mehr Banditen als irgendwo sonst auf der Welt.“ (NKZ 20. 5. 84) Erfährt man auch sonst nicht viel über die Lebenslage der Bewohner der Entwicklungsländer, so doch eines: „Armut, keine Hoffnung auf eine bessere Zukunft, aber trotzdem Ausgelassenheit und Lebensfreude.“ (NKZ 13.6.84)

Eine ausführlichere Berichterstattung zum Thema Weltwirtschaft findet in der Neuen Kronen Zeitung nicht statt. Begriffe wie internationale Arbeitsteilung, Auslandsverschuldung, Rohstoffpreisverfall tauchen ebensowenig auf wie Imperialismus, Kolonialismus oder Nord-Süd-Dialog. Dies scheint der einzige Widerspruch des Neuen Kronen Zeitungs-Informationsangebotes zur Einstellung ihrer Leser zu sein, die immerhin zu 46 Prozent angeben, an Wirtschaftsfragen in bezug auf die Dritte Welt interessiert zu sein.

Historische, soziale und naturbezogene Hintergrundinformationen, die eine Voraussetzung zum Verständnis der gesellschaftlichen Realität in der Dritten Welt bilden, bietet die Neue Kronen Zeitung ebensowenig an. Auch Besitz-, Einkommens- und Machtverhältnisse innerhalb der Entwicklungsländer sind kein Thema. Was bleibt noch übrig?

Im folgenden wird anhand der „Hunger-Berichterstattung" der Neuen Kronen Zeitung das prototypische Profil für „Katastrophenjournalismus" mit seiner logischen Konsequenz eines „Spendenjournalismus" dargestellt.[17)]

Hunger als Schicksal

„Bangladesh nach der Sintflut" heißt eine sechsteilige Reportage von Erwin Melchart im November 1988. Sie ist symptomatisch für die Gesamtberichterstattung, denn auf insgesamt zwölf Seiten gibt es keine Überlegungen zu den Ursachen des Hungers, außer der Erwähnung von „Überbevölkerung" und „Naturkatastrophen". „Das Land ist schwer geprüft: 110 Millionen Menschen. Drückende Armut. Und dann kommt noch die große Flut." (NKZ 6. 11. 88)

Hunger wird so zur Naturkatastrophe verfälscht. Seitenlange Schilderungen von Krankheit, Mangel und Tod folgen. Die Serienüberschriften sprechen für sich: „Mein Kind ist tot" (NKZ 9. 11. 88), „Ich weiß nicht, wie es weitergeht" (NKZ 10. 11. 88). Illustriert sind die Beiträge mit großflächigen Fotos ausgemergelter Hungeropfer und dankbarer Spendenempfängerinnen. Der Bildtext dazu: „Überleben gesichert: Familien, die durch die große Flut derzeit kein Einkommen haben, bekommen jeden zweiten Tag von CARE fünf Kilogramm Weizen!" (NKZ 11.11.88). Nicht ein Nachdenken über die Ursachen des Hungers soll durch diese Art der Berichterstattung gefördert werden, sondern Mitleid. Schlechtes Gewissen kann durch Spenden beruhigt werden, für die abschließend geworben wird.

Mit einer derartigen Berichterstattung liegt die NKZ voll im Trend. Auch in anderen österreichischen Tageszeitungen fehlt eine grundsätzliche Auseinandersetzung mit den strukturellen Voraussetzungen des Hungers. Wahlweise werden die akuten Auslöser wie Überschwemmungen, Dürre, Ernteausfälle oder Heuschreckenplagen als Ursachen genannt. Verdeckt bleibt einerseits, daß Hunger keinesfalls plötzlich und unerwartet auftritt, sondern für Millionen Menschen in der Dritten Welt die alltägliche Realität darstellt, andererseits, daß Hunger als Folge des Auseinanderklaffens der Entwicklungsschere entstanden ist, seine Wurzeln vielfach also bis in die Kolonialzeit zurückreichen.

Weitertradiert wird dabei das Klischee vom Bevölkerungswachstum als Hauptursache des Hungers. Statistiken belegen jedoch, daß in den achtziger Jahren weltweit die landwirtschaftliche Produktion stärker angewachsen ist als die Bevölkerung.[18)] Hunger ist also ein Verteilungsproblem und ein Problem der Überschußproduktion in den Industrieländern! Millionen Tonnen Getreide und Soja werden jährlich aus der Dritten Welt exportiert und in der Ersten Welt zur Fleischproduktion an Schweine, Rinder und Hühner verfüttert. Allein Österreich nimmt durch den Konsum von Tee, Kaffee, Kakao, Tabak, Bananen, Futtermittel etc. rund 290.000 Hektar landwirtschaftlicher Nutzfläche in der Dritten Welt in Anspruch.[19)] Damit steht dort weniger Fläche für die Eigenbedarfsproduktion zur Verfügung. Informationen über diese Zusammenhänge rühren aber an die Grundfesten des Weltwirtschaftssystems und bleiben deshalb ausgespart: „Die Berichterstattung dokumentiert auf drastische Weise, wieweit wir das Verdrängen allen Wissens getrieben haben und inwieweit wir diese als „Hunger“ zum Schicksalschlag vernebelte, als „Dürre“ zur Naturkatastrophe umgedeutete fortschreitende Verelendung mitverantworten, sie nicht nur in ferner Kolonialvergangenheit mit eingeleitet haben, sondern tagtäglich durch unser Handeln fortsetzen und verschärfen.“[20)]

Spenden statt Denken

Werden die Menschen aus der Dritten Welt der NKZ-Lesergemeinde durch die vorherrschende „Katastrophenberichterstattung“ als hilflos, arm und elend vorgeführt, so entsteht zwangsläufig ein Bedürfnis nach „Hilfe“. Die Zeitung profiliert sich dabei als dementsprechend engagierte Einrichtung, die sich für einen „guten Zweck“ einsetzt. Das Schielen nach höheren Auflagen und verstärkter Leser-Blatt-Bindung wird gut getarnt.

Der politische und sozio-kulturelle Kontext der Dritten Welt findet in dieser Berichterstattung kaum Berücksichtigung. Im Vordergrund steht die Öffnung der Herzen und der Brieftaschen, d.h., Spendensammlungen für Katastrophenfälle und Hilfsprojekte. Der bevorzugte und fast einzige Öffner ist das Mitleid. Den Betroffenen gegenüber kommt eine latent oder explizit paternalistische Geberhaltung zum Ausdruck, die manchmal rassistische Untertöne annimmt. Eine gehörige Portion Abenteuer erhöht den Unterhaltungswert für die Leser.

Diese Berichterstattung liefert ein typisches Beispiel für den sogenannten „Spendenjournalismus“[21)]. Die Medienmacher erhalten ihre Bestätigung durch die Höhe des aufgebrachten Spendenbetrags. Wiederum bietet eine Neue Kronen Zeitung-Serie von Erwin Melchart über die österreichische „Amazonashilfe“ ein klassisches Anschauungsbeispiel. Der Verein „Amazonashilfe“ kaufte mit Hilfe von Geld- und Sachspenden aus Österreich im peruanischen Pucallpa ein Haus, ließ ein Schiff bauen und dieses mit einer medizinischen Grundausstattung versehen. Damit sollte der Indianerstamm der Shipibos am Rio Ucayali und seinen Nebenflüssen ärztliche und medizinische Betreuung erhalten.

Schon der Titel der Serie läßt Assoziationen mit drohendem Untergang einerseits und den gottgleichen Rettern aus fernen Landen andererseits wach werden: „Österreichische ‚Amazonashilfe' – die Arche Noah der Indianer" (NKZ 9. – 15.11.87). Der erste Teil bringt einen allgemeinen Einstieg und knappen Überblick über das Projekt und die Mitarbeiter. Zahlreich sind die immer wiederkehrenden national-chauvinistischen Selbstbelobigungen: „Ein Schiff unter österreichischer Flagge... Die ‚Pilar-Austria' ist das Schiff der österreichischen ‚Amazonashilfe' ... österreichisches Medikamentenschiff ... Gegen das dunkle Grün hebt sich die Flagge gut ab, unter der das graue Schiff fährt: Rot-Weiß-Rot, mit einem schwarzen Adler in der Mitte. ...Arzt und Krankenschwester aus Österreich ... privates österreichisches Hilfsprojekt" (NKZ 9. 11. 87).

Natürlich lobt sich auch die Zeitung selbst: „... Jungfernfahrt – die ‚Krone' ist dabei." Das verstärkt die Leser-Blatt-Bindung. Schließlich entsteht eine vollständige Identifikation von Projekt, Medium und Nation durch den Satz: „An Bord der Kerntrupp unserer ‚Amazonashilfe'." (NKZ 9.11.89) Das Possesivpronomen steht nicht zwischen Anführungszeichen!

Tibor Zlocha, der Gründer der „Amazonashilfe" wird im zweiten Teil vorgestellt. Die Berufsbezeichnung „Ex-Journalist und Abenteurer" und ein Vergleich mit dem „Abenteurer Fitzcarraldo", bekannt aus dem gleichnamigen Film von Werner Herzog, machen die Person interessant. Seine Motivation für das Projekt, aber auch auf einer Reise „... nicht mehr gegen das Leid tun zu können", machen ihn sympathisch. So ein klasser Bursch kann gar nichts Schlimmes anstellen, auch wenn die Abrechnungen über die „bisher eingelangten 1,8 Millionen Schilling" nicht ganz korrekt waren. Da muß ihn die „Krone" in Schutz nehmen mit dem Zitat: „Ich weiß, meine Buchhaltung war mangelhaft schlampig. Ich habe sowas nie gelernt", wehrt sich Zlocha. (NKZ 10. 11. 87)

Kein Verdacht wegen veruntreuter Spendengelder, wo doch sonst die „Krone" den Mißbrauch öffentlicher Gelder rücksichtslos aufdeckt! In diesem Fall bürgt das Foto von André Heller mit dem Zitat: „Er hat mich motiviert, das zählt für mich". Schließlich zieht sich der Gründer „mit Wehmut" zurück: „Natürlich bin ich enttäuscht. Aber mir geht es nur darum, daß die gute Idee Früchte trägt, daß all die Mühe nicht vergebens war. Ich würde mich am meisten darüber freuen, wenn mein Projekt erfolgreich weitergeht und den Indianern am Rio Ucayali hilft. Bitte, helfen Sie mit und sagen Sie das allen Lesern der ‚Kronen-Zeitung'!" (NKZ 10. 11. 87)

Dritte Welt – Unglaubliche Welt

Wer sind nun die, denen geholfen werden soll? Vorgestellt wurden die Shipibos bereits im ersten Teil als „notleidende Indianer" (NKZ 9. 11. 87). In den großflächigen Fotos zum vierten Teil der Serie wird vor allem das folkloristische und exotische Element in den Vordergrund gestellt. Außerdem sind sie neugierig und unwissend wie kleine Kinder: „Schüchtern lugen sie in die Kommandobrücke, tasten ans Steuerrad, gehen vorsichtig ins Innere, ... sichtlich beeindruckt vom großen Motor im Maschinenraum ... da stehen sie im Bauch des Schiffs mit staunenden großen Augen." (NKZ 12. 11. 87)

Im dritten Teil der Serie wird die Wildheit und Fremdheit dieser Urwaldbewohner betont. Der Autor hat eine Begegnung der steinzeitlichen Art: „Der alte Shipibo beugt sich über sein krankes Enkelkind, legt es auf eine Decke am Boden der Veranda, singt, beschwört und nimmt einen tiefen Zug dunkler Flüssigkeit aus einer mitgebrachten Flasche. Dann saugt er mit dem Mund am prallen Bauch des Mädchens. So nimmt der Großvater alles ‚Schlechte', aus dem kleinen, kranken Körper, glauben die Shipibos. Plötzlich schaut er auf, dreht sich um, eilt in den Garten und erbricht einige Male heftig – das ‚Schlechte' ist weg.

Erschöpft von dieser ‚Behandlung' wendet sich der Medizinmann an die weiße Krankenschwester, die dem Treiben entgeistert und interessiert zugesehen hat und bittet sie um ein paar Tabletten ‚weißer' Medizin – zur Sicherheit. Wann das war? Vor zwei, dreihundert Jahren? Nein: Genau am 27. Oktober 1987. In der pulsierenden, kleinen 90.000-Seelen-Stadt Pucallpa, am Rio Ucayali. Im Amazonas-Tiefland, Peru." (NKZ 11. 11. 87)

Nach dieser dramatischen Schilderung ist das Bild von der Andersartigkeit und Unberechenbarkeit dieser Urwaldbewohner vorgezeichnet. Auch die nachgestellten Bemerkungen, die Shipibos lebten heute „von kommerziell orientiertem Ackerbau" und würden „Fischfang nach modernen Methoden" betreiben, kann daran kaum mehr etwas ändern. Der Autor läßt auch keinen Zweifel daran aufkommen, daß es sich bei dem medizinmännischen „Treiben" nur um einen Aberglauben der Shipibos handelt. Damit bleiben sie auf jeden Fall hilfsbedürftig, wird auch die Notwendigkeit des Projektes wiederum bestätigt.

Um keine Kritik am Projekt der „Amazonashilfe" üben zu müssen, nimmt der Autor selbst grobe Widersprüchlichkeiten in Kauf. Eine häufige Krankheits- und Todesursache bei Kindern scheint der Wurmbefall zu sein. Als Ursache dafür werden die schlechten hygienischen Lebensbedingungen erkannt und beschrieben: „Die Menschen in den Dörfern verrichten ihr Geschäft gleich hinter ihren Häusern, in den Randzonen des Urwaldes. Auf den grasbewachsenen, beschatteten Böden leben diese Wurmlarven aus den Fäkalien weiter. Die Indiokinder laufen barfuß, sitzen im Gras. Die Wurmlarve dringt blitzschnell in die Haut ein …" (NKZ 13. 11. 87) Anstatt Latrinen zu bauen oder den Kindern zu einem Schutz ihrer Füße zu verhelfen, verteilt die „Amazonashilfe" Tabletten gegen die Würmer. Der Autor erkennt: „Klar: Diese Kinder werden sich wieder infizieren – aber das wird nie mehr so schlimm wie vorher." (ebd.) Und weiter: „Man müßte mit unserem Medikamentenschiff, der

‚Pilar-Austria‘, alle zwei Jahre, wie nach einem Fahrplan, die Dörfer besuchen.“ (ebd.) Eine Maßnahme, über die sich vor allem die Pharmaindustrie freuen dürfte, wäre dadurch doch ein kontinuierlicher Absatz ihrer Produkte gewährleistet.

Symptombekämpfung statt Ursachenforschung lautet das Motto der Berichterstattung und scheint demnach auch der Ansatz des Hilfsprojektes zu sein. Der peruanische Gesundheitschef der Region schildert seine Schwierigkeiten: „Wir haben Impfprogramme gegen Malaria, Masern, Kinderlähmung, Tbc, Diphtherie, Tetanus. Aber wir können nicht impfen. Wir kommen nicht hin bis zu diesen Menschen. Aus Lima haben wir zwei Aluminiumboote bekommen. Aber keine Motoren! Wir können nicht fahren. Wir haben Sanitätsposten in den Dörfern errichtet. Aber wir haben keine Medikamente! Wir haben in Bolonesi, zwei Tagesreisen stromab, ein kleines Urwaldspital gebaut. Aber wir haben dafür kein Personal!“ (NKZ 15. 11. 87)

Die sich aufdrängenden Fragen bleiben vom Journalisten im Dschungel unbeantwortet: Wozu verwendet der peruanische Staat sonst sein Geld? Für Waffenkäufe? Zur Bezahlung der Auslandsschulden? Für notwendige Nahrungsmittelimporte, weil Fische verarbeitet und als Fischmehl zur Tierfütterung in die europäischen Schweineställe exportiert wird? Kein Wort über die Hintergründe ist zu finden, entwicklungspolitische Zusammenhänge herzustellen bleibt den Lesern selbst überlassen.

Der „Kerntrupp“ (NKZ 9. 11. 87) macht sich dagegen Sorgen über die ästhetischen Folgen von Krankheiten: Ein Shipibo ist von Parasiten befallen, die ein Loch in seine Nase gefressen haben, die Krankheit endet oft tödlich. Doktor Stemberger rät: „Das Beste wäre, wir würden ihn nach Wien bringen. Es ist eine langwierige Behandlung, die eine ständige Herzkontrolle erfordert. Außerdem könnten sich nachher, wenn die Zersetzung des Gewebes gestoppt ist, die plastischen Chirurgen seiner Nase annehmen. Die machen heute so was perfekt. Sieht aus wie neu.“ (NKZ 14. 11. 87). Im Amazonasurwald scheint die Medizinerwelt noch in Ordnung zu sein. Das Bild von den „Halbgöttern in Weiß“ geht eine Personalunion ein mit dem Bild der Götter, das die Amerikaner von den ersten Kolonisatoren gehabt haben könnten: „Täglich kommen Indianer in die ‚Casa Austria‘. Voll Vertrauen suchen sie Hilfe gegen ihre Schmerzen bei den Österreichern.“ (NKZ 14.11.87)

Im siebten und letzten Kapitel drückt der Autor noch einmal kräftig auf die Tränendrüse, um nur ja kein Portemonnaie ungeschoren zu lassen. Als Titel prangt in großen Lettern: „So können wir helfen!“ (NKZ 15.11.87). Darüber zeigt eine Fotomontage einen Kinderfriedhof, wo ein Totengräber Gruben auf Vorrat aushebt, überlagert vom so oft mißbrauchten Bild des dürren Kleinkindes mit den ängstlich blickenden großen Augen. Direkt darunter finden sich die Kontonummern. Im Artikel wird am Schluß nochmals Doktor Stemberger zitiert: „... bitten wir Sie, liebe ‚Kronen-Zeitung‘-Leser, helfen auch Sie mit, dieses Projekt zu sichern. Für den guten Namen Österreichs in der Welt, für die Kinder am Rio Ucayali!“ (NKZ 15.11.87)

Beachtenswert ist die Reihenfolge der Motive! Der Autor fügt den Schlußsatz hinzu, der wie ein Sonderangebot und eine Kaufaufforderung – solange der Vorrat reicht – klingt. Zu kaufen gibt es ein gutes Gewissen: „Für hundert Schilling – Leben für ein Indiokind.“ (ebd.)

Solidarität – die andere Welt

Humanitäre Hilfe gilt der Neuen Kronen Zeitung als unterstützenswert, politische Solidarität hingegen ist suspekt und wird nicht in die Berichterstattung einbezogen. Eine Ausnahme bildet ein „Staberl“-Kommentar, in dem der Kolumnist Richard Nimmerrichter den Aufruf der sozialistischen Fraktion der Tiroler Arbeiterkammer zur Unterstützung von Erntebrigaden in Nicaragua zum Anlaß nimmt, offen gegen eine Solidaritätsbewegung zu polemisieren (vgl. NKZ 20.4.84).

Durch die Betonung der Scheinalternative: Unterstützung für notleidende Österreicher oder materielle Solidarität mit der nicaraguanischen Revolution, versucht „Staberl“ nationalistische Emotionen zu schüren und den Erntebrigadisten (und der Arbeiterkammer) Gleichgültigkeit gegenüber den sozialen Problemen in Österreich zu unterstellen. Er verweist darauf, daß die geplante Hilfeleistung nicht etwa „notleidend gewordenen österreichischen Werktätigen“, „unseren Arbeitslosen“ oder „schwer um ihre Existenz ringenden österreichischen Bauern“ gilt. Vielmehr wollen die Brigadisten „auf den Kaffeeplantagen nicaraguanischer Revolutionäre“ – also nicht etwa notleidender Bauern oder Landarbeiter – „mithelfen“ und „zusammen mit Fidel Castro und der friedliebenden Sowjetunion der sandinistischen Revolution in Nicaragua auf die Sprünge helfen“ (NKZ 20.4.84). Damit ist die Solidaritätsbewegung für Nicaragua ins kommunistische Eck gestellt und die Leser wissen, wovon sie ihre Finger lassen sollen.

Dennoch ist das Nachrichtenbild der Neuen Kronen Zeitung nicht ganz einheitlich. So hat sie auch Kolumnen des österreichischen „Alt-Grünen“ Günther Nenning abgedruckt. Unter dem Titel „Tote Seelen“ liefert der Autor am 29. 5. 89 ein Musterbeispiel für einen entwicklungspolitisch engagierten Artikel. Aus Anlaß des Beschlusses von Zollsenkungen für Tropenholzimporte im österreichischen Nationalrat, der später von der Umweltministerin als falsch erkannt und wieder rückgängig gemacht wurde, geht Nenning in zwei Spalten auf die entwicklungspolitisch relevanten Themen, die mit dem Problem der Regenwaldabholzung in Zusammenhang stehen, ein. Ein Zusammenhang wird hergestellt zwischen dem Konsumverhalten der österreichischen Normalverbraucher und der drohenden Zerstörung der Regenwälder in Lateinamerika und Ostasien, zwischen kleinkarierter nationaler Politik, egoistischen „Entwicklungshilfeprojekten“ und der Vernichtung von Kleinbauern und Indianervölkern in Brasilien. Auch die brennende Frage der dringend notwendigen Landreform sowie der Zwang zur Zerstörung durch den Druck der Schuldenzahlungen werden nicht ausgelassen.

Nennings Artikel provoziert nicht nur die kritische Hinterfragung traditioneller „Entwicklungspolitik“, sondern appelliert an die Leser, ihr eigenes Verhalten zu überdenken. Er ist aber leider die Ausnahme. Generell ist die Berichterstattung quantitativ nicht ausreichend und qualitativ verzerrt.

Damit soll nicht gesagt sein, daß allgemein keine Spielräume vorhanden wären. Beispiele aus der jüngsten Mediengeschichte Österreichs zeigen, daß kosmetische Korrekturen durchaus möglich sind. So hat das Erscheinen des „Standard“ zu einer zumindest quantitativen Zunahme der Wirtschaftsberichterstattung über die Dritte Welt geführt. Die „Salzburger Nachrichten“ wiederum publizieren seit kurzem monatlich eine „Dritte-Welt-Seite“.

Angesichts der derzeit vorherrschenden Osteuropa-Euphorie in allen Bereichen des politischen Lebens in Österreich und der raschen Umorientierung nach Osten – der ORF hat sein Korrespondentennetz in Osteuropa rasch erweitert und die gesellschaftskritische (häufig auch über Dritte-Welt-Themen informierende) Reihe „betrifft“ durch ein Europa-Magazin ersetzt – drohen diese kleinen Verbesserungsansätze in der großen Flut zu ersticken.

Auch der Spielraum für entwicklungspolitische Bildungs- und Informationsarbeit, die einen Beitrag zur Gegenöffentlichkeit leisten will, wie sie u.a. vom österreichischen Informationsdienst für Entwicklungspolitik (ÖIE) geleistet wird, schrumpft. Die staatlichen Mittel wurden in den letzten Jahren gekürzt, auf die Stimme der Dritten Welt wird noch weniger gehört denn je. Als Bewohner der Industrieländer stehen wir jedoch vor Herausforderungen, die grenzüberschreitend und global sind: Schuldenkrise, ökologisches Desaster, endliche Energiereserven, Nahrungsmittelversorgung – das sind Probleme, die wir nur gemeinsam mit der Dritten Welt lösen können.

Eine wesentliche Rolle bei der Bewußtmachung der Zusammenhänge und bei der Verbreitung von Lösungsansätzen kommt den Medien zu. Je größer ihre Macht, je größer ihr Einfluß, desto größer auch ihre Verantwortung in diesem Bereich.

Die Neue Kronen Zeitung als relativ größte Tageszeitung der Welt – gemessen an der Bevölkerungszahl – kommt ihrer gesellschaftlichen Verpflichtung in der Berichterstattung über Nord-Süd-Beziehungen keinesfalls nach. Im Gegenteil: Sie zementiert die Kirchturmmentalität der Österreicher und Österreicherinnen und stärkt das „Wir sind wir"-Gefühl. Die „Insel der Seligen" ist allemal der Nabel der Welt. Ein paar Brosamen und Almosen für die Ärmsten können wir uns gerade noch leisten, vor allem, wenn die Empfänger dann zu Hause bleiben und nicht als Flüchtlinge zu uns kommen.

Anmerkungen:

1) Ernst Trost: Geleitwort zu Hans Dichand: Kronen Zeitung. Die Geschichte eines Erfolgs. – Wien 1977, S 9.
2) vgl. z.B. Eduardo Galeano:Die offenen Adern Lateinamerikas. Die Geschichte eines Kontinents von der Entdeckung bis zur Gegenwart. – Wuppertal: Hammer 1983;
oder: Gerhard Pfeisinger, Stefan Schennach (Hg.): Kolonialwaren. Die Schaffung der ungleichen Welt. – Göttingen: Lamuv 1989
3) So besteht z. B. im Finanzbereich seit 1984 eine Umkehrung des Nettokapitaltransfers: Im Jahr 1989 flossen rund 60 Milliarden US-Dollar aus der Dritten Welt in die Erste zurück.
4) vgl. Werner Meier: Ungleicher Nachrichtenaustausch und fragmentarische Weltbilder. Eine empirische Studie über Strukturmerkmale der Auslandsberichterstattung. – Bern: Lang 1984, S. 105-107
5) Johan Galtung: Eine strukturelle Theorie des Imperialismus. In: Dieter Senghaas (Hg.): Imperialismus und strukturelle Gewalt. Analysen über abhängige Reproduktion. – Frankfurt/M.: Suhrkamp 1972, S.59.
6) Lois Pluschkowitz, Regina Sailer: Wer hat Angst vor Nicaragua? Eine inhaltsanalytische Untersuchung der Nicaragua-Berichterstattung in der „Neuen Kronen Zeitung" und den „Salzburger Nachrichten". In: Die Dritte Welt in den Massenmedien. – Salzburg: 1985 (Arbeitsberichte des Instituts für Publizistik und Kommunikationswissenschaft der Universität Salzburg, Band 11), S. 74-107, hier S. 78.
7) Daniel Glass: „Die Pygmäen sind ein hartgesottenes Völkchen". Das Bild der Dritten Welt in bundesdeutschen Zeitungen. In: Medium 6 (1980) S.22
8) Daniel Glass: Die Dritte Welt in der Presse der Bundesrepublik Deutschland. Eine ideologiekritische Fallstudie. – Frankfurt: Haag und Herchen 1979, S. 16. Daß diese Aussage weitgehend auch auf die österreichischen Tageszeitungen zutrifft, wurde in einigen empirischen Untersuchungen belegt (vgl. dazu: Die Dritte Welt in den Massenmedien, a. a. O., wo sich einige studentische Forschungsarbeiten finden, sowie: Roland Angerer,

Walter Sturm: Das Bild Lateinamerikas in Österreichs Tagespresse. Eine ideologiekritische Inhaltsanalyse der Lateinamerika-Berichterstattung österreichischer Tageszeitungen. – Salzburg: Diss. 1988)

9) vgl. dazu: Heinz Nußbaumer: Die Dritte Welt in österreichischen Massenzeitungen. In: Medienjournal 12 Jg. /2/1988, S. 70-75; und: Erhard Stackl: Auf der Suche nach Realität. In: Die Dritte Welt in den Massenmedien, a. a. O., S. 162-170.

10) Die folgenden Daten stammen aus: Medienbild und Wirklichkeit. Studie über den Zusammenhang von Dritte-Welt-Berichterstattung und Meinungsbildung. Durchgeführt vom Institut für Publizistik und Kommunikationswissenschaft der Universität Salzburg, Projektleitung Kurt Luger. – Salzburg: Januar 1990

11) vgl. österreichische Forschungsstiftung für Entwicklungshilfe (Hg.): österreichische Entwicklungspolitik. Die öffentliche Entwicklungshilfe 1984-1988. – Wien: ÖFSE 1989.

12) Renate Kicker, Wolfgang Benedek: Die außenpolitische Berichterstattung der Neuen Kronen Zeitung. Eine empirische Untersuchung des Jahres 1978. – Graz: Leykam 1981, S. 79.

13) vgl. Angerer/Sturm 1988, a. a. O., S. 170.

14) vgl.Kicker/Benedek 1981, a. a. O., S. 73 – 76, eigene Berechnungen.

15) Holzer nennt drei Gebrauchswertansprüche der Rezipienten, die die Medien in kapitalistisch verfaßten Gesellschaften erfüllen müssen: „Wissensvermittlung", d. h., Orientierungshilfen, um entscheidungskompetent und handlungsrelevant informiert zu sein; „Sozialtherapie", d. h., Kompensationsmöglichkeiten für die Defizite und Zwänge, die sich aus der eigenen sozialen Lage ergeben; „Legitimationshilfe", d. h., Unterstützung bei der Deutung, Bewertung und Rechtfertigung/Kritik der Zustände (vgl. Horst Holzer: Kommunikationssoziologie – Reinbek Rowohlt 1979

16) Kemptner führt u. a. eine Tendenz zur „Personalisierung" und einen „respektiven Politikbegriff" der NKZ als Gründe für ihre „apolitisierende Wirkung" an (vgl. Josef Kemptner: Politische Kommunikation in privatwirtschaftlich organisierter Presse. Die Frage nach ihrer Nützlichkeit am Beispiel der „NEUEN KRONEN ZEITUNG". – Salzburg: Diss 1975. Zit. nach: Kicker/Benedek 1981, a. a. O., S. 31)

17) Die Beispiele stammen aus: Medienbild und Wirklichkeit. Studie über den Zusammenhang von Dritte-Welt-Berichterstattung und Meinungsbildung. Durchgeführt vom Institut für Publizistik und Kommunikationswissenschaft der Universität Salzburg, Projektleitung Kurt Luger. – Salzburg: Januar 1990 und aus: Angerer/Sturm 1988, a. a. O.

18) vgl. Weltbank 1989, a. a. O.

19) vgl. Günther Achleitner: Der kolonialisierte Geschmack. Unsere Agrarbeziehungen zur Dritten Welt (Teil II). In: Entwicklungspolitische Nachrichten (EPN) Nr. 3, März 1990, S. 33 – 34

20) Heinrich von Nussbaum: Nackt im Wind. Das Medienspektakel „Ein Tag für Afrika". In: Medium, Heft 2, 1985, S. 5 – 7

21) vgl. Kurt Luger: Vom kritischen Bewußtsein zum solidarischen Handeln. In: österreichische Zeitschrift für Politikwissenschaft, Heft 2, 1986, S. 171 – 182

Gregory Malcolm

Am Busen des Erfolges: Hans Dichand

Ein Interview

Der entscheidende menschliche Faktor in der Neuen Kronen Zeitung beginnt und endet bei Hans Dichand, dem Mit-Gründer, Eigentümer und Herausgeber der Neuen Kronen Zeitung. Hans Dichand „ist" wie kein anderer die Neue Kronen Zeitung. Seit den Anfängen der Zeitung im Jahr 1959 hat Hans Dichand alle wichtigen Entscheidungen, welche die Leitung, das Konzept, und die Herausgabe der Zeitung betrafen, getroffen. Diskussionspunkte eines Gesprächs mit ihm am 17. März 1990 waren das Gesamtkonzept der Neuen Kronen Zeitung, die bestimmenden Einflüsse darauf und die Veröffentlichung halbnackter Frauen in der Krone.

Interview mit Hans Dichand

Können Sie das Konzept der Kronen Zeitung bitte kurz erläutern?

Das Konzept der Kronen Zeitung war von Anfang an, anzuschließen an eine österreichische Tradition der Volkszeitung, der kleinformatigen Tageszeitung.

1900 ist die Zeitungssteuer abgeschafft worden, und da hat also ein Mann, Davis hat er geheißen, die Idee gehabt, eine Zeitung für eine breite Masse, für das Volk – eine Volkszeitung – zu schaffen. Früher war ja das Zeitunglesen eine Angelegenheit der eher Wohlhabenden, weil eben die Zeitungssteuer die Zeitung so teuer gemacht hat. Nun, auf einmal, konnte man jetzt auch billige, im Preis billge, Zeitungen für die Konsumenten machen. Er hat erkannt, daß sich nun der Kreis der Zeitungsleser sehr vergrößern würde. Und so hat er zum ersten Mal 1900 diese kleinformatige Zeitung gemacht. Also erst einmal das kleine Format, weil er erkannt hat, daß er sie billiger machen kann, und weil sie leichter lesbar war. Das kleine Format ist günstig. Das hat also dieser Davis damals erkannt, und das hat also zum Grundkonzept gehört.

Der zweite Punkt im Grundkonzept ist die Unabhängigkeit der Zeitung, die Unabhängigkeit von den politischen Parteien, auch von Gewerkschaft und Kirche, eine liberale Zeitung. Die Kronen Zeitung war eine liberale Zeitung, immer ganz unabhängig. Und der dritte Punkt ist der große Unterhaltungsfaktor, eine gut geschriebene Zeitung mit einem Unterhaltungsfaktor.

Dieses Konzept haben wir 1959 wieder aufgenommen. Das kleine Format, die Unabhängigkeit und den Unterhaltungsfaktor. Eine geschriebene Zeitung mit guten Schreibern. 150.000 haben wir in den ersten Tagen verkauft – was sehr viel ist natürlich – und dann ist es heruntergezogen auf 25.000, weil die Leute gesagt haben: „Das ist nicht mehr die alte Kronen Zeitung". Aber die alte Kronen Zeitung mit den gezeichneten Bildern auf der ersten Seite und drinnen konnten wir ja nicht mehr machen. Die Zeit war ja weitergegangen. So mußten wir die Leute erst an eine moderne Form der Kronen Zeitung gewöhnen.

Gab es irgendwann einmal eine Zusammenkunft, bei der man Vorbilder für diese neue Zeitung besprochen hat?

Ja, das gab's schon. Das gab's vor allem bei den Kolumnisten. Ich habe also einen Eindruck aus den Studien amerikanischer Zeitungen gewonnen. Ich habe mir vorgestellt, das neue Konzept müßte aufgebaut sein auf eine geschriebene Zeitung und habe gesehen, was die Kolumnisten bedeuten für die amerikanische Presse, aber auch für die englische Presse. Beim „Daily Mirror" in London war ein Kolumnist, der hieß Cassandra, also unter dem Pseudonym Cassandra, der war wahnsinnig deutschfeindlich in einer demagogischen Art, aber ich habe gesehen, wie er die Leute mitgerissen hat. Ich habe auch jeden Tag Zeitungen besichtigt in Amerika, den Vertrieb, die Redaktionen und so weiter, überall war ich, und in England auch, all das hat auf mich doch großen Einfluß gehabt.

Die ersten Beispiele von Frauen „oben ohne" erschienen 1964, obwohl sie mit Balken verdeckt waren. Erinnern Sie sich noch an diese Zeit?

Schauen Sie, es ist so. Ich hab' immer gemeint, ich bin ein sehr frauenbetonter Mensch an und für sich. Ich hab' immer gemeint, daß Frauen eine gewisse Rolle spielen sollten. Zeitungen sind in erster Linie immer für Männer gemacht gewesen, und das hat mir nie gefallen. Ich hab' immer gesagt, Frauen sind ebenfalls Zeitungsleserinnen, und vielleicht muß man sie mehr gewinnen, muß mehr für sie tun. Aber mit nackten Frauen gewinnt man ja Frauen nicht. Das meine ich nicht damit. Also die Rolle der Frauen: Ich habe immer mehr weibliche Redakteurinnen gehabt als andere Zeitungen. Ich hab' immer das weibliche Element gepflegt und habe es auch für die Männer gepflegt.

Ich bin davon ausgegangen, daß also ein Hauch von Sex wichtig ist, zum Unterhaltungsfaktor gehört. Und deshalb habe ich immer wie der Zeitgeist war (gehandelt), und wie die Zeit reif war für „oben ohne", haben wir auch „oben ohne" gebracht. Wir haben es nicht eingeführt, und es hat auch viel Opposition gegeben dagegen. Auch die Priester haben gesagt, „das geht doch nicht" und so weiter. Auch gerade an der Spitze, wie der Kardinal König oder der jetzige Kardinal – das sind Leute immer, mit denen ich fast befreundet bin – und die sagen mir oft, „ja muß das denn sein?", und ich erklär' es ihnen, und die sind damit zufrieden und sagen nichts.

Und was erklären Sie ihnen?

Ich erkläre ihnen, daß das heute eine Zeiterscheinung ist. Man findet nichts mehr daran. Wie es gekommen ist, wir haben das ja nicht eingeführt. Es wäre interessant zu untersuchen, wie es möglich war in einem Land wie Amerika, wo die Frauenverbände so puritanisch und so stark waren, daß sie die Filme beeinflußt haben, und jeder Zentimeter Badeanzug und jeder Kuß genau zensuriert wurde, wie es geschehen konnte, daß sich das fast über Nacht geändert hat. Warum? – Die Frauenvereine gibt es heute auch noch. Sie sind plötzlich schwach geworden. Sie könnten sich gegen den Zeitgeist (wenden) – und den Zeitgeist machen nicht die Zeitungen – der Zeitgeist, das ist eine Summe von Entwicklungen und Erscheinungen, die man nicht so genau definieren kann – aber die Tatsache ist, daß eines Tages die Zeit reif war für „oben ohne- Mädchen". Sie ist noch nicht reif für „unten ohne". Deshalb halten wir das ein.

Und als Katholiken machen wir auch das Zugeständnis, daß wir in der Fastenzeit, jetzt, in der Osterwoche, im Advent, also in der Vorweihnachtszeit, keine Nackten bringen. Das gefällt wieder der Kirche, nicht wahr, und sie drückt dann ein bißchen ein Auge zu auch für die übrige Zeit.

Und diese Entscheidung „wir bringen keine Nackten in der Kronen Zeitung" ist hauptsächlich von Ihnen getroffen worden?

Ja, ja freilich.

Haben Sie ein bestimmtes Vorbild gehabt? Die „oben ohne-Mädchen" kommen ja hauptsächlich aus England.

Ja, ja hab' ich schon. Die kommen alle aus England. *Daily Mirror* hat die immer schon gebracht und diese Boulevard-Zeitungen. *Daily Mirror, The Sun,* die haben das früher gebracht, vor uns. Und ich hab' gesehen, daß es wichtig ist. Und hab' mir gedacht, daß dieses Element fehlt in den österreichischen Zeitungen. Bringen wir es auch. Als Folge ist eingetreten, daß es so ein Begriff geworden ist, das „Mädchen von Seite 5" oder die „Nackte von Seite 5".

Die nackten Frauen sind meistens auf den Auslandsseiten. Mir ist aufgefallen, daß dort auch oft ein Tierfoto abgedruckt ist, ein Kinderfoto manchmal …

Mädchen, Kinder, Tiere. Das bestimmt unsere Fotos. Das ist unsere Parole: „Mädchen, Kinder, Tiere". Keine Autowracks von Unfällen, wenig Politiker, wenig Männer. Mädchen, Kinder, Tiere sehen die Menschen lieber an. Macht ihnen mehr Freude. Mädchen, Kinder, Tiere. Auch für Tiere haben wir ja besonders viel übrig.

Gab es eigentlich Studien, die festgestellt haben, daß Fotos von Kindern, Frauen und Tieren besonders unterhaltsam sind?

Es gab keine Studien dafür, aber wir machen diese Zeitung – und das ist wie angewandte Psychologie. Wir machen es nach unserem Dafürhalten. Wir glauben, daß wir den richtigen Instinkt entwickeln dafür, und da brauchen wir kein Meinungsforschungsinstitut. Es gibt keine Studien. Wir machen es so, wie wir es uns vorstellen. Wir improvisieren.

Erinnern Sie sich noch, wann diese Entscheidung getroffen wurde, Fotos von Mädchen, Kindern und Tieren in der Kronen Zeitung abzudrucken?

Von Anfang an. „Kinder, Tiere, Mädchen" war von Anfang an unsere Parole. Also dieses Konzept – wenn Sie fragen, wann und wie und so – das wird bei uns hier improvisiert. Wir wissen nicht gerade, wann das begonnen hat, sondern das beginnt langsam aus unserem Gefühl heraus für die Zeitung. Die Zeitung lebt ja immer, sie entwickelt sich immer weiter, wehe, wenn sie stehenbleiben würde. Man hat gespürt, es ist so weit. Am Strand liegen die Frauen plötzlich „oben ohne". Wenn sie eines Tages nicht mehr „oben ohne" daliegen würden, wäre das ein Signal für uns, aufzuhören mit den nackten Mädchen.

Erinnern Sie sich an Reaktionen von damals, an Leserbriefe?

Bis heute gibt es solche Briefe. Es kommen Briefe, wie von den Soldaten, die sagen, „neue Mädchen wollen wir haben". Andere wieder, „könnt' ihr nicht aufhören, habt ihr das notwendig – so eine große Zeitung – solche nackten Mädchen zu bringen? – außerdem hat die einen zu großen Busen, die ihr heute drinnen habt". Die kritisieren das auch sehr: „Wie soll denn das uns gefallen". Und deshalb ist das Aussuchen (auch so schwierig). Es kommt ganz darauf an, man muß ganz genau schauen, man muß sich identifizieren können. Mit der Zeitung, aber auch mit diesem Bild. Als Mann muß man sich die wünschen. Es darf nicht eine sein, die einen abstößt. Und so muß es halt irgendein Mittelmaß sein. In Amerika müßten sie wahrscheinlich größere Busen haben, womit das zusammenhängt weiß ich nicht, ich sehe es nur im dortigen *Playboy*. Aber da geht es jetzt auch zum kleineren Busen … Also das sind die Dinge, die wir nicht studieren, aber die wir plötzlich empfinden. Und dann darf man nicht zu weit gehen, es darf nicht pornographisch werden. Das wäre ganz falsch. Dann kann das Blatt nicht mehr in der Familie liegen. Es soll eine Familienzeitung sein.

Ist es gesetzlich festgeschrieben, was pornographisch ist?

Nein. Es gibt ein Pornogesetz, aber das wird eigentlich gar nicht eingehalten in Österreich. Sie können in Österreich Pornofilme sehen, die verboten sind. Es gibt Gesetze in diesem Land, die nicht mehr eingehalten werden. Aber das ist wahrscheinlich überall in der Welt so.

Und wo liegen für Sie die Grenzen?

Die Grenzen? „Unten ohne", liegt die Grenze. Und im Geschmack, im guten Geschmack.

Und Sie sind der Entscheidungsträger, der sagt, was geht und was nicht geht?

Ja.

Sie haben viel von Improvisation gesprochen, aber wer oder was ist das Ziel Ihrer Marketingstrategie?

Das Ziel ist die Auflage und der Erfolg damit. Erfolg. Wir rennen dem Erfolg nach. Das ist klar.

Gab es denn den Beweis, daß dieses Konzept der Kronen Zeitung die Auflage sehr stark beeinflußt hat?

Wir glauben, daß unser Konzept sich als richtig erweist, durch den Erfolg, den wir haben. Durch die Auflage und durch den finanziellen Erfolg. Niemand hat nur annähernd so viel Erfolg. Die nächstgrößere Zeitung ist um 2/3 kleiner. Der Kurier hat nur 1/3 unserer Auflage. Wir haben ungefähr so viel, wie alle anderen zusammen, an Auflage. Also irgendwas muß dann an dem Konzept doch gestimmt haben.

Nachwort

Das obige tonbandprotokollierte Interview fand am 17. März 1990 statt, dem 16. Tag der katholischen Fastenzeit. Dichand wies deutlich darauf hin, daß in der Fastenzeit keine Fotos halbnackter Frauen in seiner Zeitung vorzufinden wären: "...als Katholiken machen wir auch das Zugeständnis, daß wir in der Fastenzeit, jetzt in der Osterwoche, im Advent, also in der Vorweihnachtszeit, keine Nackten bringen."

Zur Zeit des Interviews lief gerade die Druckerpresse der Neuen Kronen Zeitung an, um die Ausgabe des folgenden Tages zu drucken. Als ich später am Abend meine Notizen des Interviews in einem Wiener Beisl durchsah, ging ein Zeitungsverkäufer an meinem Tisch vorbei. Ich gab ihm sieben Schilling und schlug die Seite 5 auf. Zwei Lamas und ein zweieinhalbjähriges Kind – alles normal. Ich blätterte auf Seite 7 und blickte auf den Busen einer jungen Frau. Sie war halbnackt.

Gregory Malcolm

Die nackte Wahrheit: Die Mädchen auf Seite 5

Im September 1990, vier Wochen vor Vollendung dieses Beitrages, erschien das Buch des Autors Georg Markus, „Schlagzeilen, die Österreich bewegten. Das Jahrhundert der ‚Kronen Zeitung' 1900 – 1990". Natürlich warb die Kronen Zeitung intensiv für dieses Buch. Unter anderem sollte offensichtlich der Versuch unternommen werden, die Leserschaft glauben zu machen, daß Fotos halbnackter Frauen „schon immer" in der Kronen Zeitung abgedruckt wurden. Beispielsweise bringt das Buch das Foto eines „Oben-ohne-Mädchens", das angeblich so 1964 in der Kronen Zeitung abgedruckt gewesen sein soll. Dieses Foto erschien aber niemals in der Krone. Es war einer der größten Konkurrenten der Kronen Zeitung, nämlich der „Express", der ein ähnliches Foto (dasselbe Mädchen nur aus einer anderen Perspektive aufgenommen) veröffentlichte. Der „Express" stellte das Mädchen aber auch nicht oben-ohne dar, sondern versah das Bild mit einem Balken.

Zum Höhepunkt der Erörterungen des Themas „Minikini" kam es in den europäischen Zeitungen in der letzten Juniwoche des Jahres 1964, als der neue Badeanzug und andere Oben-ohne-Modeartikel aus Amerika importiert wurden. Damals erschien auch das erste, einiges Aufsehen erregende Foto einer oben unbekleideten Frau. Am 27./28. Juni 1964 veröffentlichte die Wochenendausgabe der „Hamburger Morgenpost" das Bild einer jungen Frau, die einen „Oben-ohne-Bikini" trug. Die „Hamburger Morgenpost" behauptete, ein Fotograf der Zeitung sei gerade dazugekommen, als ein 21-jähriges Mädchen, „mit

Sicherheit das erste Mädchen Deutschlands, eine öffentliche Badeanstalt ‚oben-ohne' besuchte". Für die Zeitungsherausgeber war dies ein bahnbrechendes Ereignis.

Andere Zeitungen hingegen zeigten mehr Diskretion. Wenn Mannequins oder andere Frauen, die der „Oben-ohne-Mode" frönten, gezeigt wurden, verwendeten die meisten Zeitungen Zensurbalken oder sorgfältig ausgesuchte Fotografien, auf denen die Brustwarzen nicht zu sehen waren. Das Bild in der „Hamburger Morgenpost" und die dazu im Gegensatz stehende Diskretion anderer Zeitungen zeigte deutlich, daß sich keine einheitliche Linie oder allgemein gültiger Kodex in der Darstellung nackter Frauenoberkörper durchgesetzt hatte.

Rückblickend betrachtet mag es als Ironie des Schicksals erscheinen, daß jene Person, die in den 60er Jahren für das Ereignis, welches das Thema Nacktheit weltweit auf die Titelseiten der Zeitungen brachte, ein Österreicher war. Er hieß Rudi Gernreich. In Wien geboren und nach Amerika ausgewandert, ließ er sich im Süden Kaliforniens nieder, wo er mehr Möglichkeiten für seinen Beruf fand. Rudi Gernreich war Modedesigner.

In der ersten Juniwoche des Jahres 1964 trat Rudi Gernreich mit einem Badeanzug an das Licht der Öffentlichkeit, der genau dies im Sinn hatte: mehr zu enthüllen. Der aus einem Stück bestehende Badeanzug hatte ein geschlossenes Unterteil und zwei dünne Träger, die über die Schultern gezogen wurden, wobei der Rücken und die Vorderseite der Trägerin unbedeckt blieben. Dieser Badeanzug war wahrscheinlich die erste moderne Oben-ohne-Modekreation, die von Frauen öffentlich getragen werden sollte. Gernreich nannte sein neues Werk „Minikini".

Gernreichs Kreation erregte schon das Interesse der Medien, als die ersten Stücke noch gar nicht in den Kaufhäusern und Boutiquen zu kaufen waren. Der „Oben-ohne-Bikini" erregte schnell internationales Aufsehen. Je nach Art der jeweiligen Zeitung und des jeweiligen Landes wurde dieser neue Modeartikel durch eine Reihe verschiedener Namen bezeichnet: „Minikini", „Monokini", „Super-Bikini", „Schock-Bikini",

„Bikini-Ohne", „Mezzokini" und „BBB" (Bare Breasted Bikini – Bloßer Busen-Bikini).

Gernreichs Kreation entfachte eine grundsätzliche Debatte, die den ganzen Sommer 1964 andauern sollte. Die Darstellung weiblicher Nacktheit war das zentrale Thema ungezählter Artikel, Berichte, Diskussionen und Kommentare. Und das in den Zeitungen aller Herren Länder. Österreich war davon nicht ausgeschlossen.

In zahlreichen Leserbriefen, auch an die Neue Kronen Zetung, tat sich viel Empörung kund. Hier nur ein Beispiel:

„In einer Ihrer letzten Ausgaben brachten Sie einen Beitrag unter dem Titel ‚Der Bikini wird nun international' und bezeichneten die ‚busenfreie Welle' als eine Seuche. Gemeinsam mit meinen Kollegen – ich bin Hauptschullehrerin – sind wir der gleichen Ansicht wie Ihr Blatt. Wir fragen uns aber, warum Sie dann überhaupt über diese Seuche berichten? Ich erwarte eine radikale Änderung bei der Auswahl Ihrer Veröffentlichungen."

Anna Picha, Wien IV.

„Liebe Frau Hauptschullehrerin! Die Kronen Zeitung hat sich mit keiner einzigen Zeile für die Einführung und Verbreitung der ‚Oben-ohne-Mode' eingesetzt. Wenn wir darüber berichten, dann erfüllen wir damit unsere journalistische Pflicht, die Leser über alle Vorkommnisse und Erscheinungen unserer Zeit zu informieren. Daß es sich dabei nicht immer nur um sinnvolle und erfreuliche Dinge handelt, liegt nicht an uns! Herzliche Grüße!"

Die Redaktion

Leserbrief und Antwort erschienen am 30. Juni 1964 in der-Kronen Zeitung.

Auf Grund der vielen Briefe im Jahr 1964 versuchte die Kronen Zeitung das erste und einzige Mal sich offiziell für den Abdruck von Nacktfotos zu rechtfertigen. Dabei behauptete die

Zeitung, daß sie nur ihrer journalistischen Pflicht nachkomme. Diese Art von Fotos hatte keine Vorgänger. Mit den Berichten über den Oben-ohne-Bikini betrat die Neue Kronen Zeitung Neuland und brach gleichzeitig mit einigen der herkömmlichen sozialen Tabus. Das Ereignis stimmte mit einem Aspekt des ursprünglichen Blatt-Konzepts überein. Die Minibikini-Berichte waren eine hervorragende Gelegenheit, Fotos junger, hübscher Mädchen an hervorgehobener Stelle herauszubringen. Der Anspruch größtmöglicher Unterhaltung des Lesers war gesichert. Und die Kronen Zeitung mußte zu dem das Risiko eines Tabubruchs nicht auf die eigenen Schultern nehmen. Die tagesaktuellen Ereignisse schafften dies für die Neuen Kronen Zeitung. .

Viele der großen Zeitungen und Magazine der ganzen Welt brachten 1964 Berichte über den „Oben-ohne-Bikini“. Der Wirbel war eine Geschichte von allgemeinem Interesse. Der Monokini war gleichzeitig ein Modethema, ein Grund zur Auseinandersetzung und ein Indikator für die veränderte Einstellung der Gesellschaft unbekleideten Frauen in der Öffentlichkeit gegenüber.

Aus dieser Sicht war zu diesem Zeitpunkt die Darstellung von nackten Frauen in der Neuen Kronen Zeitung journalistisch durchaus gerechtfertigt. 1964 konnte ein illustrierter Artikel über junge, hübsche, barbusige Mädchen (vor allem mit Zensurbalken) als aktuelle Nachricht von der sich ständig ändernden Welt angesehen werden, also als journalistische Pflichterfüllung. Die Ursprünge der „Busenfreiheit“ von 1964 unterscheiden sich aber gewaltig von dem, was später folgen sollte.

Der britische Einfluß

Der Herausgeber Hans Dichand gibt an, daß ausländische Zeitungen Beispiele und Ideen lieferten, denen die Krone Zeitung dann folgte. Unter den Publikationen, die großen Einfluß ausübten, waren auch die britischen Straßenverkaufs-Zeitungen. Wahrscheinlich ist der britische Einfluß auf die Kronen

Zeitung nirgends deutlicher, als bei den Fotografien halbnackter Frauen.

Erstaunlicherweise waren es gerade die als eher konservativ bekannten Briten, die als erste täglich Bilder halbnackter Frauen in ihrer Zeitung sehen wollten. Das Verhältnis der Briten zu den „Page Three Girls“ ist auch heute außergewöhnlich. Die Mädchen sind in England bekannt wie Filmstars, ihre Namen kennen die Engländer angeblich besser als die der britischen Regierungsmitglieder[1)].

Die erste große Tageszeitung, die regelmäßig Fotografien halbnackter Frauen brachte, war die Londoner Zeitung „The Sun“[2)]. „The Sun“ ist ebenso wie die Kronen Zeitung von kleinem Format. In England werden kleinformatige Zeitungen „tabloids“ (Sensationsblätter) oder „popular press“ (Boulevardpresse) genannt, und sie gelten generell als Zeitungen, die Arbeiter und weniger gebildete Klassen der britischen Gesellschaft als Leserkreis ansprechen[3)].

Nacktfotografien werden heute allgemein in der britischen Sensationspresse verwendet. Der Einfluß auf die Neue Kronen Zeitung kann also nicht einer einzigen britischen Zeitung zugeschreiben werden.

Als eigentliche Lieferanten des Fotomaterials für Zeitungen wie „The Sun“ und auch die Kronen Zeitung fungieren Agenturen. Einer der Hauptlieferanten der Fotos ist eine Agentur namens „Keystone“. „Keystone“ war auch jene Organisation, welche die Kronen Zeitung als erste mit Fotografien halbnackter Frauen versorgte, die seit Anfang der 70er Jahre regelmäßig im Auslandsteil erscheinen. Der Großteil dieser Fotos stammt auch heute noch aus England.

Zur ständigen Versorgung durch Keystone kam es, als „The Sun“ Anfang der 70er Jahre begann, regelmäßig Fotos junger „Oben-ohne-Models“ abzubilden[4)]. „The Sun“ plazierte diese jungen Damen ständig auf der Seite Drei der Zeitung. Die Frauen (die dann auch in anderen zur britischen Boulevardpresse gehörenden Tageszeitungen erschienen) wurden bald als „Page

Three Girls" bezeichnet. Heute sind die „Seite Drei-Mädchen" ein populärer Hauptbestandteil der Zeitung „The Sun". Dem britischen Beispiel folgend, fanden die Fotos junger barbusiger Frauen mit Beginn der 70er Jahre ihren Weg auf die Auslandsseiten der „Krone"; und wurden auch dort zur Tradition. Regelmäßig auf der Seite 5 der Neuen Kronen Zeitung plaziert, bekamen die halbnackten Frauen in der „Krone" schnell den Spitznamen: „Die Mädchen auf Seite Fünf".

Brit Tits für die Männer in Vienna

Jener Prozeß, der die Fotos halbnackter Frauen in die Neue Kronen Zeitung bringt, ist komplizierter als man annehmen könnte. Die ersten Schritte werden in einem Londoner Fotostudio gemacht. Die britische Boulevardzeitung „The Sun" beschäftigt einen Redaktionsfotografen, der für die „Page Three Girls" verantwortlich ist. Sein Name ist Beverly Goodway. Gewöhnlich arbeitet Herr Goodway mit einer Gruppe von 12 Mädchen. Mit diesen Mädchen produziert „The Sun" jedes Jahr auch einen Kalender. Viele dieser Modelle sind über Jahre hinweg engagiert, und nur fallweise treten neue Modelle an ihre Stelle.

Im Laufe eines Jahres hat Goodway mehrere Fototermine mit den regelmäßig unter Vertrag stehenden „Page Three Girls". Da „The Sun" die Fotos ein und desselben Mädchens während eines Jahres öfters abbildet, werden die Leser mit den Namen, Gesichtern und anderen persönlichen Eigenschaften der Mädchen vertraut. Auf diese Weise gewinnen die Mädchen ihre ungeheure Popularität und werden zu Stars[5)].

Im Studio wird eine Serie von Fotos mit verschiedenen Requisiten aufgenommen. Einige der Requisiten werden so gewählt, daß eine Verbindung zu aktuellen Ereignissen hergestellt werden kann: große Hüte für Ascot, Tennisschläger und Bälle für Wimbeldon, Golfschläger für das British Open, manchmal einen Schneemann für den Winter.

Nach Beendigung einer Fotosession übergibt Goodway seinen Film an „The Sun“, wo dieser dann entwickelt wird. Nach den Angaben der Sun-Redakteure liefert Goodway auch Hintergrundinformationen zu jedem Modell, die dann später in den Bildunterschriften verwendet werden.

Die Negative dieser Fotos werden dann an die Fotoagentur „Rex Features“ in London weitergeleitet. Dort werden Abzüge gemacht und mit anderen Fotos zu einer Fotoserie zusammengestellt. Die so zusammengesetzten Sets gehen an Zeitungen und Sub-Agenturen in Europa, Japan und Nordamerika. Nach den Angaben der Angestellten von „Rex Features“ wird jeden Tag eine Fotosendung an die „Keystone“-Presseagentur in Wien geschickt.

Beverly Goodway ist bei weitem nicht der einzige Fotograf, der sich auf die Fotografie von „Glamour-Girls“ spezialisiert hat. Andere Fotografen wie Robert Fergus und Richard Fitzgerald liefern ebenfalls regelmäßig Negative von „Oben-ohne-Mädchen“ an die Agentur „Rex Features“, obwohl sie nicht für „The Sun“ arbeiten.

Drei oder vier Mal pro Woche kommt ein Vertreter von „Keystone“ auch zur Neuen Kronen Zeitung. Die Fotos junger, halbnackter, britischer Mädchen (und auch Fotos von Kindern, Tieren und Kuriositäten) werden an die Auslandsredaktion weitergegeben, die ihrerseits drei oder vier Muster auswählt, um sie dem bis Anfang 1991 tätigen Chefredakteur Dr. Friedrich Dragon vorzulegen. Bei der täglich um 9 Uhr 30 stattfindenden Sitzung der Auslandsredaktion wählt Dragon höchstpersönlich, mit Rücksicht auf Werbeeinschaltungen, Platz- und Formatbeschränkungen sowie dem übrigen Fotoinhalt der Zeitungsausgabe, jenes Foto aus, das dann auf Seite 5 zu finden ist.

Nach den Angaben der Kronen Zeitung stellen die Platzbeschränkung und die speziellen Bedürfnisse der Inserenten neben den katholischen Feiertagen die Hauptfaktoren dar, die bestimmen, welches „Oben-ohne-Girl“ im Auslandsteil an einem bestimmten Tag (wenn überhaupt) erscheint. Manchmal macht es das Layout der Seite schwierig, ein Oben-ohne-Mädchen zu placieren. Beispielsweise könnte der Fall eintreten, daß der für das Foto verbleibende Platz eine horizontale Pose erfordert und kein solches Foto schnell aufzutreiben ist. In anderen Fällen möchte der Inserent ausdrücklich auf derselben Seite wie das Oben-ohne-Mädchen sein. In diesem Fall wird zuerst das Inserat und dann das Foto placiert, wobei die journalistischen Texte entsprechend arrangiert werden.

Ist die Entscheidung einmal gefallen, schreibt einer der vier Mitarbeiter der Auslandsredaktion den Begleittext des Fotos. Nach den letzten Änderungen und Vorbereitungen wird der Bürstenabzug des gesamten Auslandteils zum Druck weitergeleitet. Falls ein Foto der „Keystone"-Presseagentur in der Neuen Kronen Zeitung verwendet wird, so erscheint dieses mit einem kleinen Vermerk am Bildrand. Obwohl „The Sun" im Fototext möglicherweise erwähnt wird, wird sie nie als Quelle des Fotos angegeben.

Agenturen, wie „Eastlight", „Syndication International", „Viennareport", „Blumebild", „Penthouse" und „Playboy" liefern ebenfalls „Oben-ohne-Fotos" an die Kronen Zeitung. Ihre Bilder werden mit Quellenangaben versehen. Bei der Selektion der Fotos fällt die Wahl jedoch zu mehr als 75 % auf „Keystone". Da Keystone seine Fotos hauptsächlich aus England bezieht, sind die in der „Kronen Zeitung" erscheinenden Oben-ohne-Mädchen vorwiegend „british". Die Angaben beziehen sich auf den Untersuchungszeitraum vom 1. November 1988 bis zum 31. Oktober 1989. „Keystone" liefert neben „Oben-ohne-Fotos" auch Kinder- und Tierfotos sowie andere Fotos besonders kurioser Ereignisse. Diese Fotos erscheinen ebenfalls regelmäßig im Auslandsteil der Kronen Zeitung.

Besser spät als nie?

Die Verbindung zwischen Großbritannien und den „Mädchen auf Seite 5", wird für jene Leser, die die Fotos und Artikel des Auslandsteils treu verfolgen, wahrscheinlich überraschend sein, gelten ja die Engländerinnen im allgemeinen Vorurteil nicht gerade als überwältigend sexy. Oft umgeht der Text, der die Fotos der halbnackten Mädchen begleitet, die Tatsache, daß das gezeigte Modell britischer Herkunft ist.

Frauenfotos, die in der Kronen Zeitung gedruckt sind, wurden bereits mehreren hunderttausend Lesern in Großbritannien gezeigt. Sie sind „old news“. Die folgende Tabelle verdeutlicht diesen Umstand. Die Datensammlung entstand durch die Analyse von zwanzig willkürlich ausgewählten Sun-Ausgaben, die im Zeitraum von Februar bis September 1989 erschienen und Fotos halbnackter Mädchen enthielten, die schließlich auch in der Neuen Kronen Zeitung erschienen. Die Tabelle führt darüber hinaus die Anzahl der Tage an, die zwischen den Veröffentlichungen desselben Fotos lagen. In allen Fällen wurden die Fotos in der Kronen Zeitung erst nach deren Erscheinen in „The Sun“ veröffentlicht. Nur die Zeitspanne zwischen den Veröffentlichungen ist unterschiedlich.

Veröffentlichung des Fotos in „The Sun“	Veröffentlichung des Fotos in der „Krone“	Anzahl der Tage zwischen den Veröffentlichungenen
25. Februar	25. April	59
11. März	18. April	38
13. März	6. August	146
14. März	20. September	190
6. April	26. April	20
13. April	24. April	11
25. April	7. Mai	12
29. April	28. Mai	29
13. Mai	15. Juli	63
29. Mai	8. Juli	40
13. Juni	28. Juni	15
22. Juni	6. Juli	14

24. Juni	1. Juli	7
27. Juni	3. Juli	6
7. Juli	2. September	57
21. Juli	17. August	27
28. Juli	16. August	19
22. August	3. September	12
25. August	16. September	22
12. September	18. Oktober	36

„Während der Fastenzeit bringen wir keine Nackten"

Hans Dichand machte die oben zitierte Aussage nur wenige Stunden bevor die nächste Schöne in der Neuen Kronen Zeitung veröffentlicht wurde. Warum sollte er sich dieser Unternehmensphilosophie rühmen, wenn zum gleichen Zeitpunkt die Druckerpressen für die Zeitung des nächsten Tages vorbereitet wurden und diese Ausgabe seine Aussage widerlegen würde? Die Antwort ist einfach – er wurde nicht darüber informiert, daß das Bild bereits druckfertig war.

Um zu verstehen, warum der Herausgeber nicht wußte, was in seiner Zeitung erscheinen würde, muß man die Hierarchie und den Entscheidungsprozeß bei der Neuen Kronen Zeitung kennen.

Wenn man die Redaktionsstruktur der Kronen Zeitung graphisch darstellen wollte, würde man sicherlich mit Hans Dichand an der Spitze des Apparates beginnen. Dichand bestimmt die generellen Richtlinien, denen das Redaktionsteam zu folgen hat. In den frühen Jahren der Neuen Kronen Zeitung gab es eine Zeit, in der Dichand nicht nur die groben, die Zeitung prägenden Richtlinien vorgab, sondern auch die redaktionellen Tagesentscheidungen traf. Dies ist heute nicht mehr der Fall. Die Redaktionskontrolle wurde an den „Geschäftsführenden Chefredakteur" delegiert, der allein die Entscheidung für das Layout und den Zeitungsinhalt trifft.Im Fall seiner Abwesenheit übernimmt Wilhelm Haunold als stellvertretender „Geschäftsführender Chefredakteur" die tägliche Endredaktion.

Dieser Hierarchie zufolge wäre es möglich, daß Dichand nicht über die Fotografie des 18. März informiert war. War die Veröffentlichung dieses Fotos nun eine seltene Ausnahme oder werden Dichands Richtlinien regelmäßig ignoriert? Die Antwort findet man in der Neuen Kronen Zeitung selbst, wenn man ihre Gestaltung über einen längeren Zeitraum hin beobachtet.

Jahr	Letztes Oben-ohne Foto in der „Krone“vor Ostern[1)]	Datum des Oster-sonntags	Nächstes Erscheinen eines wbl. Oben-ohne Fotos zu oder nach Ostern[2)]
1975	Samstag, 22. März	30. März	Donnerstag, 3. April
1976	Palmsonntag	18. April	Dienstag, 20. April
1977	Samstag, 2. April	10. April	Dienstag, 12. April
1978	Mittwoch, 22. März	26. März	Ostersonntag[3)]
1979	Palmsonntag	15. April	Ostersonntag
1980	Palmsonntag	6. April	Dienstag, 8. April
1981	Samstag, 11. April	19. April	Ostersonntag
1982	Samstag, 3. April	11. April	Dienstag, 13. April
1983	Samstag, 26. März	3. April	Dienstag, 5. April
1984	Donnerstag, 12. April	22. April	Mittwoch, 25. April
1985	Samstag, 30. März	7. April	Ostersonntag
1986	Dienstag, 25. März[4)]	30. März	Dienstag, 1. April
1987	Dienstag, 3. März	19. April	Donnerstag, 23. April
1988	Dienstag, 6. März	3. April	Dienstag, 5. April
1989	Dienstag, 21. März	26. März	Dienstag, 28. März

1) 2) Eine einzige Fotografie einer nackten Frau erschien an diesen Tagen und wurde, falls nicht anders angegeben, ausschließlich im Auslandsteil der Zeitung gefunden.

3) In der Ausgabe dieses Tages erschienen vier einzelne Fotografien nackter Frauen. Eines dieser Fotos befand sich im Auslandsteil.

4) An diesem Tag erschien eine Fotografie einer nackten Frau in der Zeitung, aber sie wurde nicht im Auslandsteil plaziert.

Dem Betrachter mag die vorhergehende Datentabelle nur als verwirrende Auflistung erscheinen. Aber für jene, die Hinweise auf die Unternehmensphilosophie zum Thema „Nacktheit" in der Neuen Kronen Zeitung suchen, enthüllen die Daten einige Informationen:

– Die eingangs erwähnte Fotografie, die am 18. März 1990 erschien, war nicht die erste, die eine nackte Frau in der Fastenzeit zeigte. Im Widerspruch zu Hans Dichands Unternehmensphilosophie wurden fast immer auch während der Fastenzeit einige Fotos halbnackter Frauen in der Neuen Kronen Zeitung veröffentlicht. Tatsächlich geschah dies in 14 von 15 in dieser Arbeit untersuchten Jahren.

– In 7 der hier analysierten 15 Jahre wurden zur Fastenzeit wahllos Nacktfotos abgedruckt. Sogar an den höchsten kirchlichen Feiertagen der Katholiken: während der Karwoche oder am Ostersonntag (1976, 1978, 1979, 1980, 1981, 1985, 1986).

– In 5 der 15 Jahre gab es nur während der Karwoche, vom Palmsonntag bis zum Ostersonntag, keine Nacktfotos in der Kronen Zeitung. In diesen Jahren (1975, 1977, 1982, 1983, 1984) wurden jedoch noch in den Anfangswochen der Fastenzeit Nacktfotos veröffentlicht.

– Nur in den letzten Jahren (1987 – 1989) bemühte sich die Zeitung offensichtlich, Dichands Unternehmensphilosophie zu folgen. Im Jahr 1987 gab es vom ersten Tag der Fastenzeit (Aschermittwoch) an bis weit über Ostern hinaus kein „Oben-ohne-Foto" in der Zeitung. In jedem der folgenden zwei Jahre gab es nur eine Ausnahme von dieser „Keine Nackten"-Philosophie.

Der erst vor kurzem erwachte Respekt gegenüber Dichands Unternehmensphilosophie wird auch bei Durchsicht jener Exemplare der Kronen Zeitung ersichtlich, die an Tagen erschienen, die andere hohe katholische Feiertage sind.

Eine sich über ein Jahr – nämlich vom 1. November 1988 bis zum 31. Oktober 1989 – erstreckende Studie über weibliche Nacktfotos in der „Krone" enthüllt folgende Daten:

1. November (Allerheiligen) – keine Nacktfotos
27. Nov . bis 26. Dez. (Advent u. Weihnachten) – keine Nacktfotos
8. Feb. bis 26. März (Fastenzeit u. Ostern) – ein Nacktfoto

Die letztgezählte Fotografie stand in Verbindung mit einem Bericht. In der zweiten Märzwoche wurde in Großbritannien ein Skandal aufgedeckt. Es wurde enthüllt, daß eine Frau namens Pamela Bordes ein verblüffendes Doppelleben geführt hat. Während des Tages war sie Assistentin eines hochrangigen Abgeordneten des brititschen Parlaments und des Nachts arbeitete sie als Callgirl – als gutbezahlte Prostituierte für reiche und berühmte Leute. Zu einem späteren Zeitpunkt in diesem Monat wurde entdeckt, daß die 27-jährige Frau indischer Abstammung vielleicht Kontakte zu libanesischen Spionageringen hatte. Die Boulevardzeitung „The Sun“ brachte nicht zufällig eine Fotografie von Pamela, die diese in einer „Oben-ohne-Pose“ zeigt. Das Foto war im vorherigen Jahr von einem Berufsfotografen aufgenommen worden, den sie zur Erstellung einer Mustermappe angestellt hatte. Es war das einzige Foto einer halbnackten Frau, das im Jahr 1989 auf der ersten Seite der „The Sun“ erschien und auch das einzige „Oben-ohne-Foto“, das im selben Jahr während der Fastenzeit in der Neuen Kronen Zeitung veröffentlicht wurde.

4. Mai (Christi Himmelfahrt) – keine Nacktfotos
14. bis 15. Mai (Pfingstsonntag) keine Nacktfotos
25. Mai (Fronleichnam) – keine Nacktfotos

Wenn man sowohl die kirchlichen Feiertage (80) als auch jene Tage, an denen keine Zeitung erschien,[4)] berücksichtigt, so bleiben 281 Tage, an denen es der Kronen Zeitung freistand, – gemäß Dichands Anweisung – „Oben-ohne-Fotos“ abzudrukken. Die Zeitung entschied sich, dies an mehr als 66% der Tage (187) zu tun.

Erscheinungsbild und Zahlen können täuschen

Manche mögen es überraschend finden, daß katholische Feiertage wie der Advent oder die Karwoche solch einen Einfluß auf die Veröffentlichung von Nacktdarstellungen in der Zeitung haben. Der Bezug zwischen diesen beiden Fakten ist auch nicht gleich offensichtlich. Auch wenn weibliche Nacktdarstellungen in der Zeitung fehlen, gibt es im Auslandsteil doch Fotos von jungen attraktiven Frauen. Diese Frauen, die angezogen gezeigt werden, sind oft ident mit jenen Modellen, die Oben-ohne erscheinen.

Am Beispiel des zuvor analysierten Jahres läßt sich zeigen, daß die Leser der Kronen Zeitung auch im Advent und in der Fastenzeit erwarten konnten, schöne Frauen in verschiedenen Stadien des „Ausziehens" zu sehen. Die Zeitung will jedem dienlich sein: den Katholiken, indem an katholischen Feiertagen keine Fotos barbusiger Frauen veröffentlicht werden, und den anderen, die auch zur Zeit des Fastens etwas „weibliches Fleisch" zu sehen bekommen möchten.

Obwohl Frauenfotos immer einen Teil des *Krone*-Konzeptes darstellen, zeigt sich, daß sich deren Funktion geändert hat. Dichands Entscheidung, regelmäßig Fotos nackter Frauen in der Kronen Zeitung abzudrucken, liegen nicht nur die äußeren Änderungen in der österreichischen Gesellschaft zugrunde. Tatsächlich begründet sich die Entscheidung hauptsächlich auf einem einzigen internen Kriterium. Dichand wollte die Auflage steigern. Dem Beispiel englischer Boulevardblätter folgend, fand er ein Element (regelmäßige Veröffentlichung von Nacktfotos), das gut in sein ursprüngliches Konzept (Fotos von Mädchen, Kindern und Tieren) für die Zeitung paßte.

Um zusätzlich sicherzugehen, daß die Fotos seine Stammleserschaft (mit ihren großteils religiösen und konservativen Moralvorstellungen) nicht vor den Kopf stoßen würde, hat Dichand erst kürzlich jene Strategie eingeführt, die die Veröffentlichung der „Oben-ohne-Fotos" an katholischen Feiertagen einschränkt.

Zuerst wurden die „Oben-ohne-Mädchen“ in der Neuen Kronen Zeitung abgebildet, weil man dachte, daß sie für den Zeitungsleser von Interesse wären. Zu dieser Zeit hatten diese Bilder ja auch einen gewissen Informations- und Neuigkeitswert. Durch die spätere Entscheidung, die Fotos halbnackter Frauen regelmäßig zur reinen Unterhaltung abzudrucken und dann einige spezifische Veröffentlichungsbeschränkungen auszugeben, bestätigt Dichand unabsichtlich die These, die Funktion der halbnackten Mädchen habe sich während der Jahre tatsächlich geändert.

Schließlich unterstreicht die Tatsache, daß fast über zwei Jahrzehnte hindurch regelmäßig Fotos von barbusigen Frauen in der Kronen Zeitung erschienen, die Erkenntnis, daß solche Fotos zu einem regelmäßigen „Dreh“ für steigende Auflagezahlen wurden. Dies weist auch auf die Beurteilung dieses speziellen Elements für die gesamte Marktstrategie von Seiten des Herausgebers hin: „Oben-ohne-Girls“ steigern die Auflage.

Die Leser der Neuen Kronen Zeitung haben uns bis jetzt noch nicht das Gegenteil bewiesen.

Anmerkungen

1) vgl. Siemens, Jochen, „Das Busen-Business“ in: Tempo (Hamburg, München), Nr. 10/1990, S. 76ff
2) White, Aidan, „The Naked Truth on Page Three“ in: Guardian (London), 27. Januar 1982, S. 10
3) vgl. Lee, Alan J., The Origins of the Popular Press 1855-1914, Croom Helm Ltd., London 1976, S. 35
4) White, Aidan, a.a.o., S. 35
5) vgl. Siemens, Jochen, a.a.o., S. 80

Roman Hummel

Journalistische Spielarten: Zur Einordnung des Boulevardjournalismus

„Alle Unwissenheit, alle Bekanntschaft mit den Dingen, alles, alles muß möglichst versteckt werden unter der abgefeimten routinierten Phrase... Aus all diesen Ursachen ist es gekommen, daß sich alle tüchtigen Elemente, die sich früher an der Presse beteiligt haben, allmählich von derselben bis auf sehr vereinzelte Ausnahmen zurückgezogen haben und die Presse zu einem Sammelplatz aller Mittelmäßigkeiten, aller ruinierten Existenzen, aller Arbeitsscheuen und Nichtwisser geworden ist, die zu keiner reelen Arbeit tüchtig, in der Presse immer noch eine mühelosere und auskömmlichere Existenz finden als irgendwo."

Rudolf Oebsberger-Röder: Untersuchungen über den Bildungsstand der deutschen Journalisten, 1936 (zit. in: Modellversuch Journalistenweiterbildung, 1984, S. 320)

Immer wenn am Boulevard besonders tief in die Kübel von Sex, Blut oder niedrigen Vorurteilen gegriffen wird, erfolgen entweder Pauschalverurteilungen wie oben erwähnt (die ihrerseits im Tenor durchaus gut in Blätter wie die Neue Kronen Zeitung paßten – ginge es nur nicht um Journalisten) oder aber es erschallt der Ruf nach Besinnung auf Ethik und Aufgaben „des" Journalismus. Die Angegriffenen wiederum rechtfertigen sich, wenn sie sich überhaupt betroffen fühlen, durch einen ebenso universellen und unverbindlichen Rekurs auf die Berichterstattungspflicht und die Freiheit „des" Journalismus.

Angriff wie Verteidigung beruhen möglicherweise auf einem weitverbreiteten Mißverständnis. Denn: was ist Journalismus überhaupt? Gibt es einen journalistischen Beruf mit eng umgrenzten Aufgaben, mit Pflichten, ethischen Maßstäben und daraus erwachsenden Rechten, die für alle Angehörigen des Berufsstandes auch nur ungefähr in gleicher Weise zutreffen? Und machen Boulevardblätter wie die Neue Kronen Zeitung so etwas wie Journalismus?

Wer ist Journalist?

Das Brockhaus Lexikon[1)] versteht unter Journalisten eine Personengruppe, die „für die Presse…, für Nachrichten- und Pressedienste, für den Film und den Rundfunk… oder in der Werbung und Öffentlichkeitsarbeit für Unternehmen, Verbände und Behörden tätig" ist. Es handelt sich dabei also um Leute, die im weitesten Sinn Inhalte von Massenmedien gestalten bzw. beeinflussen, die sich aber funktional zum Teil erheblich voneinander unterscheiden. – Nicht einmal das Professionalitätskriterium einer hauptberuflichen Tätigkeit ist in dieser Definition enthalten. Dies spricht nicht notwendigerweise gegen eine derart vorgenommene Begriffsbestimmung, sondern drückt möglicherweise nur die realen Gegebenheiten aus. Das österreichische Journalistengesetz, das den Journalistenbegriff verrechtlicht, schränkt den Definitionsbereich hinsichtlich der Ausübung der Tätigkeit als Beruf und hinsichtlich des Betriebes ein, aber dies so, daß gelegentliche Medienmitarbeiter oder medienexterne Werbeleute nicht, Public-Relationers jedoch sehr wohl unter Umständen als Journalisten gelten können:

„Die Vorschriften dieses Gesetzes gelten für alle mit der Verfassung des Textes oder mit der Zeichnung von Bildern betrauten Mitarbeiter einer Zeitungsunternehmung, die mit festen Bezügen angestellt sind und diese Tätigkeit nicht bloß als Nebenbeschäftigung ausüben. Die Vorschriften dieses Gesetzes gelten sinngemäß für die Mitarbeiter einer Nachrichtenagentur, einer

Rundfunkunternehmung…, die mit der Gestaltung des Textes oder mit der Herstellung von Bildern (Laufbildern) über aktuelles Tagesgeschehen betraut sind und diese Tätigkeit nicht bloß als Nebenbeschäftigung ausüben." (Journalistengesetz in der Fassung vom 20. 7. 1955, § 1)

Demgemäß können alle Redakteure, Reporter, freie Journalisten, journalistisch tätige Regisseure, Kameraleute, Graphiker sowie Eigentümer, Verleger und Herausgeber von Medien einen amtlich vidierten Presseausweis, der ihre journalistische Berufsausübung bestätigt, erlangen. Mitarbeiter von „Gesinnungsmedien", von Gratiszeitungen, von „seriösen Weltblättern", von Sex- und Zeitgeistmagazinen sind ebenso unterschiedslos einbezogen wie Journalisten bei P. R.- und Nachrichtenagenturen, Boulevardzeitungen, Fachzeitschriften oder Rundfunkunternehmen, sofern deren Tätigkeit Basis für einen wesentlichen Teil ihres Einkommens ist. Die quasi offizielle Definition „Journalist" im Gesetz bezieht sich also auf formale Tätigkeitsmerkmale und läßt funktionale Elemente aus dem Spiel. Genau darin unterscheiden sich aber die einzelnen „Journalismen" wesentlich voneinander. Das gleiche gilt für daraus ableitbare, für die Berufsausübung fungible Ethik- und Verantwortungsbereiche.

In der historischen wie aktuellen Analyse lassen sich unter funktionalen Aspekten vier Grundformen des Journalismus *idealtypisch* feststellen, unabhängig davon, daß in der Realität zumeist Mischformen auftreten: Vermittlung „objektiver Nachrichten", ausschließlich reichweitenorientierte Inhaltsproduktion, anwaltschaftlicher oder Gesinnungsjournalismus, und sogenannte „Öffentlichkeitsarbeit".

Objektiver Journalismus

Der objektive Journalismus, der selbstverständlich die Themen seiner Berichterstattung nicht wertfrei auswählt, sich aber weitestgehend der Kommentierung von Sachverhalten enthält, hat seine Wurzeln im Italien des Hoch- bzw. Spätmittelalters.

Handelshäuser und später auch Potentaten beauftragten Nachrichtensammler in verschiedenen Regionen, ihnen regelmäßig die ihre Interessen berührenden Neuigkeiten in sogenannten Zeitungsbriefen mitzuteilen[2)]. Ausschlaggebend hierfür waren die sich entwickelnden Fernhandelsbeziehungen in Europa, die aktuelle und wahrheitsgetreue Nachrichten über wirtschaftliche und politische Gegebenheiten auch aus Regionen jenseits des unmittelbar Erfahrbaren für Fürsten und Handelsherren gleichermaßen wichtig machten. Diese Mitteilungen waren also nicht an die Öffentlichkeit gerichtet und sollten strikt tatsachenorientiert sein. Diese Korrespondenzsysteme, die noch lange parallel zur gedruckten Zeitung bestanden und auch zu einer Nachrichtenquelle für diese wurden, sind die Vorläufer der Nachrichtenagenturen und auch für den spezifischen „objektiven" Agenturjournalismus: „Facts are sacred, comments are free."

Die modernen Nachrichtenagenturen entstanden im 19. Jahrhundert und dienten damals neben der Presse – wie in den meisten Fällen auch heute – vor allem Wirtschaftsunternehmen als Informationsquelle. Es liegt auf der Hand, daß von einem Journalismus dieser Art absolute Zuverlässigkeit und prägnante Sachverhaltsdarstellung, kaum aber Unterhaltungskompetenz oder Überzeugungskraft gefordert werden.

Meinungsjournalismus

Die bürgerlichen Revolutionen brachten die Gesinnungspresse und den tagesschriftstellernden Journalismus hervor. Diese Zeitungen sahen sich den Idealen der Aufklärung verpflichtet, und die Einhaltung der Gesetze auch durch die staatliche Obrigkeit und die Kirche wurde angemahnt und recherchiert. Der Leitartikel entstand, die Informationen wurden nicht mehr nur wie in der „objektiven Berichterstattung" willkürlich aneinandergereiht, sondern vor allem gewichtet und kommentiert.

In den meisten Fällen war diese Art von Publizistik jedoch

kein Geschäft für den Verleger, ja nicht einmal kostendeckend, und auf den Zuschuß wohlhabender Gesinnungsgenossen angewiesen. „Der pädagogische, später zunehmend der politische Impuls, ließ sich sozusagen durch den Konkurs finanzieren.“[3)] Bis auf den heutigen Tag ist die parteilich-weltanschauliche Presse eine hochgradig subventionsabhängige Institution geblieben. Geblieben ist vor allem auch die aus dem Kampf des liberalen Bürgertums, und später der Arbeiterbewegung, entstandene Zuschreibung der Rolle einer kontrollierenden „vierten Gewalt“ zum Journalismus schlechthin. Dies betrifft sowohl die Alltags- wie auch großteils die juristische Sichtweise, aber auch das Selbstverständnis derjenigen, die Journalist als Berufsbezeichnung führen. Dies, obwohl nur die zur kritischen Meinungs- und Entscheidungsfindung beitragenden Medien und Journalisten de facto eine „öffentliche Aufgabe“ wahrnehmen, hingegen vorrangig kommerziell oder illiberal orientierte nicht. Die Zuerkennung einer begünstigten Position der Presse, etwa durch die Menschenrechtskonvention, ist aber auch nach Ansicht von Rechtswissenschaftlern „nur gerechtfertigt, wenn die Presse den in sie gesetzten Erwartungen verantwortungsbewußt nachkommt und sich um Objektivität und Fairneß der Berichterstattung bemüht.“[4)]

PR-Journalismus

Die aufklärerische Publizistik, die den Bürger zu Raisonnement bewegen und öffentliche Meinung als Grundlage eines demokratischen Willensbildungsprozesses installieren will, wurde nicht nur durch die Zensur, sondern auch journalistisch durch eine Art „Öffentlichkeitsarbeit“ bekämpft: So erfolgte bereits 1769 eine Anweisung Kaiserin Maria Theresias, wöchentlich amtliche Aussendungen mit Informationen, „die für das Publikum geeignet sind“, als eine Art Frühform von Public Relations an die Presse zu geben[5)]. „Die Ursache“, solcher Pressebeeinflussung – so der frühe Zeitungstheoretiker Kaspar Stieler 1695[6]

„– ist, daß es der Stat vielmals erfordert/ etwas Ungegründetes unter das Volk zu bringen/ wenn es dem gemeinen Wesen zuträglich ist … Solche erdichtete Zeitungen haben ihren mannigfaltigen Stats-Nutzen/ und/ ob sie schon Freund und Feind betriegen; So ist doch genug/ daß sie denen Intereßirten bald einen Mut/ bald eine Furcht auf Gewisse Maasse machen… ".

Die moderne „public relations" von Wirtschaft und Politik beeinflußt inzwischen einen Gutteil des redaktionellen Inhalts von Medien. In den USA, schätzte Russ-Mohl 1989, macht dies bereits zwischen sechzig und achtzig Prozent aus: Dies geschieht wie zu Maria Theresias Zeit meist durch Beistellung entsprechend gefärbter Presseunterlagen.

Journalistische Öffentlichkeitsarbeiter sind den „eigentlichen Journalisten" zumeist aufgrund deren Überlastetheit bzw. zu geringen Recherchemöglichkeiten überlegen. Größere US-Firmen verfügen über PR-Stäbe, die die Größe mittlerer Tageszeitungen umfassen, und jeder vierte engere Mitarbeiter Präsident Reagans war Öffentlichkeitsarbeiter. Andererseits ist in den letzten Jahrzehnten eine Palette von echten oder versteckten Gratiszeitungen- und zeitschriften entstanden, die „an einen Haushalt" bzw. an bestimmte Zielgruppen – vom Apotheker bis zum Ziviltechniker – kostenlos verteilt werden, deren redaktionelle Gestaltung aber ausschließlich der Akquisition von Inseraten dient, die in diesem Falle die einzige Verlagseinnahme sind. Die Leistung des Journalisten besteht hier in der Verknüpfung von Werbeaussagen mit einem Berichterstattungsanlaß, der freilich auch ein „Pseudoereignis" sein kann. Eine Sonderstellung nehmen in diesem Rahmen die „Zeitgeist"-Journale ein, die in den letzten Jahren eine Synthese aus Gratisblatt und Boulevardjournalismus kreiert haben.

Boulevardjournalismus

Der „Boulevard" produziert „Periodika, die vorwiegend auf der Straße zum Kauf angeboten werden, eine betont populärsensationelle Aufmachung (Balkenüberschriften, großflächige

Fotos etc.) haben, den Leser durch schockierende Stories ansprechen wollen (sex, crime, war) und sich häufig bewußt einer sehr direkten Ausdrucksweise bedienen, die nicht selten die Vulgärsprache zu übertreffen sucht, um Neugier, Sensationshunger und Nervenkitzel einer bei der Lektüre kaum verharrenden Leserschaft permanent zu wecken und zu befriedigen."[7)]

Die Urform dieses Zeitungstyps, die noch nicht periodischen „Neuen Zeitungen", wurden von Druckunternehmern herausgegeben, um Flauten im Auftragsbereich gewinnbringend kompensieren zu können. Bereits im 16. Jahrhundert bringen sie unterschiedslos Wahres, Mögliches und Unwahrscheinliches, nach Möglichkeit aber Sensationelles. „Dazu gehören Berichte über Unglücke, königlich-kaiserliche Todesfälle oder Geburten, Mißgeburten, Kometen usw."[8)] Wahrheit und Aktualität des Berichteten spielen – solange obrigkeitliche Interessen nicht verletzt werden – keine Rolle. „Viele Zeitungsschreiber und Drucker manipulierten die einlaufenden Nachrichten nach Belieben; sie aktualisierten oft jahrzehntealte Meldungen, verlegten willkürlich den Ort des Geschehens, änderten Personennamen und verfälschten oder fingierten die Druckvermerke... "[9)] – Die Parallelen zur modernen „Massenpresse" bzw. zum „Boulevardjournalismus" sind frappant. Allein der kommerzielle Erfolg des Mediums gilt in diesem Zusammenhang als journalistischer Qualitätsbeweis, wenn es auch nicht immer so offen angesprochen wird wie in einem US-amerikanischen Journalistenlehrbuch: „If the cultivated man or woman would insist as much on accuracy and respectability in general news as the baseball fan and political campaigner insist upon the correct recording of their interests, many abuses would disappear."[10)]

Die Bedürfnisse des Publikums bzw. dessen zu geringes Beharrungsvermögen auf korrekter Darstellung als Grund für die Existenz des Boulevardjournalismus auszugeben, ist freilich eine Verfälschung von Sachverhalten, die ihrerseits manchem „Sensationsjournalisten" zur Ehre gereichen würde: Die Herausbildung der Massenpresse hat historisch erstens die Etablierung des bürgerlichen Rechtsstaates zur Bedingung, der die äußere Pressefreiheit garantiert. Zweitens ist hier die Änderung der allgemeinen, sozio-ökonomischen Struktur im 19. Jahrhundert als Voraussetzung zu nennen: Die Industrie bedurfte einer Vielzahl von Arbeitskräften, die wenigstens eine Basisbildung aufweisen konnte und die Alphabetisierung erfaßte nun auch die „ungebildeten Volksschichten". Diese konnten andererseits ihre sozialen Orientierungen nicht mehr, wie bei einer bäuerlich-statischen Existenz, allein aus der Tradition beziehen und bedurften so neuer Mittel, das heißt Informationsquellen. Diese Entwicklung wurde von Riesman 1958 idealtypisch als Wechsel vom traditionsgeleiteten zum außengeleiteten Verhalten benannt. Drittens stehen seit der ersten Hochblüte des Industriekapitalismus die Unternehmen vor der Notwendigkeit, nicht nur die Warenzirkulationszeiten zu verkürzen (u.a. um schneller zu reinvestierbaren Erlösen zu kommen), sondern auch den Absatz permanent zu erhöhen. Werbung kommt in diesem Zusammenhang erstmals eine erhebliche Bedeutung im Wirtschaftsverkehr zu. Sie macht den neuen Typ von Zeitung überhaupt erst möglich, der unter dem Produktionspreis verkauft und damit für ein Massenpublikum erschwinglich wird. 1833 wird in New York die „Sun" als erste Zeitung für nur einen Cent pro Exemplar verkauft.[11)] Damit entsteht auch die bekannte Abhängigkeit von zwei Märkten gleichzeitig: dem Inseraten- und dem Verkaufsgeschäft. Die Berichterstattung erfolgt nahezu ausschließlich über „human interest"-Themen, also Klatsch, Skandale, Verbrechen, Sport.

Auch das äußere Erscheinungsbild ändert sich im Verlauf der Entwicklung der Massenpresse: Die auf den Verkauf auf der Straße und durch Kioske abzielende Zeitung hat durch ihre graphische Aufmachung, durch große Schlagzeilen, Bilder und übersichtlichen Umbruch, „ins Auge zu springen". Es erfolgt eine „fundamentale Umgestaltung des Wesens der Zeitung", wie Büchner in seinem bekannten Diktum ausführt, „daß durch die gesamte Presse hin die Zeitung jetzt den Charakter einer Unternehmung hat, welche Anzeigenraum als Ware produziert, die nur durch einen redaktionellen Teil absetzbar wird."[12] In der Tat besteht die journalistische Funktion in der Massenpresse im Aufbereiten von Neuigkeiten nach möglichst guter Verkäuflichkeit. Der in die Kategorie der Hochauflagenpresse zu zählende „New York Herald" dürfte die erste Zeitung gewesen sein, die Meldungen nicht nur berichtete, sondern in gewisser Weise auch kreierte: So wurde 1871 der Journalist Henry M. Stanley ausgeschickt, um den verschollenen Afrikaforscher Livingstone zu suchen, was auch hinsichtlich der Vermarktung ein voller Erfolg wurde.[13] Nicht die publizistische, sondern die verlegerische Leistung prägt das jeweilige Blatt. „Der Verlag beruft die Redakteure in der Erwartung, daß sie weisungsgebunden im privaten Interesse eines Erwerbsunternehmens arbeiten."[14] In den USA führt die Entwicklung sogar zu einer offen ausgeprägten (und akzeptierten) Rolle des Zeitungsschreibers („newspaper man"), der sich vom „konservativen" Meinungsjournalisten („journalist") unterscheidet:

„Instead of the dominating individuality in the regime of other-day intellectual giants, the modern newspaper substitutes business organization, composite ownership, and an impersonal attitude, somewhat less responsive to criticism. On the one hand, a strong bid is made for advertising patronage, an item which furnishes the revenue that makes possible a daily newspaper sold for a few pennies; on the other, there is a determined effort to please the majority of the paper´s readers, in other words, to give the public what it wants."[15]

Boulevardzeitungen geben sich daher meist auch einen unpolitischen bzw. unparteilichenAnstrich, da sie auf diese Weise ein sehr heterogenes, das heißt großes, Publikum ansprechen können. Dennoch hat die große Marktmacht Verleger immer wieder dazu verleitet, mit ihrem Blatt politische, wirtschaftliche und private Kampagnen zu führen. Die Neue Kronen Zeitung hat beispielsweise für die Öffnung des Sternwarteparks, den

Ausbau der Südautobahn und gegen den Bau des Kraftwerks Hainburg ihr publizistisches Gewicht eingesetzt. Diese Marktmacht der Boulevardzeitungen führte und führt hin bis zu Drohungen, die als „Revolverjournalismus“[16)] Eingang in die Literatur gefunden haben.

Beispiel für eine – erfolgreiche – „Drohung“ ist die Veröffentlichung folgender Notiz am 12. 3. 1988 in der Neuen Kronen Zeitung: „Probleme könnte die amtliche ‚Wiener Zeitung‘ der Republik auch aus einem anderen Grund bekommen: Wie gestern bekannt wurde, überlegen Rechtsanwälte zur Zeit gerichtliche Schritte gegen das Blatt, und zwar wegen Rufschädigung anderer Publikationen. Sollte ein Verfahren eingeleitet werden und die Kläger vom Richter recht bekommen, dann droht der Wiener Zeitung eine Schadenersatzzahlung in Millionenhöhe, für die wiederum die Steuerzahler aufkommen müßten.“

Diese Meldung bezog sich auf Kronen Zeitung -kritische Stellen in der Literaturbeilage der Wiener Zeitung vom 6. April 1988 (!), die damals also noch gar nicht veröffentlicht war. Aus diesem Grund sah sich die Verlagsleitung der Wiener Zeitung veranlaßt, die entsprechenden Passagen unleserlich zu machen. Die Zeitung begründete dies so:

„Es wurde uns auf Grund einiger Textstellen öffentlich eine Millionen-Schadenersatzklage in Aussicht gestellt. Und zwar von jemandem, der sich einen Millionenprozeß durchaus leisten kann. Da nach dem Pressegesetz die Autoren von inkriminierten Texten unter Umständen auch mit ihrem Privatvermögen für – den angeblich oder wirklich entstandenen – Schaden haften, dieses Privatvermögen bei Autoren in der Regel nicht zur Führung eines Millionenprozesses ausreicht, sah sich der „Lesezirkel“ plötzlich mitten in die klassische Ära der Zensur zurückversetzt. Nach Rechtsberatung entschloß er sich zum Gebrauch der berüchtigten schwarzen Balken, die nun die Seiten 2, 28, 29 und 30 verunzieren.“

Unterschiedliche Journalismen akzeptieren

Zeitungskampagnen, in deren Rahmen meist ein Großteil der Ressorts und Kolumnen „gleichgeschaltet" werden, zeigen jedenfalls, daß der in § 2 des Mediengesetzes festgelegte Überzeugungsschutz (Verweigerungsrecht der Mitarbeit, wenn Beiträge der Überzeugung oder den Grundsätzen des journalistischen Berufs in grundsätzlichen Fragen widersprechen) gegenüber der „Normativität des Faktischen" toter Buchstabe bleibt. Dies um so mehr, als der Begriff der Pressefreiheit die journalistische Freiheit nur solange meint, als sie sich mit der verlegerischen Freiheit deckt. Die Pressefreiheit gilt als Freiheit von staatlichem Eingriff zwar als Grundrecht, schützt den Journalisten aber nur subsidiär via Verlegerfreiheit, gar nicht jedoch hinsichtlich der Weisungen durch den Medienbetrieb und auch diesen nicht vor privatwirtschaftlicher Intervention (z.B. Entzug von Inseraten aufgrund unliebsamer Berichterstattung).

Pressefreiheit mit Freiheit journalistischer Berufsausübung zu verwechseln, ist daher ein ebenso grober Irrtum, wie „Journalismus" als invariant und monolithisch zu begreifen – die Aufgabenprofile der vier hier skizzierten journalistischen „Grundtypen" sind zu verschieden: Ebenso wie jemand in einer Nachrichtenagentur wenig brauchbar ist, der Ereignisse grob verzerrt, übertreibt oder überhaupt erfindet, ist ein Gesinnungsjournalist oder Vertreter des „objective reporting" für die Boulevardpresse kaum brauchbar.

Eine impressionistische Amalgamierung von Berufselementen aus unterschiedlichen Bereichen und Zeiträumen führt zu Mißverständnissen über „den" Journalismus. Selbst zahlreiche Vertreter der Kommunikationswissenschaft verwechseln liberalen Aufklärungsjournalismus häufig mit dem Journalismus an sich[17)], obwohl Boulevard- oder Gratisblätter in Mitteleuropa hinsichtlich der Reichweite wie auch hinsichtlich der Zahl der Mitarbeiter fraglos dominieren.

Daher ist es auch unsinnig, eine abstrakte und für die Mehrzahl der Journalisten gar nicht anwendbare, weil zu ihrer Berufsausübung kontraproduktive „Standesehre", zu bemühen. Auch aus diesem Grund blühen Institutionen wie der Österreichische Presserat nur ganz im Verborgenen.

Vernünftig könnte es aber durchaus sein, eine öffentliche Aufgabe der Presse im Sinne einer minimalen Berichterstattungs-, Wahrheits- und Fairneßpflicht ex lege festzulegen, die mit allgemeinen Rechten und Pflichten verbunden wäre, wie dies Berka anklingen läßt.[18)] Dies würde bedeuten, daß beispielsweise Mitarbeiter von Gratis- und Boulevardzeitungen auch weiterhin Beliebiges und auch Kontrafaktisches schreiben dürften, aber etwa keine amtlichen Presseausweise erhielten. Zu diskutieren wäre auch, ob nicht „Irrtümer" in der Berichterstattung auf Kosten des guten Rufes und der persönlichen Integrität der Berichterstattungsobjekte einerseits grundsätzlich strengere Strafsanktionen als bisher nach sich ziehen sollten und andererseits auch rechtlich unterschiedlich zu würdigen wären: Ein guten Glaubens begangener Recherchefehler eines der „öffentlichen Aufgabe" verpflichteten Mediums wiegt sicher leichter (vor allem, wenn das betreffende Medium von sich aus eine Berichtigung bringt) als eine mutwillige Falschdarstellung (vgl. z.B. das erfundene „Fux-Interview" in der ersten Ausgabe der Zeitschrift „Basta"). Die gegenwärtigen Strafsätze gemäß Mediengesetz bei übler Nachrede, Verspottung und Verleumdung, die maximal hunderttausend Schilling betragen, stehen in keinem Verhältnis zur Wirtschaftsmacht großer Medien. Im Gegenteil, die durch Sensationsberichterstattung auf Kosten Unschuldiger zu vermutenden Auflagen- und damit Umsatzsteigerungen betragen oft ein Vielfaches des Strafrahmens. Der Verweis der Geschädigten auf den Zivilrechtsweg bedeutet in vielen Fällen, daß wirtschaftlich schwache Einzelpersonen übermächtigen Verlagen gegenüberstehen, was angesichts der zu erwartenden Prozeßkosten oft zu Resignation der Betroffenen führt. Weitere rechtliche Maßnahmen könnten beispielsweise nach schwedischem Vorbild ergriffen werden, wo unter anderem in der Kriminalberichterstattung die Abbildung und Namensnennung von Verdächtigen vor deren Verurteilung untersagt ist.

Welche Wege auch immer zu einer Eindämmung „verhetzender“ Medienberichterstattung beschritten werden – und die Realität zeigt, daß solche Maßnahmen notwendig sind – so scheint mir jedenfalls eine Differenzierung hinsichtlich der unterschiedlichen Aufgabenbereiche und Positionierungen innerhalb der journalistischen Berufe unerläßlich. Dies betrifft sowohl die Rechte und Pflichten wie auch die Ausbildungsmodalitäten von Journalisten. Schließlich ist auch in kommunikationssoziologischer Sicht die vorherrschende Doktrin der Funktion „des“ Journalismus zu hinterfragen: Dieser besteht eben nicht nur in „hehrer Informationsvermittlung“, sondern auch in der Produktion von Unterhaltung im weitesten Sinne: Solange der Boulevardjournalismus diese Aufgabe ohne soziale und psychische Beschädigung der Personen, über die er berichtet, erfüllt, entspricht er einem breit vorhandenen und durchaus legitimen Publikumsbedürfnis, das jedoch mit objektiven Nachrichten oder Aufklärung wenig im Sinn hat. Dort wo die Grenzen des gesellschaftlich Tolerablen aber überschritten werden, müssen klare Sanktionen diese Regelverletzungen ahnden.

Anmerkungen:

1) BROCKHAUS-LEXIKON, 1986, Bd. 9, S. 106f., München
2) KOSZYK, Kurt/ PRUYS, Karl H. (1973), Wörterbuch zur Publizistik, S. 170 f.
3) HABERMAS, Jürgen (1971): Strukturwandel der Öffentlichkeit, Neuwied und Berlin, S. 218
4) BERKA, Walter (1989): Das Recht der Massenmedien, Wien, Köln, Graz, S. 76
5) DUCHKOWITSCH, Wolfgang (1986): Der Fall des Wiener Journalisten Johann Baptist del Sasso 1780. In: Medien und Zeit 1-2/86, S. 58–74
6) BERNS, Jörg Jochen (1976): „Parteylichkeit“ und Zeitungswesen. Eine medienpolitische Diskussion an der Wende vom 17. zum 18. Jahrhundert. In: Wolfgang Fritz Haug (Hg.): Massen/ Medien/ Politik; Berlin
7) KOSZYK, Kurt/ PRUYS, Karl H., a.a.O. S. 61

8) BERLINER AUTORENKOLLEKTIV PRESSE (1972): Wie links können Journalisten sein?, Reinbeck bei Hamburg, S. 16
9) LANG, Helmut W. (1983): Wirtschaftliche Grundlagen der Presse in historischer Sicht In: Heinz Pürer/ H. W. Lang/ Wolfgang Duchkowitsch: Die österreichische Tagespresse. Vergangenheit, Gegenwart, Zukunft; Salzburg, S. 8f.
10) HARRINGTON, H.F./ FRANKENBERG, T.T. (1912): Essentials in Journalism; Boston S. 10
11) HARRINGTON, a.a.O. S. 11
12) BÜCHNER, Karl (1926): Gesammelte Aufsätze zur Zeitungskunde; Tübingen, S. 212
13) STEFAN, S. (1899) (HG.): Hundert Jahre in Wort und Bild. Eine Kulturgeschichte des XIX. Jahrhunderts; Berlin :S. 269
14) HABERMAS, J., a.a.O. S. 222
15) HARRINGTON, a.a.O. S. 6
16) KOSZYK/ PRUYS, a.a.O. S. 61
17) WILKE, Jürgen (1987) (Hg.): Zwischenbilanz der Journalistenausbildung; München
18) BERKA, W., a.a.O. S. 76f.

Walter Berka

Ohnmacht und Veröffentlichung: Der Rechtsschutz der Betroffenen am Beispiel des Falles Lainz

Der Mangel an Beweisen dafür, daß Frau Klein gemordet hat, ward reichlich wettgemacht durch den Ueberfluß an Beweisen für ihren „unsittlichen Lebenswandel".

Karl Kraus zum Prozeß Klein in der „Fackel" Nr. 180–181 vom 6. Mai 1905..

Der Medienfall Lainz – ein Exempel

Die Boulevardisierung der Kriminalberichterstattung ist keine Erfindung der Gegenwart. Bereits die Bänkel- und Moritatensänger hatten mit ihren melodramatischen Bildtafeln versucht, die Lust am Schrecklichen durch die triviale Schilderung der immer gleichen Verbrechen zu befriedigen, wobei freilich noch die Obrigkeit darüber wachte, daß nichts Anstößiges an die Öffentlichkeit drang: nichts, was den Gang der geheimen Rechtspflege hätte stören oder was das Volk über die erwünschte moralische Belehrung und schickliche Unterhaltung hinaus beunruhigen hätte können, nichts, was auf Injurien oder Schmähungen hinauslief oder die Ehre der Ehrbaren kränkte. Vor dem frechen Eingriff der Presse in fremde Persönlichkeitsrechte bewahrte die Zensur des Landesherrn, die freilich auch einen Deckmantel über die arcana imperii legen konnte, hinter dem sich die Macht verbarg. Der Wegfall der polizeistaatlichen Zensur in der Mitte des 19. Jh. in Verbindung mit der als rechtsstaatliche Errungenschaft gefeierten Öffentlichkeit des Strafverfahrens beseitigte solche Barrieren und ließ die *„Gerichtsberichterstattung"* zu einem bevorzugten Sujet der Presse werden[1]. In ihr schien die von der Aufklärung geforderte Öffentlichkeit geradezu vollendet institutionalisiert zu sein, weil die Presse hier das öffentlich machte, was Sache aller Bürger war – die im Namen des Volkes ausgeübte und seiner Kontrolle unterliegende Rechtspflege. Doch schon von Anfang an war diese *normative Öffentlichkeit* ein Anspruch, der auch verfehlt werden konnte und wurde. Bereits die um die Jahrhundertwende entstehende Massenpresse bemächtigte sich der auflagensteigernden Verbindung von Sex and Crime, auch wenn die gezielte Vermarktung der immer gleichen Sensationen anfangs noch eher eine Sache der journalistischen Intuition als des kühlen Kalküls war. Aber die Spannung zwischen dem der Aufklärung und demokratischen Kontrolle verpflichteten *Anspruch der Medien* und ihrer oft nur *scheinbar aufklärenden und kontrollierenden Praxis* wurde letztlich für diese Sparte wie für kaum eine andere prägend.

Wie jede massenmedial vermittelte Realität kann auch die der *Kriminalberichterstattung* auf zwei Ebenen wirksam werden. Auf der gesellschaftlichen Ebene entwirft sie ein Bild der für Einzelne unmittelbar nicht erlebbaren kriminellen Wirklichkeit der Gesellschaft. Dieses Bild ist in dem Maß verzerrt und verbogen, wie die Medien in den vordergründigen und sensationellen Bezügen der Gewaltkriminalität steckenbleiben und Angst und Empörung schüren. Umgekehrt können die Medien auch zu einer Weltbewältigung durch Information beitragen, wenn sie sich um eine verantwortungsvolle Vermittlung des oft schwer Verständlichen bemühen. In dieser Perspektive geht es um die mehr oder minder verantwortungsvolle Erbringung von Informationsleistungen und um die Erfüllung der „öffentlichen Aufgabe", welche die Massenmedien nach einer verbreiteten Auffassung der Gesellschaft schulden. Auf dieser Ebene einer gesamtgesellschaftlichen Wirksamkeit wäre zu fragen, ob die Massenmedien mit ihrer Berichterstattung über das Geschehen von Lainz ihr Publikum tatsächlich zu einem moralischen Urteil befähigt haben und zu Einsichten in Zusammenhänge, die über die persönliche Schuld und das Agonale des Tatgeschehens hinausreichen.

Die andere Wirksamkeit entfaltet sich in der *Wirklichkeit der real handelnden Personen,* die zum Gegenstand massenmedialer Berichterstattung werden. Ihnen wird, wenn sich die Medien ihres Lebens und ihrer Taten berichtend bemächtigen, eine neue Schein-Wirklichkeit bereitet, die auf ihr reales Leben zurückfällt. Sie werden faktisch gezwungen, auf das medial vermittelte Bild zu reagieren und sich mit ihm in ihrer persönlichen Lebensumwelt auseinanderzusetzen. So hat jene unter Mordverdacht stehende Lainzer Krankenschwester, der noch zusätzlich sexuelle Verfehlungen zum Vorwurf gemacht wurden, etwa vorgetragen, daß ihr die Verwandtschaft wegen des öffentlich gemachten Makels der angeblichen Geheimprostitution die finanzielle Unterstützung entzogen hätte. Auf dieser Ebene geht es daher um die realen Auswirkungen der massenmedialen Publizität für den Einzelmenschen, der durch die Medien Prominenz und Ruhm erlangt, aber auch an seiner wirtschaftlichen, sozialen oder psychischen Integrität schweren Schaden nehmen kann.

Für das österreichische Medienrecht, konzipiert unter den liberalen Prämissen der verfassungsrechtlich garantierten Medienfreiheit, ist es charakteristisch, daß es sich im wesentlichen auf die zweite Ebene beschränkt. Ob und wie die Massenmedien ihrem Informationsauftrag nachkommen, bleibt im wesentlichen den *Eigengesetzlichkeiten des Mediensystems* überlassen und unterliegt, wenn überhaupt, nur einer indirekten rechtlichen Steuerung (anderes gilt für den Rundfunk, auf dessen rechtliche Sondersituation im folgenden aber nicht eingegangen wird). Daher kann man die grenzenlose Vermarktung der menschlichen Neugierde in der alltäglichen Routine der Kriminalberichterstattung unter den verschiedensten Aspekten kritisieren[2)] – ein Rechtsproblem ist damit im allgemeinen nicht verbunden. Dagegen will das Recht den Einzelnen vor jenen

Schäden bewahren, die durch eine in seine Rechtssphäre eindringende Berichterstattung entstehen. Dazu gehört auch der *Schutz der Persönlichkeitsrechte* eines Menschen, der zum Opfer einer diffamierenden, bloßstellenden oder sonstwie nachteiligen Berichterstattung wurde.

Der Medienfall Lainz ist dafür ein Exempel: Ein Exempel für besonders *krasse Persönlichkeitseingriffe,* wenn wir an die mediale Vorverurteilung der Tatverdächtigen denken, an die Bloßstellung der Mordopfer, an das Scherbengericht über die in die Affäre verwickelten Ärzte, und, besonders hervorstechend, an die auf einer Personenverwechslung beruhende Diffamierung der Hauptverdächtigen als einer angeblichen Geheimprostituierten. Der Medienfall Lainz ist aber auch ein *Exempel für den Rechtsschutz,* welchen die Rechtsordnung einem Medienopfer zu Verfügung stellen kann, weil zumindest im Zusammenhang mit dem Prostitutionsvorwurf, der eindeutig als journalistische Fehlleistung erkennbar war, mit allen verfügbaren Rechtsinstrumenten reagiert wurde[3)]. Diese (in vielleicht gar nicht dem wichtigsten Punkt) gegen die Neue Kronen Zeitung eingeleiteten spektakulären Verfahren dürfen allerdings nicht übersehen lassen, daß im Zusammenhang mit der Lainz-Berichterstattung andere Schutzanliegen nicht wirksam verfolgt werden konnten, andere, ebenfalls in ihren Persönlichkeitsrechten Verletzte, schutzlos geblieben sind. Der „ganz gewöhnliche", aber vielleicht ebenso erbarmungslose Sensationalismus, dem sich letztlich kein Medium zur Gänze hat entziehen können, war mit den Mitteln des Rechtes gar nicht faßbar. Auch insoweit ist der Medienfall Lainz ein Exempel, der es rechtfertigt, von ihm ausgehend den Stand des Persönlichkeitsschutzes im österreichischen Recht zu resümieren.

Dieser Überblick erfolgt aus *der Perspektive der „Medienopfer"*. Dies ist angesichts der Umstände der Lainz-Berichterstattung durchaus angemessen. Doch ist auch anzumerken, daß das Thema des Persönlichkeitsschutzes noch eine andere Seite aufweisen kann, und nicht nur die Ohnmacht des Einzelnen gegenüber auch der Übermacht der Medien zum Thema gehört. Dazu gehören die Versuche der Mächtigen, sich mit ihren verborgenen Interessen hinter angeblichen „Persönlichkeitseingriffen" zu verschanzen. Fast jeder der Akteure der in den letzten Jahren aufgedeckten Affären hat sich, unterstützt von seinen Gefolgsleuten, irgendwann der Öffentlichkeit als „Medienopfer" präsentiert und dies gerade auch in jenen Fällen, in denen für die Öffentlichkeit relevante Mißstände letztlich bewiesen wurden und ihre Aufdeckung tatsächlich der Presse als Verdienst anzurechnen war. Ebenso kann der Vorwurf der „Medienjustiz", der sicherlich auf ein legitimes Schutzanliegen des Einzelnen hinweist, dazu herhalten, die Medien dort in Grenzen zu verweisen, wo sie an sensible Machtbereiche stoßen[4)]. Persönlichkeitsschutz ist daher letztlich eine heikle, ambivalente Sache. Er muß dort effektiv sein, wo die Medien die Grenze eines verantwortungsvollen Journalismus überschreiten, ohne daß er andererseits eine kritische und, wenn nötig, auch schonungslose Berichterstattung behindern darf, wenn diese im öffentlichen Informationsinteresse liegt. Zugleich ist aber eine Bewertung dessen, was für die Öffentlichkeit von Interesse ist, prekär, weil sie allzu leicht auf eine Zensur von Informationsanliegen hinausläuft, wenn sie durch staatliche Behörden vorgenommen werden muß. Es wird sich zeigen, daß geltendes Recht auf eine solche Bewertung weitgehend verzichtet und sich leichter faßbarer Kriterien bedient.

Bestandsaufnahme: Persönlichkeitsschutz von Medienopfern

Einen einheitlichen und umfassenden Tatbestand des Persönlichkeitsschutzes gibt es nicht[5)]. Die einschlägigen Rechtsnormen sind vielmehr über verschiedene Rechtsgebiete (Strafrecht, Zivilrecht, Medienrecht) verstreut, ihr Eingreifen hängt von unterschiedlichen Tatbestandsvoraussetzungen ab, obwohl sie sich in der Praxis oft überschneiden. Auch die praktischen

Probleme der Rechtsdurchsetzung (Kosten, Anwaltszwang, Effektivität der Sanktionen, Reichweite der gewährten Ansprüche usw.) können je nach den anzuwendenden Normen recht unterschiedlich sein, so daß ohne rechtskundige Beratung der Einzelne von vornherein in einer unterlegenen Position ist.

Das Recht auf Entgegnung

Um dem in der Presse persönlich angegriffenen Bürger die Chance zu einer wirksamen öffentlichen Gegenäußerung zu geben, gewährt das Presserecht einen *Entgegnungsanspruch* (§§ 9 ff Mediengesetz). Es will damit die „Schranken der Öffentlichkeit" für eine faire öffentliche Auseinandersetzung über umstrittene Tatsachenbehauptungen eröffnen – eine Vorstellung, die auf die liberale Idee einer rationalen Öffentlichkeit bezogen ist, in der sich im Wettstreit der Informationen und Ideen letztlich die Wahrheit durchsetzen kann[6)]. Dabei galt nach dem älteren Presserecht das sogenannte formale Prinzip, das heißt, daß die Presse verpflichtet war, Entgegnungen ohne Rücksicht auf ihren Wahrheitsgehalt abzudrucken. Das Mediengesetz von 1981 hat mit dieser Tradition gebrochen und beschränkt den Entgegnungsanspruch auf wahre Entgegnungen; entgegnungsfähig sind daher im Prinzip nur unrichtige oder irreführende *Tatsachenbehauptungen,* wobei die dadurch notwendig gewordene Wahrheitsprüfung im Streitfall einem beschleunigten Verfahren übertragen wurde[7)]. Abgesehen von der Entlastung der Medien, die den Abdruck unwahrer Entgegnungen stets als Schikane empfunden haben, müßte dies im Ergebnis auf eine Aufwertung der Entgegnung hinauslaufen, weil sie nunmehr doch eine Vermutung für ihre Richtigkeit (und für die Falschheit der ursprünglichen Meldung) in Anspruch nehmen kann.

Bei *realistischer Betrachtung* ist freilich zu bezweifeln, ob das dem Entgegnungsrecht zugrunde liegende Ziel, nämlich die Korrektur eines verfälschten öffentlichen Erscheinungsbildes und die Sicherung kommunikativer Waffengleichheit, immer oder auch nur regelmäßig erreicht wird. Abgesehen von der unvermeidbaren Zeitspanne zwischen der ersten Meldung und ihrer Richtigstellung und dem ganz anderen Aufmerksamkeitsgrad, den der Leser oder Hörer einer journalistisch aufbereiteten Erstmeldung mit hohem (negativem) Nachrichtenwert entgegenbringen wird, und der mit einer letztlich als Formalismus empfundenen Entgegnung nie mehr eingeholt werden kann, gilt auch hier der Satz „semper aliquid haeret" (oder ausgedrückt im landläufigen Urteil: „Wo viel Rauch ist, ist auch Feuer"). Er gilt umso mehr, wenn sich der Einzelne einem übermächtigen Medium gegenüber sieht, das ausgestattet mit dem ganzen Instrumentarium der Emotionalisierung, Personalisierung und Trivialisierung griffige Stereotypen und Vorurteile prägen kann, demgegenüber der auf rationale Argumentation angelegte Entgegnungsanspruch nicht mehr als nur eine formale Waffengleichheit sichert.

Auch im vorliegenden Medienfall Lainz ermöglichte daher das *Entgegnungsrecht* zwar eine durchaus spektakuläre Reaktion auf jene Falschmeldungen, die durch das hektische Ringen der Boulevardzeitungen um eine möglichst exklusive Story mitverursacht worden waren. Um den vom Gesetz geforderten gleichen Veröffentlichungswert zu erreichen, mußte die Neue Kronen Zeitung an einem bestimmten Tag fünf ganze Seiten unter Einschluß der vollständigen Titelseite (!) für Entgegnungen zur Verfügung stellen, durch die mit Bildern und unter Verwendung übergroßer Lettern besonders nachdrücklich auf die zwei Monate zurückliegende Falschmeldung aufmerksam gemacht wurde; in rund 40 Thesenpaaren wurde in den verschiedensten Formulierungen richtiggestellt, daß die Lainzer Hauptverdächtigte in *keinem* Nachtlokal gearbeitet habe, daß sie *kein* Geld für Liebesdienste entgegengenommen habe, daß sie *niemals* auf Männerfang ausgewesen war, usw[8]. Gewiß hat diese Form der Richtigstellung die vorangegangene Diffamierung nicht ungeschehen machen können. Sie war vielmehr ausschließlich eine *Sanktion,* und zwar eine durchaus empfindliche Sanktion, wenn man den für die aufgezwungenen Entgegnungen aufgewandten Seitenpreis zugrunde legt und darüber hinaus den Ansehensverlust berücksichtigt, der die Zeitung traf – sowohl in den Augen der Leser wie bei der Konkurrenz, die mit spöttischer Häme nicht sparte. Auch als „Strafe" für eine Falschmeldung ist die Entgegnung nicht wirkungslos. Nur liegt dann ihre Wirksamkeit eben mehr bei der Prävention als beim Ausgleich eines Ansehensverlustes oder der Rehabilitation eines Betroffenen.

Schutz der Ehre

Über die eine Gegendarstellung hinausgehende Sanktionen sieht die Rechtsordnung dort vor, wo in abgegrenzte Rechtsgüter der Person eingegriffen wird. Dazu gehört in erster Linie der soziale Geltungsanspruch, den ein Mensch in der Öffentlichkeit erlangt, und auf dessen Respektierung durch die Umwelt er einen Anspruch hat. Im Zentrum des Persönlichkeitsschutzes steht daher das *Ehrenschutzrecht,* so daß der mit allen Details ausgemalte Vorwurf der Geheimprostitution im Falle der Neuen Kronen Zeitung in erster Linie die Frage nach der beleidigungsrechtlichen Qualifikation dieser Berichterstattung aufwerfen mußte. Weil allerdings die Wahrheit nach einer traditionellen Auffassung keine Injurie sein kann, knüpfen die meisten Rechtsordnungen Sanktionen nur an jene ehrenrührigen Behauptungen, die nicht der Wahrheit entsprechen, – rechtlich geschützt ist mit anderen Worten nur der verdiente Ehranspruch. Daher hätte es im Fall Lainz zumindest eine Rolle gespielt, ob die betroffene Frau tatsächlich als Prostituierte gearbeitet hatte (was, wie sich bald gezeigt hat, tatsächlich nicht der Fall war) und ob der Journalist der Kronen Zeitung fahrlässig recherchiert hatte (was zumindest von vielen behauptet wurde)[9)].

Freilich: So einfach das grundlegende Rechtsprinzip des Ehrenschutzrechts beschaffen ist, so kompliziert können die juristischen Einzelheiten ausgestattet sein. Diese sind jedoch – wie die Regelung der Beweislast, die nähere Gestaltung der Sanktionen, die verfahrensrechtlichen Fragen – für die Effektivität des Ehrenschutzes ausschlaggebend. In Österreich ist, anders als in vergleichbaren Ländern, immer noch das *Strafrecht* der Angelpunkt des Beleidigungsrechts, und hier wiederum das Delikt der üblen Nachrede (§ 111 StGB). Ein Journalist, der einem Menschen in einem Massenmedium entweder verächtliche Eigenschaften (z. B. Bestechlichkeit) oder unehrenhafte Verhaltensweisen (z. B. Prostitution) vorwirft, macht sich danach strafbar, außer er kann im Prozeß die Wahrheit seiner Behauptung (§ 111 Abs 3 StGB) oder zumindest seinen guten Glauben und die Einhaltung der gebotenen journalistischen Sorgfalt (§ 29 Mediengesetz) beweisen[10)]. Das strafrechtliche Risiko lastet also auf jenem Journalisten, der gegen die professionellen Standards verstößt, weil er entweder wider besseres Wissen oder zumindest fahrlässig, d.h. ohne ausreichende Recherche (Gegenrecherche), ehrenrühriges Material veröffentlicht hat[11)]. Das Medienopfer ist im Strafrecht prozessual in der günstigeren Position als der beweispflichtige Journalist, weil dieser im Prozeß die Wahrheit oder zumindest die Einhaltung der gebotenen Sorgfalt zu beweisen hat.

Neben der Bestrafung eines schuldigen Journalisten und der Veröffentlichung des Strafurteiles – beides „bringt“ dem Betroffenen nicht mehr als die Genugtuung, zu „seinem Recht“ gekommen zu sein – sieht das Mediengesetz (§ 6) die *Zahlung einer Entschädigung* für die durch eine üble Nachrede erlittene Kränkung vor. Diese ist nicht vom verurteilten Journalisten, sondern vom Medieninhaber (Verleger) zu entrichten. Daß der Entschädigungsbetrag kraft Gesetz auf höchstens ÖS 100.000,-- begrenzt ist, macht ihn allerdings für die meisten Massenmedien zu einer vernachlässigbaren Größe, die durch eine einzige auflagensteigernde Schlagzeile nach dem Muster „Mordschwester war Geheimprostituierte“ ohne weiteres kompensiert werden kann. Um präventive Wirkung zu zeigen, müßte diese Summe wesentlich erhöht werden[12)].

Eine auch unter dem wirtschaftlichen Aspekt viel einschneidendere Sanktion wäre die *Beschlagnahme,* die als vorläufige Sicherungsmaßnahme wegen des Verdachts eines Medieninhaltsdelikts auch auf Antrag eines Privatanklägers verhängt werden kann. Während aber diese scharfe Waffe noch bis in die 70er Jahre hinein recht häufig eingesetzt wurde, nicht zuletzt um die ersten zaghaften Ansätze eines investigativen Journalismus in Österreich repressiver Kontrolle zu unterwerfen, hat das Mediengesetz die Beschlagnahme zu Recht zurückgedrängt. Zumindest in Beleidigungsprozessen können die Medien einer drohenden Beschlagnahme heute durch die Einschaltung einer sogenannten *Mitteilung nach § 37 Mediengesetz* entgehen, die – äußerlich einer Entgegnung ähnlich – der Öffentlichkeit signalisieren soll, daß sich ein von der Presse Angegriffener mit einer Klage zur Wehr setzt. So war auch im Fall Lainz die auf der Titelseite und einer ganzen Heftinnenseite placierte, gerichtlich angeordnete Veröffentlichung der Mitteilung, daß die hauptverdächtigte Frau wegen der Behauptung „Mordschwester war Geheimprostituierte" und anderer damit zusammenhängender Behauptungen Strafanzeige wegen übler Nachrede gegen die Neue Kronen Zeitung eingebracht und das Gericht das entsprechende Verfahren eingeleitet hat, die erste für die Öffentlichkeit erkennbare rechtliche Reaktion auf die vorangegangene diffamierende Berichterstattung[13)].

Die insgesamt gesehen eher geringe Wirksamkeit der strafrechtlichen Sanktionen, zu der noch eine von machen Kritikern als „zu medienfreundlich" gescholtene Rechtsprechung der Strafgerichte kommt[14)], läßt die Betroffenen in den letzten Jahren vermehrt Zuflucht bei den *zivilrechtlichen Rechtsbehelfen* suchen. In erster Linie bieten sich der Tatbestand der Kreditgefährdung (§ 1330 Abs 2 ABGB) und für den Fall einer Bildveröffentlichung das Recht am eigenen Bild (§ 78 UrhG) an, die einem Medienopfer bei Beleidigungen oder beleidigenden Bildveröffentlichungen durchaus wirksame Sanktionen zur Verfügung stellen: So kann mit einstweiligen Verfügungen relativ rasch auf eine Veröffentlichung, u.U. sogar auf eine erst drohende Veröffentlichung, reagiert und der eingetretene Schaden begrenzt werden. Unterlassungs- und Widerrufsansprüche bieten eine gewisse Chance der öffentlichen Rehabilitierung, und schließlich steht ein nach allgemeinen Grundsätzen zu bemessender Schadenersatzanspruch zu. Er ist bei der Kreditgefährdung freilich auf den Ersatz des Vermögensschadens beschränkt, kann hier aber – wie ein ebenfalls gegen die Neue Kronen Zeitung ergangenes Urteil in der sogenannten Schmiergeldaffäre gezeigt hat – beträchtliche Summen erreichen[15)].

Der Haken beim zivilrechtlichen Beleidigungsrecht ist die für das Medienopfer ungünstige *Ausgestaltung der Beweislast,* weil hier das Opfer – das im Prozeß als beweispflichtiger Kläger auftritt – die Falschheit der ehrenrührigen Behauptung so zu beweisen hat. Ein solcher „Negativbeweis“, nämlich der Nachweis, ein bestimmtes ehrenrühriges Verhalten *nicht* gesetzt zu haben, wird aber unter Juristen nicht zu Unrecht als „probatio diabolica“ bezeichnet; jedes Beweisdefizit – ein Zeuge verstirbt, verweigert die Aussage, ein Dokument ist nicht mehr greifbar – geht nämlich anders als im Strafprozeß zu Lasten des Klägers. Wenn im vorliegenden Medienfall Lainz die zu Unrecht der Geheimprostitution bezichtigte Frau trotzdem damit rechnen durfte, mit ihren auf § 1330 ABGB (Kreditgefährdung) und § 78 UrhG (Recht am eigenen Bild) gestützten Klagen durchzudringen, so vor allem deshalb, weil hier letztlich doch eine verhältnismäßig eindeutige und krasse journalistische Fehlleistung zum Urteil anstand.

Schutz der Privatsphäre

Im Beleidigungsrecht geht es um den Schutz der Ehre eines von den Medien zu Unrecht attackierten Menschen. Dies ist ein Rechtsgut mit langer Tradition. Dagegen hat das Recht für die Tatsache, daß die Massenmedien die Persönlichkeit eines Menschen auch durch eine Berichterstattung beschädigen können, die dem Buchstaben nach wahr ist, erst relativ spät die nötige Sensibilität entwickelt. Formuliert wird dieses Anliegen als *Schutz der Privatsphäre*. Dieser Schutz wurde zwar lange Zeit als ein Anhängsel des Ehrenschutzrechts empfunden und mißverstanden, ist aber heute in den meisten Ländern als ein eigenständiges Schutzgut anerkannt.

Freilich haben die meisten positiven Rechtsordnungen die Privatsphäre nur in engen Grenzen und mitunter ungenügend geschützt. Einer der Gründe dafür dürfte sein, daß die Grenzen der Privatsphäre, zu der die Öffentlichkeit nur einen begrenzten Zugang erhalten soll, in der modernen Gesellschaft mit ihrer diffusen Sozialsphäre alles andere als klar definierbar sind. Außerdem läuft ein effektiver Schutz der Privatsphäre vor Informationseingriffen in der Konsequenz auf eine Einschränkung auch objektiver Berichterstattung hinaus, was in einer offenen Gesellschaft nur als eng begrenzte Ausnahme tragbar ist. Andererseits erlaubt die Offenheit des Konzepts „Privatsphäre" dem Recht ein elastisches Reagieren auch auf die subtileren journalistischen Strategien der Wirklichkeitsverfremdung, etwa auf eine entstellende Berichterstattung über Privates („putting in a false light"), die Ausbeutung eines Lebensschicksals, die Kommerzialisierung einer Person oder die distanzlose Schilderung eines privaten Geschehens, welches entfremdet wird, wenn es auf die Kurzform des Zeigbaren gebracht wird. Nicht von ungefähr wurde das „Right of Privacy" des amerikanischen Rechtskreises um die Jahrhundertwende von zwei einflußreichen Bostoner Anwälten als eine Reaktion auf den um sich greifenden Boulevardstil des frühen „yellow journalism" postuliert – mit Erfolg, wie die weitere juristische Entwicklung zeigen sollte. Dies geschah, obwohl die beiden Anwälte die noch recht idyllischen Verhältnisse im frühen Boulevardjournalismus überzeichnet und damit zugleich bereits jene Spielart des kultivierten Mißtrauens gegenüber den Massenmedien an den Tag gelegt hatten, die auch noch heute für manche (notabene: juristische) Kritiker der Boulevardpresse charakteristisch ist[16)].

Im österreichischen Recht finden wir als relativ prägnant abgefaßten Tatbestand des Privatheitsschutzes den Schadenersatzanspruch nach § 7 Mediengesetz. Danach gebührt eine (mit maximal ÖS 50.000.-- begrenzte) Entschädigung für die erlittene Kränkung, wenn in einem Medium der *höchstpersönliche Lebensbereich* eines Menschen in einer Weise erörtert oder dargestellt wurde, die geeignet ist, ihn in der Öffentlichkeit bloßzustellen. Ist die Berichterstattung freilich wahr und steht sie „in unmittelbarem Zusammenhang" mit dem öffentlichen Leben, löst selbst eine in den geschützten höchstpersönlichen Lebensbereich eindringende Veröffentlichung keine Ersatzansprüche aus.

Eine Berichterstattung wie die über Lainz wirft die Frage auf, ob hier die Grenzen dieses höchstpersönlichen Lebensbereiches respektiert wurden: Unter all den privaten Zuständen und Befindlichkeiten eines Menschen sind der Zustand des Schmerzes und der Akt des Todes die privatesten und am wenigsten mitteilbaren[17)], während zugleich das Krankenhaus als der Ort solchen Geschehens ein öffentlicher Ort ist. Diese Durchmischung von privaten und öffentlichen Sphären ist charakteristisch für die moderne Gesellschaft und stellt auch eine Herausforderung für das Medienrecht dar.

Im einzelnen muß zunächst unterschieden werden zwischen den verschiedenen, in das Geschehen verwickelten Personen. Wer in der Lage der Krankheit und Hilflosigkeit zum Opfer einer *strafbaren Handlung* wird, befindet sich in einer Situation gesteigerter Privatheit, die ohne weiteres zum höchstpersönlichen Lebensbereich zuzurechnen ist. Daß sich das Geschehen im öffentlichen Krankenhaus abspielt, ändert daran ebensowenig wie die gleichsam zeitgeschichtlich herausragende Dimension der Straftat, um die es hier geht[18)]. Wenn es trotzdem im Zusammenhang mit der Berichterstattung über Lainz zu juristisch greifbaren Bloßstellungen im Sinne von § 7 Mediengesetz nicht gekommen ist –, obwohl auch über die Getöteten und die Überlebenden der Pflegestation mitunter in einer alle sachlichen Informationsbedürfnisse weit übersteigenden Art und Weise berichtet wurde – so deshalb, weil die meisten Medien in den meisten Fällen auf eine Identifizierung der Opfer verzichtet haben. Jeder rechtlich relevante Persönlichkeitseingriff setzt aber die Erkennbarkeit eines Betroffenen voraus, sodaß eine für die Umwelt nicht persönlich zuschreibbare Berichterstattung, so schmerzhaft sie für den sein mag, der sich darin selbst erkennt, und so anstößig sie unter Umständen sein mag, keine Haftungsfolgen auslöst. Mitunter profitieren die Medien bei ihrer Berichterstattung über Straftaten und Unfälle aber schlicht auch von der Tatsache, daß der Persönlichkeitsschutz prinzipiell nicht über den Tod eines Menschen hinausreicht[19)].

Wer dagegen nicht zum unfreiwilligen Opfer eines Verbrechens wurde, sondern selbst handelnd eine *Straftat* gesetzt hat oder einer Straftat immerhin verdächtig ist, hat seinen höchstpersönlichen Lebensbereich überschritten. Der Täter oder Tatverdächtige kann nach allgemeiner Auffassung nicht den Schutz seiner Privatsphäre einfordern.

Wieweit in dieser, mehr oder minder unstrittigen Wertung noch gewisse, mit dem heutigen Strafrechtsdenken nicht mehr ganz vereinbare Vorurteile und Erinnerungen an den Pranger mitklingen, soll hier nicht weiter diskutiert werden. Faktum ist, daß ein von der Gesellschaft als strafbar qualifiziertes und mit Sanktionen belegtes, im öffentlichen Verfahren abgeurteiltes Verhalten nicht zu dem geschützen Bereich des Privatlebens nach § 7 Mediengesetz gerechnet werden kann. Damit ist noch nicht gesagt, daß sich das Leben eines Verdächtigen/Täters grenzenlos der öffentlichen Neugierde öffnen muß. Auch ein Straftäter tritt nämlich nur soweit aus seiner Privatsphäre heraus, als der Sozialbezug der ihm angelasteten Tat reicht. Er kann wie jeder Mensch, ungeachtet seiner öffentlichen Bedeutsamkeit als „Person der Zeitgeschichte“, einen letzten Bereich des Privaten beanspruchen. Wie weit dieser Bereich geht und welche Umstände des Intimlebens für die Aufklärung einer Straftat und das Verständnis ihrer Hintergründe von Bedeutung sind, bleibt letztlich eine stark von persönlichen Wertungen durchzogene Frage.

Jemand, der die Aufdeckung des sexuellen Doppellebens einer Mordverdächtigen (die Richtigkeit einer solchen Meldung einmal unterstellt) rechtfertigen möchte, kann sich auf den „unmittelbaren Zusammenhang mit dem öffentlichen Leben“ berufen, der nach § 7 Mediengesetz die Veröffentlichung zulässig erscheinen läßt. Er wird für die Öffentlichkeit das Recht reklamieren, sich mit allen Hintergründen einer unfaßbaren Gewalttat auseinanderzusetzen, wozu auch die Persönlichkeit einer Tatverdächtigen bis hin zu ihrem Sexualleben gehören mag. Naheliegend und konsequent wäre dann freilich auch die (in der Praxis meist unterschlagene) Folgerung, daß sich ein solcher aufklärerischer Impetus in einer besonders verantwortungsbewußten Art der Berichterstattung niederschlagen müßte, um nicht nur eine Scheinrechtfertigung zu sein. Die angemessene und faire mediale Aufbereitung eines Tatverdachtes oder das Bemühen um eine seriöse Durchleuchtung der Hintergründe müßten dann bei der Beurteilung des Öffentlichkeitswertes der Information ebenso ins Gewicht fallen wie umgekehrt die spekulative und sensationelle Aufmachung einer Straftat, die nur mehr in den bizarren, schlüpfrigen oder sensationellen Details schwelgt, wo also der Reizwert der Aufmachung den Gebrauchswert der Information weit überschreitet. Freilich ist es fraglich, ob sich ein Richter auf ein solch unsicheres Terrain einer medialen Form- und Inhaltskritik begeben wird und ob dies auch legitim wäre, weil in einem solchen Fall letztlich doch das moralische Urteil des Richters zum Maßstab des objektiven Rechts würde. Daher erscheint es wahrscheinlicher, – die Frage ist noch nicht ausjudiziert –, daß der Anspruch nach § 7 Mediengesetz einem Tatverdächtigen oder Täter nur ganz ausnahmsweise zustehen kann, etwa dann, wenn mit der Straftat ganz und gar nicht zusammenhängende, etwa bereits weit zurückliegende Details aus seiner höchstpersönlichen Lebenssphäre ausgebreitet werden.

Die Achtung der Unschuldsvermutung und das Recht auf Namensanonymität

Der Schutz der Privatsphäre kann also einen mutmaßlichen Täter nicht davor bewahren, daß über die Tat berichtet und er der Öffentlichkeit als der Verdächtige präsentiert wird. Einen gesteigerten Persönlichkeitseingriff stellt es freilich dar, wenn Medien wie im Falle Lainz nicht nur über einen Verdacht distanziert und fair berichten, sondern Mordverdächtige bereits als überführte Mörder abstempeln und damit das ordentliche Gerichtsverfahren durch ein „trial by newspaper" vorwegnehmen. Die Rechtsordnung hat den Einzelnen auch gegenüber solchen Praktiken *medialer Vorverurteilung* lange Zeit schutzlos gelassen, und auch gegenwärtig sind die Konturen des in diesem Bereich bestehenden Rechtsschutzes noch einigermaßen ungewiß[20)].

Das Ehrenschutzrecht schützt davor, *zu Unrecht* als Täter angeprangert zu werden. Wenn sich eine präjudizierende Berichterstattung tatsächlich in eine sich selbst erfüllende Prophezeiung verwandelt und der erhobene Verdacht im nachfolgenden gerichtlichen Urteil seine Bestätigung findet, kann einem Journalisten kein beleidigungsrechtlicher Vorwurf gemacht werden. Die Herabwürdigung und die Beeinträchtigung der Verteidigungsrechte durch ein das Gerichtsverfahren vorwegnehmendes öffentliches Tribunal erscheinen in diesem Sinne als eher unvermeidbare Konsequenzen des Grundsatzes, daß jeder Mensch nach seinen Verdiensten beurteilt werden darf und daß daher kein Verruf strafbar sein kann, wenn er letztlich doch der Wahrheit entspricht[21)].

Abgesehen von der anstehenden Frage der von Massenmedien behaupteten „Wahrheit" eines kriminellen Geschehens, läßt diese Logik des Beleidigungsrechts doch eines offen: nämlich, daß das *Stigma medialer Vorverurteilung* in aller Regel mehr ist als nur die Vorwegnahme des nachfolgenden objektiven Befundes und in Wahrheit eine gesellschaftliche Sanktion darstellt, welche ohne Verfahren und von jemandem verhängt wird, der Richter und Ankläger zugleich ist. Damit kann die Berichterstattung als eine Sanktion wirken, welche die spätere, vom Gericht verhängte Strafe an Gewicht weit übersteigt.

In der Tat ist es in den letzten Jahren zu einer *wachsenden Sensibilisierung* gegenüber diesem Bereich des Persönlichkeitsschutzes gekommen. Das Justizsystem ist gegenüber einer, das staatliche Sanktionsmonopol bedrohenden, publizistischen „Nebenjustiz" immer schon empfindlich gewesen. Hinzu kommt nunmehr aber auch ein größeres humanitäres Verständnis für die Nöte jener Menschen, die, auch wenn sie straffällig geworden sind, immer noch einen Anspruch auf ein faires Verfahren und die Respektierung der ihnen zukommenden menschlichen Würde haben und davor geschützt werden müssen, von den Medien immer wieder ans Kreuz der eigenen Taten genagelt zu werden. Als juristischer Anknüpfungspunkt bot sich die in Artikel 6 der Europäischen Menschenrechtskonvention verankerte Unschuldsvermutung an, die in Österreich in Verfassungsrang in Geltung steht, und die der Verfassungsgerichtshof in einer jüngeren Entscheidung als einen „die gesamte österreichische Rechtsordnung beherrschenden Grundsatz" bezeichnet hat[22)]. Dieser Grundsatz läßt sich mit dem (bereits 1811 gesetzlich verankerten, aber lange Zeit als totes Recht angesehenen) *allgemeinen Persönlichkeitsrecht* des § 16 ABGB *(Allgemeines bürgerliches Gesetzbuch)* verknüpfen, den die jüngere Rechtsprechung der Zivilgerichte wiederentdeckt hat. So leitet der Oberste Gerichtshof aus § 16 ABGB etwa ein Recht auf Namensanonymität ab, das dort einzugreifen vermag, wo andere Persönlichkeitsrechte nicht mehr weiterhelfen. Die nähere Reichweite dieses Rechts hängt dabei von einer Interessenabwägung ab, wobei das Schutzanliegen des von einer namentlichen Pressemitteilung Betroffenen auf der einen Seite wertend verglichen werden muß mit den Informationsinteressen der Allgemeinheit und dem Schutze der Meinungsfreiheit auf der Seite der Medien[23)].

Auch im Falle Lainz hat die hauptverdächtigte Krankenschwester eine zivilrechtliche Klage gegen die Neue Kronen Zeitung eingebracht, wobei das Gericht dem gleichzeitig gestellten Antrag auf Erlassung einer einstweiligen Verfügung (gerichtet auf die Unterlassung der inkriminierten Behauptungen) auch stattgegeben hat, und zwar gestützt auf das allgemeine Persönlichkeitsrecht des § 16 ABGB. Ob die Klägerin oder eine der anderen unter Mordverdacht stehenden Krankenschwestern ebenfalls durchgedrungen wäre, wenn es nicht um eine eklatante Falschinformation, sondern „nur" um die Vorverurteilungen gegangen wäre, ist dagegen zweifelhaft. Nach dem Obersten Gerichtshof ist nämlich von einem prinzipiellen Vorrang der öffentlichen Informationsinteressen auszugehen, wann immer „der Namensträger sachlichen Anlaß zur Nennung seines Namens gegeben hat". Einen sachlichen Anlaß zur Nennung ihres Namens haben die einer schweren Straftat Verdächtigen aber wohl gegeben, wobei die außergewöhnliche Dimension dieses Verbrechens ebenso wie die Schwere des Verdachts letztlich zu ihren Lasten gehen und eine Namensnennung auch bei Anlegung strenger Maßstäbe als zulässig erscheinen lassen. Zweifelhaft ist freilich, ob die vom Obersten Gerichtshof aufgestellte allgemeine Abwägungsrichtlinie dem Problem angemessen ist: In Wahrheit kann es wohl nicht darum gehen, ob eine in das Kreuzfeuer der Medien geratene Person irgendeinen sachlichen Anlaß dafür gegeben hat – im allgemeinen berichten die Massenmedien ohnedies nicht „ohne Anlaß" über einen Menschen –, sondern darum, ob bei verständiger Würdigung der gesamten Interessenlage ein schutzwürdiges Interesse an der Wahrung der Anonymität besteht, das nicht durch ein konkret bestehendes und nicht nur allgemein behauptetes Informationsinteresse aufgewogen wird.

Auch in diesem Bereich, wo es um den *Schutz der Tatverdächtigen vor einer Namensnennung* in den Medien und den damit verbundenen Prangerwirkungen geht, stehen eindeutige Entscheidungen noch aus, obwohl die Dinge in Fluß geraten sind. Ein Angelpunkt wird wohl künftig das Kriterium des *sach-*

lichen Informationswertes sein, was zur Frage führt, welche Informationsbedürfnisse durch die Praxis der Kriminalberichterstattung befriedigt werden und ob legitimen Informationsbedürfnissen nicht auch dann nachgekommen werden kann, wenn auf eine volle Namensnennung verzichtet wird. Hier bedürfte es nachvollziehbarer Maßstäbe, nicht zuletzt, um die Massenmedien nicht in eine Rechtsunsicherheit zu stürzen, die zu Lasten ihrer legitimen Aufgaben geht. Denn, wie bereits eingangs deponiert: Auch der verantwortungsvoll betriebene Aufklärungsjournalismus ist eine Spielart der Kriminalberichterstattung, wobei dort, wo es um Korruption im öffentlichen Leben oder um die Korrumpierbarkeit öffentlicher Funktionäre geht, Namen nicht ausgespart werden können. Wenn daher z. B. Peter Michael Lingens schreibt (Profil 1988/35), für die „Kriminalberichterstattung von heute" gebe es im allgemeinen überhaupt keinen sachlichen Grund, stimmt das nur im Hinblick auf die von ihm gemeinte Kriminalberichterstattung, die „nicht mehr das geringste mit der Befriedigung irgendeines Informationsbedürfnisses" zu tun hat.

Bei der Suche nach Kriterien müßte die Vermeidung offensichtlicher Vorverurteilungen ein wesentlicher Gesichtspunkt sein. Die Medien dürften nicht bereits durch Formulierungen („Mordschwester") einen Tatverdacht bereits als erwiesen darstellen und auch nicht unter den Tisch fallen lassen, daß es sich – solange das Gericht nicht abschließend geurteilt hat – immer nur um einen Verdacht handeln kann. Freilich läßt sich eine faktische Präjudizierung auch durch einen noch so geschickten Umgang mit dem Konjunktiv, durch distanzierende Formulierungen („angeblicher") oder durch das Abschieben der Verantwortung auf die Nachrichtenquelle („laut Polizeibericht") nicht vermeiden. In den Augen der Öffentlichkeit wird ein Verdächtiger oft auch schon dann als Täter abgestempelt, wenn die Medien ihrer Pflicht zu einer verbalen Distanzierung, sei es ernsthaft oder auch nur scheinheilig, nachgekommen sind. Der Ausweg dürfte letztlich nur darin liegen, daß dort, wo das Informationsinteresse gering wiegt im Vergleich zu dem Nachteil, der dem Betroffenen zugefügt wird, auf die Namensnennung überhaupt verzichtet wird[24]. Solange sich die Gerichte freilich solche Grundsätze nicht zu eigen gemacht haben, bleibt nur der Appell an die journalistische Ethik – die sich freilich nur in dem Raum entfalten kann, den ihr die ökonomischen und anderen Bedingungen des Mediensystems belassen[25].

Regelbildend in dem hier interessierenden Bereich könnten freilich auch die *journalistischen Berufsnormen* wirken, wie sie z.B. im Ehrenkodex der österreichischen Presse kodifiziert sind. Aber abgesehen von einem knappen Hinweis auf den Persönlichkeitsschutz bei der Berichterstattung über Straftaten Jugendlicher schweigt der geschriebene Ehrenkodex zu der Frage, wie der Konflikt zwischen konkurrierenden professionellen Standards – hier die *Aktualitätspflicht* und dort der *Persönlichkeitsschutz* – in konkreten Konfliktsituationen aufzulösen ist. Für diese Schwäche der Standesnormen charakteristisch ist auch die auf die Lainzer Berichterstattung bezogene Resolution des Presserats, die es für zulässig erklärt hat, „über spektakuläre Ereignisse spektakulär zu berichten". Auch wenn im weiteren Verlauf der Resolution auf die Unverzichtbarkeit der journalistischen Sorgfaltspflicht „auch und gerade bei sensationeller Berichterstattung" hingewiesen wurde, scheint hier das „Spektakuläre" (was immer darunter zu verstehen sein mag) zum journalistischen Handlungsziel hochstilisiert worden zu sein[26].

Macht und Ohnmacht des Persönlichkeitsschutzes

Nach diesem Überblick über das einschlägige Normenmaterial bleibt die Frage, ob das gegenwärtige Recht die Opfer medialer Übergriffe ausreichend schützt. Bei der Antwort muß man nach den gesetzlichen Tatbeständen und der tatsächlichen Situation der Rechtsdurchsetzung differenzieren.

Das *Ehrenschutzrecht* ist, vor allem in Verbindung mit dem Entgegnungsanspruch, ein im Prinzip taugliches Mittel, um wahrheitswidrigen, ehrenrührigen Veröffentlichungen entgegenzutreten. Korrekturbedürftig sind die gesetzlich begrenzten Entschädigungsbeträge bei immateriellen Schädigungen, die weder präventiv wirken noch dem Einzelnen einen angemessenen Ausgleich für unter Umständen schwerwiegende Diffamierungen bieten.

Gegenüber einer *nicht* geradezu *wahrheitswidrigen* Berichterstattung wird der Einzelne dagegen nur ausnahmsweise durchdringen, auch wenn sie die Wirklichkeit verzerrt, den Menschen bloßstellt oder ihm zumutet, die „andere Wirklichkeit" seiner öffentlich gewordenen Existenz zu bewältigen. Freilich wäre anderes auch schwer vorstellbar: Das Recht muß sich geradezu mit einem vereinfachten Gegensatz von Wahrheit und Unwahrheit begnügen, weil jeder Versuch einer differenzierteren juristischen Bewertung der komplexen Beziehungen zwischen der Wirklichkeit, so wie sie ist, und wie sie in den Medien in Erscheinung tritt, dem Richter eine Aufgabe aufbürden würde, die er nicht erfüllen könnte, ohne zum Zensor zu werden. Aus dem gleichen Grund liegt auch die publizistische Relevanz von Informationen prinzipiell außerhalb der Reichweite des Rechtssystems[27)]. Mit den hölzernen Handschuhen des Rechts kann journalistische Professionalität ebensowenig erzwungen oder gewährleistet werden wie die Einhaltung der Grundsätze ethischen Handelns, sofern diese über elementare Gebote und Verbote hinausgehen.

Ausnahmen von der Regel, daß die Wahrheit nicht strafbar und der Berichterstattung frei zugänglich ist, kann es nur dort geben, wo in eine einigermaßen klar abgrenzbare Sphäre eingegriffen und dem Einzelnen ein konkreter Rechtsnachteil zugefügt wird. Das sind, wie sich gezeigt hat, bestimmte *Bereiche des abgegrenzten Privatlebens,* die vor allem gegenüber Indiskretionen durch zivilrechtliche Entschädigungs- und Abwehransprüche abgeschirmt sind. Dieser begrenzte Schutz ist im großen und ganzen ausreichend. Dagegen fehlen solche klaren Abgrenzungen und eindeutige Normen bei der Kriminalberichterstattung. Der Respekt vor der Unschuldsvermutung bleibt daher weitgehend eine Frage der ethischen Verantwortlichkeit der Journalisten – eine ethische Verantwortlichkeit, die freilich in die wirtschaftlichen und sonstigen Zwänge eines Marktes eingebunden ist, auf dem Nachrichten als Waren gehandelt werden. Ob die aufgezeigten Rechtsfortbildungsprozesse eine Änderung der *Situation* herbeiführen werden, wird abzuwarten sein.

Die *tatsächliche Situation des Medienopfers* wird allerdings nicht nur durch die mehr oder minder befriedigende Ausgestaltung der gesetzlichen Tatbestände bestimmt: auf sie kommt es oft erst in zweiter Linie an. Die Hauptverdächtigte im Anlaßfall Lainz war juristisch gut beraten und konnte tatsächlich alle in Betracht kommenden Rechtsbehelfe ausschöpfen und sich mit Erfolg zur Wehr setzen. Das gelingt dem „durchschnittlichen" Medienopfer selten,anders als jenen Personen, die am häufigsten die Gerichte in Mediensachen anrufen: das ist die Prominenz, die nicht nur das stärkste Interesse, sondern vor allem auch die Möglichkeiten hat, den Rechtsweg zu beschreiten[28)]. Darauf kommt es aber an, weil die meisten einschlägigen Strafrechtstatbestände Privatanklagedelikte sind, die nicht von Amts wegen, sondern nur auf Initiative eines Betroffenen verfolgt werden. Dieser trägt dann auch das finanzielle Risiko, genauso wie im Zivilprozeß gegen Medien, bei dem Prozeßrisiko und Prozeßkosten in der Regel noch um einiges höher sind.

Daher muß sich nicht nur der unterprivilegierte Außenseiter, sondern auch jeder Durchschnittsbürger sorgfältig überlegen, ob er sich eine Rechtsdurchsetzung leisten kann, die ihm gewiß keine Rehabilitation, sondern allenfalls eine gewisse Genugtuung und vielleicht (von nachweisbaren Vermögensschäden abgesehen) eine kärglich bemessene finanzielle Entschädigung bringen wird. Er wird auch das Risiko zu erwägen haben, daß im Prozeß gegen das Medium und in der Öffentlichkeit nochmals all das aufgewühlt werden wird, was ihn bereits zu Unrecht belastet hat.

In dieser *faktischen Überlegenheit* der großen Medien, die eine soziale, finanzielle und kommunikative Überlegenheit ist, liegt die eigentliche Ohnmacht vieler Menschen begründet, die sich als Medienopfer fühlen. Viele resignieren daher bei publizistischen Angriffen, hoffen auf die Vergeßlichkeit einer schnellebigen Öffentlichkeit oder sind selbstbewußt genug, um über einen Presseangriff hinwegzusehen. Andere lassen sich ihren Persönlichkeitsschutz abkaufen und stimmen einer sie bloßstellenden Veröffentlichung zu. So eindeutig dabei die Verurteilung eines solchen „Scheckbuchjournalismus" ausfallen dürfte, soweit es um die Medien geht, so unterschiedlich kann die Interessenlage der Empfänger solcher Zahlungen sein. Von der kühl berechnenden Vermarktung süffiger Geschichten bis zur Sicherung der notwendigsten Mittel für die Bezahlung eines Verteidigers reicht ein weites Spektrum, in dem sich letztlich nichts anderes ausdrückt, als daß der Mensch über seine Persönlichkeitsrechte verfügen und daher auch, wenn dies sein Wille ist, sie genauso kommerzialisieren kann, wie es die Medien tun. Es zeigt sich hier außerdem, daß Persönlichkeitsrechte kein Mittel sind, um einen „besseren Journalismus" hervorzubringen, obwohl der Einzelne im Kampf um seine Rechte Teilaspekte der journalistischen Verantwortung letztlich auch zum Nutzen aller einmahnen kann.

Schließlich und nicht allzu selten arrangieren sich die Betroffenen und suchen einen Ausgleich, der für die Medien den Vorteil hat, daß eine öffentliche Auseinandersetzung über eigene Fehlleistungen vermieden wird, während sich der Einzelne eine aufwendige Prozeßführung erspart und sich unter Umständen noch andere Vorteile sichern kann. Auf diese Weise ging auch der Fall der Lainzer Hauptverdächtigten zu Ende: Nachdem das ganze vorstehend geschilderte juristische Instrumentarium in Gang gesetzt worden und einzelne Teilerfolge gegen die Neue Kronen Zeitung bereits errungen waren, wurde nach vorliegenden Berichten ein Vergleich zwischen den Parteien geschlossen, mit dem alle anhängigen Verfahren beendet wurden.

Die näheren Bedingungen dieses Vergleiches sind nicht bekannt, aber, wie ein Kommentator meinte: „So fand ein ungewöhnlicher Fall von Persönlichkeitsverletzung ein ganz gewöhnliches Ende…“[29].

Persönlichkeitsschutz und „Leserschutz“

Persönlichkeitsschutz zielt auf den Schutz real lebender Menschen vor einer Berichterstattung, die sie für ihre soziale Umgebung erkennbar bloßstellt. Wollen die Medien Persönlichkeitseingriffe vermeiden und trotzdem ihr Publikum mit jenen gewinnbringenden Reizen bedienen, die offensichtlich mit der Darstellung des Menschen in all seinen Blößen verbunden sind, liegt es nahe, in die Welt des fiktiven Sensationalismus auszuweichen. Geschichten ersetzen dann die Nachrichten aus der wirklichen Welt, und an die Stelle realer Menschen treten Schemen ohne Namen und Identität oder Kunstfiguren, die sich viel leichter als die Wirklichkeit der Dramaturgie des medialen Exhibitionismus fügen. Was sich als ein krasser Mißbrauch des journalistischen Auftrages darstellt, wenn der Leser/Hörer über solche Täuschungen im Unklaren gelassen wird, ist für den Persönlichkeitsschutz freilich irrelevant. Es scheint sogar so zu sein, daß die Versuchung zur Flucht in die verdeckte journalistische Fiktion in jenen Ländern am größten ist, in denen der Persönlichkeitsschutz am effektivsten ausgestaltet ist.

Im allgemeinen toleriert auch das übrige Medienrecht eine Inszenierung von Scheinwirklichkeiten: Ein allgemeines Recht auf Wahrheit oder eine Pflicht zur Wahrhaftigkeit gibt es, losgelöst von Eingriffen in die Rechtssphäre konkret Betroffener, im österreichischen Recht nicht. Nur in gewissen eng umschriebenen Fällen, in denen eine Falschmeldung gegen ein gewichtiges öffentliches Interesse verstößt, reagiert das Recht mit Sanktionen auf die bewußte Entstellung der Wirklichkeit. Praktische Bedeutung kommt diesen Tatbeständen aber nicht zu[30]. Und so wäre letztlich die Vorstellung nicht ganz abwegig, daß eine Berichterstattung wie die über die Lainzer Mordaffäre als eine „news story" inszeniert würde – so wie im konkreten Fall zumindest die Episode über das angebliche Doppelleben der Hauptverdächtigten deutlich fiktive Züge trug.

Die einzige *Kontrolle,* die es in diesem Zusammenhang gibt (und geben kann, wenn nicht der Staat die Wahrheit der Berichterstattung approbieren soll, was mit unseren Vorstellungen von einer freiheitlichen Medienordnung unvereinbar wäre), ist die Außenkontrolle durch konkurrierende Medien. Sie ist im allgemeinen auch effektiv, mitunter sogar effektiver als staatliche Strafen, wenn man z.B. an den Ansehensverlust denkt, dem sich der *„Stern"* ausgesetzt sah, nachdem die Fälschung der „Hitler-Tagebücher" aufgedeckt worden war. Was das Recht betrifft, so kann es diese im Interesse der Rezipienten notwendige Kontrolle nicht erzwingen, sollte ihr aber auch nicht in den Arm fallen. Auch für diese Problematik liefert die Medienaffäre Lainz zuletzt noch Anschauungsmaterial.

Denn die Neue Kronen Zeitung hat sich in einer bemerkenswerten Umkehrung der Opfer-Täter-Situation schließlich selbst als Medienopfer gesehen, nachdem andere Zeitungen die journalistischen Fehlleistungen mit Schadenfreude und den Stil der Lainz-Berichterstattung mit Entrüstung kommentiert hatten. Sie hat auf diese Kritik scharf reagiert und ihre Kritiker mit zahlreichen Verfahren überzogen. Auf diese Verfahren soll hier im einzelnen nicht eingegangen werden. Bemerkenswert daran ist, daß sich die Neue Kronen Zeitung auf dasselbe juristische Instrumenarium gestützt hat, das in zahlreichen anderen Zeitungsfehden mobilisiert wurde, nämlich auf das Wettbewerbsrecht (UWG).

Das Wettbewerbsrecht ist nun zwar gewiß ein taugliches Instrumentarium, wenn es darum geht, den unlauteren Wettbewerb zwischen konkurrierenden Medien zu unterbinden, etwa durch eine gezielte Verteilung von Gratiszeitschriften und die damit einhergehende Verstopfung des Marktes oder durch unerlaubte Zugaben oder den Kaufreiz verstärkende Preisausschreiben. Das braucht hier nicht näher zu interessieren. Fragwürdig wird der Einsatz des Wettbewerbsrechts aber, wenn die Kritik an einem bestimmten Stil der Berichterstattung oder die Aufdeckung journalistischer Mißgriffe mit denselben Maßstäben gemessen wird, wie sonst irgendeine herabsetzende Äußerung über die Ware eines Konkurrenten. Zwar sind auch Medien Waren, die auf dem Markt angeboten werden. Daher kann derjenige, der sich mit den Leistungen und Fehlleistungen eines anderen Mediums kritisch auseinandersetzt, durchaus seinen eigenen geschäftlichen Vorteil mit im Auge haben. Letztlich bedient er aber immer auch das öffentliche Interesse an einer unbehinderten Auseinandersetzung über eine für die Demokratie wesentliche Angelegenheit. Diesen Gesichtspunkt haben die österreichischen Gerichte oft zu wenig beachtet, wenn sie – bildhaft gesprochen – Zeitungen und die Kritik an Zeitungen nach denselben Kriterien beurteilen, wie einen Warentest über unbedrucktes Endlospapier. Möglicherweise kündigt aber eine ebenfalls noch zum Medienfall Lainz ergangene Entscheidung des Obersten Gerichtshofs eine Trendwende an. In ihr wurde den Kritikern der Neuen Kronen Zeitung letztlich doch das Recht attestiert, ihre Medienschelte auch in drastische Worte zu kleiden: Denn eine solche Kritik sei, „berücksichtigt man den journalistischen Stil, dessen sich die Klägerin … bedient hat, den mitgeteilten Tatsachen adäquat“[31)].

Anmerkungen:

1) Zur Entwicklung dieser Sparte am Beispiel der Wiener Presse vgl. *Holiczki,* Die Entwicklung der Gerichtsberichterstattung in der Wiener Tagespresse von 1848 bis zur Jahrhundertwende, Diss. Wien 1972.

2) Vlg. z B die Referate von *van DIJK* und H.J. *Schneider*, in: Council of Europe (ed.), Public Opinion On Crime And Criminal Justice, Collected Studies in Criminological Research 17, Strasbourg (1979) 7, 119; *Steinert*, Gesellschaftliche Konflikte im Spiegel von Justiz und Medien, in: Wassermann (Hrsg.), Justiz und Medien (1980) 78 m weit Nachw. vor allem zu den einschlägigen Untersuchungen des Ludwig-Boltzmann-Instituts für Kriminalsoziologie Wien; *Semrau*, Kriminalität als gemachte Wirklichkeit

und gesellschaftliche Realität, in: Österr. Jahrbuch für Kommunikationswissenschaft (1979) 137; H.J. *Schneider*, Das Geschäft mit dem Verbrechen (1980); *Noll*, Justiz und mediale Öffentlichkeit, Forum Nr. 430/431 (Oktober/November 1989).

3) Einen Überblick über die in diesem Zusammenhang eingeleiteten Verfahren gibt *Wittmann*, Der Fall „Waltraud Wagner": Persönlichkeitsschutz in der Praxis, Medien und Recht 4/1989, 114.

4) Zum Kontrollpotential der Medien am Beispiel der österreichischen Entwicklung der letzten Jahre vgl. *Langenbucher-Staudacher*, Journalismus als Komplementärinstitution politischer Kontrolle, in: Kaase-Schulz (Hrsg.), Massenkommunikation. Theorien, Methoden, Befunde (1989) 185.

5) Auch wenn das sogenannte „allgemeine Persönlichkeitsrecht" des § 16 ABGB in gewisser Weise als eine Art Auffangtatbestand zur Verfügung steht; vgl. dazu noch unten bei FN 23.

6) So wie es der Doyen des österreichischen Presserechts, Franz von Liszt, formuliert hat: „So öffnet das Preßrecht dem von der periodischen Presse Angegriffenen die Schranken der Öffentlichkeit, legt ihm diejenige Waffe in die Hand, durch dessen geschickte Führung die Presse ihre Großmachtstellung errungen hat"; *Liszt*, Lehrbuch des österreichischen Preßrechts (1878) 174f.

7) Zu den Einzelheiten des Entgegnungsanspruches vgl. *Hartmann-Rieder*, Kommentar zum Mediengesetz (1985) 81ff; *Berka*, Das Recht der Massenmedien (1989) 265ff; *Weis*, Handbuch der Entgegnung (1989).

8) Vgl. Neue Kronen Zeitung vom 4. Juli 1989, S. 1 u. 12-15.

9) Dogmatische Schwierigkeiten bei der Konstruktion der beleidigungsrechtlichen Tatbestände können dazu führen, daß das grundlegende Prinzip des Beleidigungsrechts, wonach derjenige, der die Wahrheit verbreitet, sozial richtig und rechtmäßig handelt, wiederum verdunkelt wird. So soll beispielsweise nach der Rechtsprechung des österreichischen Obersten Gerichtshofs auch der gelungene Wahrheitsbeweis beim Delikt der üblen Nachrede „nur" die Strafbarkeit, nicht aber die Rechtswidrigkeit selbst *wahrheitsgemäßer* ehrenrühriger Anschuldigungen beseitigen, was die kuriose Konsequenz hätte, daß nahezu alle Journalisten, die mit durchaus gutem Gewissen Skandale aufklären, über Straftaten berichten, Korruption oder politisches Versagen anklagen usw, auch dann gegen die Rechtsordnung verstoßen (und „nur" nicht bestraft werden), wenn sie nichts als die Wahrheit schreiben; kritisch zu dieser für den Nicht-Juristen wohl gänzlich uneinsichtigen Dogmatisierung *Berka*, Medienfreiheit und Persönlichkeitsschutz (1982) 232ff.

10) Die Höchststrafe beträgt bei durch Veröffentlichung begangenen üblen Nachreden 360 Tagessätze; die ebenfalls vorgesehene Freiheitsstrafe bis zu einem Jahr kommt praktisch nicht mehr zur Anwendung.

11) Der gegenüber dem strikten Wahrheitsbeweis (§111 Abs 3 StGB) leichter zu erbringende Beweis der Wahrnehmung journalistischer Sorgfalt (§29 Mediengesetz) setzt freilich voraus, daß ein überwiegendes Interesse der Öffentlichkeit an der fraglichen Veröffentlichung bestanden hat; er ist aus-

geschlossen, wenn er den höchstpersönlichen Lebensbereich eines Menschen betreffen würde, dh daß unter solchen Umständen nur der Nachweis der Wahrheit und das Vorliegen eines unmittelbaren Zusammenhanges mit dem öffentlichen Leben vor Strafe schützt;

12) Es besteht weitgehend Einigkeit, daß die Höchstbeträge nach den §§6 und 7 Mediengesetz „spürbar" anzuheben sind, wobei aber am Prinzip einer ziffernmäßigen Begrenzung festgehalten werden soll; diese ist auch richtig, nicht nur weil der immaterielle Schaden einer beleidigenden Veröffentlichung kaum nach objektiven Maßstäben eingegrenzt werden kann, sondern weil exorbitante Summen, wenn sie zuerkannt würden, letztlich dazu führen können, daß die im Interesse der Medien notwendige Risikobegrenzung bereits bei den anspruchsbegründenden Tatbeständen erfolgt. Dies kann letztlich gerade zu Lasten eines effektiven Persönlichkeitsschutzes gehen; vgl. dazu beispielsweise den Überblick über die Erfahrungen mit dem amerikanischen Beleidigungsrecht seit der bahnbrechenden Entscheidung des Supreme Court im Fall New York Times versus Sullivan bei *Nolte*, Falwell vs. Strauß: Die rechtlichen Grenzen politischer Satire in den USA und der Bundesrepublik, Europäische Grundrechte Zeitschrift 1988, 253.

13) Vgl. Neue Kronen Zeitung vom 26. Juni 1989 Seite 1 und 11.

14) In diesem Sinne etwa *Polley*, Persönlichkeitsschutz im Medienrecht, Vortragsbericht Österreichische Juristenzeitung 1989, 269; in dieser Allgemeinheit halte ich persönlich diese Kritik freilich für weit überzogen!

15) Im erwähnten Fall knapp 1 Million Schilling; vgl. OHG 25. 3. 1987, abgedr. u. a. in Medien und Recht 3/1987, 93.

16) Vgl. zur „Entdeckung" des „Right of Privacy" *Pember*, Privacy and the Press, Seattle/London (1972).

17) Vgl Hanna *Arendt*, The Human Condition, New York (1959) 46.

18) Zum Opferschutz vgl. z. B. die Entscheidung OLG Wien 12. 2. 1986, Medien und Recht 5/1986, 9.

19) Ein sogenannter „postmortaler" Persönlichkeitsschutz ist die rechtspolitisch äußerst umstrittene *Ausnahme*: er kann im Strafrecht zum Tragen kommen, weil §117 Abs 3 StGB den Angehörigen ein Klagerecht gibt, wenn sich eine Ehrenbeleidigung gegen einen Verstorbenen gerichtet hat; anders dagegen die Regelung in den §77, 78 UrhG (Briefschutz, Bildnisschutz), wo nicht das Persönlichkeitsrecht des Verstorbenen selbst, sondern nur die Interessen der Angehörigen, in deren Erinnerung der Verstorbene weiterlebt, geschützt sind.

20) Der Schutz vor medialer Vorverurteilung wurde lange Zeit nur unter dem Aspekt der Wahrung der richterlichen Unabhängigkeit gesehen, weshalb das ältere Presserecht mit seinen (zu Recht kritisierten) Lasser'schen Artikeln in erster Linie die Justiz vor medialem Druck abschirmen wollte; zu diesen Bestimmungen und der Nachfolgebestimmung in § 23 Mediengesetz („Verbotene Einflußnahme auf einStrafverfahren") vgl. *Berka*, Kriminalberichterstattung zwischen Medienfreiheit und Medienverantwortung: Zur Geschichte der „Lasser'schen Artikel", in: Justiz und Zeitgeschichte, IV. Symposion zur Geschichte der richterlichen Unabhängigkeit

in Österreich, Veröffentlichungen des Ludwig-Boltzmann-Instituts für Geschichte der Gesellschaftswissenschaften (1987) 397.

21) Sogar eine unbegründete Anschuldigung kann nach §29 Mediengesetz straffrei bleiben, wenn der Nachweis der gebotenen Sorgfalt durch einen Verweis auf eine amtliche Presseinformation (zB Aussendung der Polizei) geführt werden kann; an dieser Stelle ist an die Mitverantwortung der Behörden für die Wahrung der Persönlichkeitsrechte von Tätern/Tatverdächtigen zu erinnern, die auch rechtlich durch das Grundrecht auf Datenschutz und das Amtsgeheimnis begründet ist. Die Praxis der Pressearbeit der Sicherheitsdienststellen hat sich dieser Verantwortung lange Zeit entzogen, ein gewisses Umdenken kündigt sich – zumindest in einschlägigen Erlässen, die Praxis vor Ort mag noch anders aussehen – an; vgl. z. B. den Erlaß des Bundesministeriums für Inneres vom 31. 10. 1990 (Zl. 19.658/2-Gd/90), über Medienarbeit der Sicherheitsexekutive.

22) Vgl. VfGH 11. 10. 1986 B 193/86, abgedruckt in: Medien und Recht 6/1986, 14; zu den Einzelheiten dieser Entscheidung *Berka*, Unschuldsvermutung und Recht auf Anonymität, Medien und Recht 1/1987, 6(7).

23) Vgl. OHG 22. 10. 1986 1 Ob 36/86, in: Medien und Recht 6/1986, 15; allgemein zu §16 ABGB und zu dem durch ihn gewährten Persönlichkeitsschutz *Aicher,* in: Rummel (Hrsg.), Kommentar zum ABGB I, §16 Rz 23.

24) Das würde daher zB bedeuten, daß wegen der Prangerwirkungen jeder Berichterstattung, auch einer zurückhaltenden und um Fairneß bemühten, die Medien bei geringfügigen Verdachtsgründen oder geringfügigen Delikten oder Delikten Jugendlicher auf eine Namensnennung überhaupt verzichten müßten und eine im Sinne dieser Grundsätze unnötige Bloßstellung gegen das Recht auf Namensanonymität verstoßen würde; vgl. dazu *Berka*, Unschuldsvermutung (FN 22) 36.

25) Zum Stand der in den letzten Jahren unter vermehrter Nachfrage stehenden „Medienethik" vgl. z. B. *Erbring* ua (Hrsg.), Medien ohne Moral. Variationen über Journalismus und Ethik (1988); *Boventer*, Macht der Medien, Zum aktuellen Stand der Ethik-Debatte in Journalismus und Wissenschaft, in: Aus Politik und Zeitgeschichte 46/47/1988, 3.

26) Zu dem Verfahren vor dem Presserat in der Affäre Lainz vgl. *Gamillscheg*, Grobes Beil für groben Klotz. Der österreichische Journalist 4/1989, 30ff.

27) Vgl. dazu *Berka*, Medienfreiheit und Persönlichkeitsschutz (1982) 254ff. Eine bemerkenswerte Ausnahme stellt die in §29 Mediengesetz enthaltene Regelung über den journalistischen Sorgfaltsbeweis dar, die den Journalisten privilegiert, der wegen einer Veröffentlichung belangt wird, an der ein „überwiegendes Interesse der Öffentlichkeit" bestanden hat. Damit verbindet sich die Konsequenz, daß in einer beleidigungsrechtlichen Konfliktsituation die autonome journalistische Entscheidung über den Nachrichtenwert einer Information vom Richter nach einem normativen Maßstab gleichsam „nachgemessen" werden muß. Die strafrechtliche Begünstigung wird nur gewährt, wenn die Veröffentlichung tatsächlich einen „Öffentlichkeitswert" hatte.

28) Vgl die statistischen Hinweise bei *Weis*, Persönlichkeitsschutz im Medienbereich, in: Khol-Ofner-Stirnemann (Hrsg.), Österreichisches Jahrbuch für Politik 1986 (1987) 209 (212).
29) So *Wittmann*, Medien und Recht 4/1989, 115.
30) So ist nach § 264 StGB die Verbreitung falscher Nachrichten bei einer Wahl oder Volksabstimmung verboten, wenn eine solche Nachricht geeignet ist, den Bürger entweder von der Stimmabgabe überhaupt abzuhalten oder zur Ausübung seines Wahlrechts in einem bestimmten Sinn zu veranlassen; strafbar ist diese Täuschung aber immer nur dann, wenn sie zu einer Zeit verbreitet wird, in der eine Gegenäußerung nicht mehr wirksam erfolgen kann. Nach §276 StGB ist die absichtliche Verbreitung falscher Gerüchte strafbar, wenn das Gerücht geeignet ist, einen großen Personenkreis zu beunruhigen und dadurch die öffentliche Ordnung zu stören.
31) OHG 9. 1. 1990, Medien und Recht 2/1990,68.

Roland Angerer, geb. 1961; Studium der Publizistik und Politikwissenschaft. Dissertation über die „Lateinamerikaberichterstattung österreichischer Tageszeitungen"; Pressereferent des Österreichischen Informationsdienstes für Entwicklungspolitik; Lehraufträge an den Universitäten Wien und Salzburg.

Walter Berka, geb. 1948; Dozent für öffentliches Recht und Leiter der Abteilung für Medienrecht am Institut für Verfassungs- und Verwaltungsrecht der Universität Salzburg.

Peter A. Bruck, geb. 1950; Studium der Rechte, Soziologie und Kommunikationswissenschaft in Wien, Iowa City und Montreal; Professor für Kommunikationswissenschaft an der Carleton University in Ottawa und der Universität Salzburg; Arbeiten zu Fragen der Nachrichtenanalyse, Kommunikationspolitik, Medienkultur und Medienökonomie.

Josef Gunz, geb. 1940; Nach kaufmännischer Tätigkeit Studium der Sozial- und Wirtschaftswissenschaften; Doktorat in Soziologie; Habilitation; Arbeiten über soziologische Theorie, Bildungs- und Kommunikationsforschung.

Roman Hummel, geb. 1951; Studium der Publizistik, Psychologie und Politikwissenschaft; Sekretär der „Gewerkschaftlichen Arbeitsgemeinschaft Publizistik und Medien"; Kommunikationswissenschafter; Habilitation 1990.

Gregory Malcolm, geb. 1963; Studium der Kommunikationswissenschaft in Seattle und Salzburg; Journalist.

Holger Rust, geb. 1946; Studium der Soziologie, Politischen Wissenschaft und Philosophie in Hamburg; Professor am Institut für Publizistik und Kommunikationswissenschaft der Universität Wien; Journalist und Medienberater.

Franz Schuh, geb. 1947; Dr. phil.; freier Schriftsteller in Wien; Mitarbeiter u.a. beim ORF, Saarländischen Rundfunk, der Zeitschrift „Wespennest"; Herausgeber der Edition Falter.

Armin Thurnher, geb. 1949; Studium der Anglistik, Germanistik, Theaterwissenschaft in New York City und Wien; Mitbegründer und Chefredakteur der Stadtzeitung „Falter"; Publizistikpreis der Stadt Wien 1991.

Ruth Wodak, geb. 1950; Professorin für Angewandte Sprachwissenschaft, Sozio- und Psycholinguistik an der Universität Wien; Forschungsschwerpunkte: Institutionelle Kommunikation, Sprache und Politik, Frauenforschung, Verständlichkeitsforschung, Therapeutische Kommunikation; Fortbildungsseminare für verschiedene Berufsgruppen.